A MALI ESTREMI

Questo libro è opera di fantasia. Nomi, personaggi, luoghi e avvenimenti sono frutto dell'immaginazione dell'autore o utilizzati in modo fittizio. Qualsiasi somiglianza con fatti, luoghi o persone reali, vive o defunte, è puramente casuale.

Edizione italiana pubblicata da
Amazon Publishing, Amazon Media EU Sàrl
5 rue Plaetis, L-2338, Luxembourg
Novembre 2018

In copertina © Skylines © Dima Gorohow / Shutterstock © PavloBaliukh / Getty
Realizzazione a cura di Grandi & Associati, Milano
Realizzazione grafica a cura di PEPE *nymi,* Milano

Stampato da una delle seguenti società:

Amazon Distribution GmbH,
Amazonstraße 1, 04347 Leipzig, Germany

Amazon.co.uk, Ltd.
Marston Gate Distribution Centre, Badgers Rise,
Ridgmont, Bedfordshire MK430ZA, UK

Amazon Fulfillment Poland Sp. z o.o.,
Logistyczna 6, 55-040, Bielany, Wrocławskie, Polen

Si veda ultima pagina per l'indicazione della società.

Prima edizione digitale 2018
ISBN: 9781503901834
www.apub.com

Il libro

È una fredda sera di metà dicembre quando alla *Radici & Figli*, azienda di arte sacra, divampa un incendio. I resti di un cadavere carbonizzato e una misteriosa scritta in arabo sono gli elementi con cui l'ispettore Jules Rosset si ritrova a fare i conti. Come se non bastasse, Alma ha altri pensieri per la testa.

Per fortuna il Natale si avvicina e Rosset può approfittarne per riappropriarsi della sua collaboratrice più preziosa insinuandosi nelle pieghe più imprevedibili di questa misteriosa vicenda. A mali estremi, estremi rimedi.

L'autrice

Valeria Corciolani è nata e vive a Chiavari, con marito, due figli, un geco e un gatto di nome Elwood, in onore del personaggio dei Blues Brothers. Laureata in Belle Arti, lavora come grafica/illustratrice e conduce corsi nelle scuole per avvicinare i bambini all'arte e alla creatività. Si occupa di fotografia, allestimenti e complementi di arredo in eco-design. Zitta zitta, si mette a scrivere e nel 2010 pubblica per Mondadori il suo primo romanzo, *Lacrime di coccodrillo* (riproposto da Emma Books). Nel 2012 si cimenta con il racconto *Il Gatto, l'Astice e il Cammello* (Antologia "Giallo Panettone", Mondadori, ora Emma Books) e si diverte così tanto che ne scrive un altro, *Mephisto* (Antologia "Animali noir", Falco Editore). Con Emma Books pubblica *Il morso del ramarro* (finalista al Premio internazionale di letteratura Città di Como 2015), il racconto *Pesto dolce – la ricetta della possibilità* e *La mossa della cernia*. In *A mali estremi* tornano la colf e l'ispettore che hanno conquistato i lettori in *Acqua passata* e in *Non è tutto oro* (Amazon Publishing).

VALERIA CORCIOLANI

A MALI ESTREMI

amazon publishing

«Il tempo cura tutto, pensai, meno la verità.»
Il gioco dell'angelo, Carlos Ruiz Zafón

«È cieco chi guarda soltanto con gli occhi.»
Proverbio africano

A Tommaso e Tea
Perché dicono che nella vita bisogna fare tre cose:
fare un figlio, scrivere un libro, piantare un albero.
Con figli e libri siamo a posto,
per l'albero… be', lì diciamo che ci sto lavorando, ecco.

1

Il buio non gli fa paura.

Anche se il buio qui non è mai buio per davvero. In montagna, forse, o in mezzo al mare. Allora sì che il buio si fa nero come il nero della notte. Il nero della notte africana intende, quel nero così nero che ti fa essere solo un buio più denso del buio intorno, e lo sguardo annega tra le stelle che bucano il cielo.

Didier Doumbia affonda il mento nel giaccone. Per quanto cerchi di coprirsi accumulando strati su strati, nulla pare in grado di difenderlo da questo freddo spesso e corposo a cui non si è ancora abituato.

È il secondo inverno che passa lontano da casa sua, in questa strana parentesi di terra posata in bilico tra monti e mare, che odora di resina e alghe, ruvida e dolce come il frutto del baobab. Non ci sta male, anche se a volte la nostalgia di casa e delle sue strade di argilla rossa gli morde il cuore fino a farlo sanguinare. Ma è stupido lamentarsi: lui ha scelto di partire. E la sua scelta è qui, tra queste case strette appoggiate una contro l'altra come denti sghembi in una bocca lastricata di pietra scura, con le onde che mangiano la spiaggia grigia.

Didier inspira e socchiude gli occhi: è incredibile come ogni luogo abbia un odore diverso da un altro e come uno stesso luogo abbia un odore che cambia a seconda del momento e della stagione.

Lo ha sempre affascinato questa capacità del naso di portarti nei luoghi, di risvegliare ricordi, di immergerti nella nostalgia o di farti battere il cuore.

Una cosa così immensa e perfetta racchiusa in un gesto semplice e naturale come respirare, tanto scontato che a volte non ci si fa neppure caso.

Chissà perché si crede che le meraviglie abbiano bisogno di squilli di tromba e rulli di tamburi, mentre il più delle volte sono semplicemente *lì*. Talmente lì che non te ne curi e non le vedi. Ti accorgi che c'erano, di quanto erano meravigliose e di quanto ti mancano solo quando non le hai più.

Didier controlla l'ora, affonda ancor di più la faccia nel giaccone, inforca la bicicletta e pedala rapido sotto i grappoli di lucine e stelle comete che dondolano tra i portici. Deve arrivare fino in cima a via Maxena, oltre la salita, prima di quel basso fabbricato con la cancellata di metallo e i due cipressi, l'appuntamento è lì, per le ventitré. Ha della roba da ritirare: borse, giacche imbottite firmate, portafogli, anche delle cinture forse, non si ricorda. Del lungo periodo che separa l'estate da Pasqua, dicembre è l'unica bolla di tempo in cui si vende qualcosa. Poi il nulla fino ad aprile. Per questo ha bisogno di vedere i Moussa e farsi dare quello che hanno portato da Milano.

Ecco, ci siamo. I due cipressi si stagliano scuri contro la luce gialla dei lampioni. La baracca di lamiera dove i Moussa tengono la roba, sigillata nei grossi sacchi di plastica perché non si rovini, è là, poco più avanti. Il fatto che nessuno si sia mai domandato il motivo per cui un casotto abbandonato sia chiuso da una pesante e lucida catena con un grosso lucchetto resta per Didier un mistero.

Posa la bicicletta contro il tronco ruvido di un albero, toglie i guanti di lana e soffia sulle mani per scaldarle. Il suo fiato è una nuvoletta bianca che si sfilaccia nel vento umido carico di sale. Un vento di tempesta, lo sente nell'odore del mare che bagna l'aria e in questo cielo basso che pare contrarsi prima dell'esplosione

Un rumore si stacca dal vento.

Didier smette di respirare e si concentra sul suono.

Il silenzio crepita di elettricità.

Il suono si ripete.

Didier si lascia inghiottire dal piccolo buio rappreso tra due muretti.

È un sibilo intermittente e vorace.

Un odore pungente si mescola al vento, appoggiandosi per un attimo sulla sua lingua.

Poi passi veloci, lo scatto metallico di un cancello, il tonfo secco di una portiera, un motore che si accende e ghiaia che stride sotto gli pneumatici. Due fari illuminano la bicicletta appoggiata al tronco e scivolano lungo il muretto.

Didier chiude gli occhi, per restare nero nel nero.

Poi l'auto ingrana la marcia e svolta alla curva.

Didier riapre gli occhi e la guarda sparire oltre la discesa.

Bianco su bianco.

DD96... legge di sfuggita sulla targa.

Sono le sue iniziali e la sua data di nascita, gli viene da pensare quasi con un divertito stupore.

Poi il suo pensiero si strappa in un boato che gli schiaccia il respiro.

Di colpo tutto diventa muto, ingoiato da un fischio acuminato che gli invade il cervello.

Didier si preme le tempie, socchiudendo le palpebre contro le fiamme che iniziano a danzare nel basso fabbricato, oltre la cancellata di metallo ai piedi dei due cipressi.

Resta per un attimo immobile, rapito dalle lingue di fuoco che serpeggiano contro le finestre.

Poi sbatte gli occhi.

No.

Deve andarsene, non è bene che qualcuno lo trovi lì, di notte, accanto a un qualcosa che è esploso e che sta bruciando. Di sicuro dalle case in cima alla strada avranno sentito lo scoppio e vedranno pure le fiamme, quindi qualcuno chiamerà i soccorsi. Lui deve solo sparire.

Didier afferra la bicicletta, la volta verso la discesa, ma nel ruotare il busto scorge quello che il muro del fabbricato fino a quel momento gli aveva impedito di notare: si tratta di un'automobile scura, parcheggiata all'interno della cancellata.

Si blocca.

Se dentro quella casa bassa ci fossero delle persone? Sa che lì ci lavora della gente, ma di sera tardi non ha mai visto alcun movimento…

Guarda l'orologio, sono già passati più di cinque minuti dall'esplosione, come mai non arriva nessuno? Come mai tutto tace e la notte è rotta solo dal crepitio delle fiamme e dall'urlo del vento?

Didier non sa cosa fare, l'istinto lo vorrebbe far volare via di lì il prima possibile, ma tutto ciò che il marabutto e i suoi vecchi gli hanno inciso nel cuore lo spinge a mollare sull'asfalto la bicicletta, appendersi al cancello come una bertuccia e scavalcarlo atterrando agile sulla ghiaia.

Prova ad avvicinarsi a una finestra, l'alito caldo del fuoco gli asciuga la gola e gli punge la faccia. Posa le mani attorno agli occhi e intravede scaffali colmi di oggetti dorati: crocifissi, ampolle, calici, cornici, tutto riverbera tra le fiamme in mille bagliori e folgori. Una luce quasi magica, che gli incute più timore del fuoco stesso.

Didier gira intorno alla palazzina e prova a spingere la porta per entrare, ma qualcosa la blocca, lasciandogli solo uno stretto spiraglio attraverso cui non vede altro che fumo e saette dorate.

Torna alla finestrella.

Il fuoco si sta divorando tutto.

Didier si guarda intorno, scosso da un'acuta fitta di impotenza.

Tutto è solo notte, vento e silenzio.

Il suo piede urta contro qualcosa di pesante e soffice. Si china per guardare: è un sacco di terriccio, uno di quelli che si comprano per invasare le piante, tipo le fioriere che ha visto all'entrata, niente che lui poss... Ha un tuffo al cuore. La terra! Certo, il fuoco divora tutto, ma la terra divora il fuoco.

Didier strappa un ramo un po' grosso dall'arbusto che fiancheggia la cancellata, prova a far leva, la finestrella cede, ma in orizzontale, lasciando solo un palmo di apertura a vasistas. Il fuoco sputa subito fuori le sue lingue ad assaggiare la notte.

Didier si copre la faccia con il braccio piegato e gli butta contro manciate di terra. Il fuoco si ritira appena e lui ne approfitta per versare dentro all'apertura tutto il sacco.

Si sposta per guardare. È come cercare di svuotare il mare con un cucchiaio, con le fiamme che tornano ad assediare la finestrella.

E pare che nessuno abbia ancora chiamato nessuno.

Didier afferra il cellulare dalla tasca del giaccone, lo fissa per alcuni secondi, perché lo sa che tutto questo gli porterà guai e solo guai, ma se non lo facesse non potrebbe più guardarsi occhi negli occhi allo specchio.

Digita uno, uno, due.

Aspetta.

Le mani gli sudano gelate.

«Pronto intervento. Chi parla?»

Didier prende un grosso respiro e... e poi lo sente: il vento gli soffia in faccia il suono di una sirena che si avvicina e taglia il silenzio della notte.

Spegne immediatamente il cellulare, che gli scivola e cade, si apre come una zucca e sparpaglia i piccoli tasti come fossero semi scuri sull'asfalto grigio.

La sirena si avvicina.

Didier si inginocchia per raccogliere tutto e infilarlo frettolosamente nelle tasche. Qualcosa è finito anche fra l'erba secca che ha sgretolato l'asfalto e sfiora il muretto di pietra.

La sirena gli trapana i timpani, sempre più vicina.

Non c'è più tempo.

Didier si appende di nuovo al cancello, salta fuori, inforca la bicicletta e inizia a pedalare.

La sirena è ormai a cinquanta metri. Due curve e l'autista si troverà davanti, nell'ordine: un negro che scappa, un edificio costipato di crocifissi che brucia e il nulla. Un due più due inevitabile, a ben vedere, perché qualche illazione in proposito sorgerebbe spontanea pure a lui, che pure sa per certo di non aver fatto niente di sbagliato. A parte trovarsi lì.

Quindi nessuno deve trovarlo lì.

Didier fa una rapida sterzata e imbocca la stretta via sulla destra, quella che porta al cimitero di Sampierdicanne. Se non ricorda male, proseguendo su per la salita e poi girando ancora sulla destra, sbucherà sulla via principale. Forse.

Didier pedala a faro spento, il suo sguardo rimbalza contro le ombre rapprese fra i tronchi che costeggiano la strada e sui respiri rossi e tremolanti dei lumini che occhieggiano tra le lapidi.

Il vento di tempesta gonfia l'aria di foglie secche e alito di mare.

Ecco, ora la strada piega a destra. Didier rallenta e allunga il collo, laggiù vede già baluginare il tappeto lucente di Chiavari.

Poi comincia la discesa e i rami disegnano scarabocchi di buio sulle luci, coprendole del tutto.

Didier pedala.

Il buio non gli fa paura, ma qui il buio non è mai buio per davvero.

E questo gli fa paura.

2

«Eccheccavolo» sibila tra i denti Alma, incespicando al buio su qualcosa che staziona, in solitario e incongruo abbandono, in mezzo all'ingresso di casa. Alma si chiude la porta alle spalle, posa il borsone, appende il piumino ancora avvolto nell'alone freddo della libecciata e si china a raccogliere con due dita il corpo del reato. Anche se l'odore avrebbe già dovuto metterla sulla buona strada.

Trattasi, infatti, di semplice e letale scarpa: nella fattispecie un'Adidas bianca lunga come una portaerei, facilmente riconducibile al 46 di piede dei gemelli Luca e Paolo. A quale dei due appartiene potrebbe scoprirlo con un semplice raid ricognitivo della soletta interna, ma... ma a dirla tutta ora non ne ha proprio voglia, ecco.

Sa che non è educativo, eh, che dovrebbe lasciarla lì dov'è, quella zattera di scarpa, quindi tirarli giù dal letto, metterli naso e occhi sul misfatto, imbastire la ramanzina, infilzarli con l'evidenza dei fatti, rosolarli nel senso di colpa, rispedirli a letto marchiati a fuoco dal disonore, ché sono diciassette anni che martella la doppia prole con i basilari dell'ordine per una sana e serena convivenza. Solo stamattina, camminando scalza fino al bagno, si è dolorosamente stigmatizzata un tallone con una pinna di Barbie Magia dei Delfini, per dire che ce n'è anche per le gemelle Marta e Maria, ecco.

Ma stasera no, non ce la può fare. È stanca morta, l'ufficio di via Remolari, dalla cui pulizia è riemersa or ora, era un pianto. Pure l'albero di Natale vero hanno fatto gli sciagurati, costipandolo di palline e festoni in una strage annunciata di aghi, pagliuzze argentate e resina, dato che lo hanno balordamente piazzato nei trentadue centimetri quadrati scarsi compresi tra la porta d'ingresso e la sala d'attesa. Siamo solo al dieci di dicembre e 'sto povero abete espone calvizie così drammatiche e rami penduli così desolanti che nemmeno irrigandolo giornalmente con l'acido muriatico si sarebbe giunti a ottenere un tale effetto post-atomico.

E comunque non si tratta solo di stanchezza, è che a lei l'atmosfera natalizia la destabilizza, le allenta le certezze, le confonde le coordinate e ha la capacità di sturarle, dal sifone profondo e tortuoso dei sentimenti, tutto il sedimento melmoso e putrido che ha faticosamente spinto giù. Insomma, da un po' di anni il Natale la pervade di un vago retrogusto di lavandino ingorgato che non le cade per niente bene, ecco.

Quindi no, stasera non ha proprio voglia di impelagarsi in discussioni educative e filosofie moraleggianti. Figurarsi! Potesse, mollerebbe pure lei tutto sul pavimento dell'ingresso, si infilerebbe sotto la doccia per poi strisciare fin sotto al piumone in un dodici ore di sonno possibilmente senza sogni o, se non se ne può proprio fare a meno, almeno lisci e tranquilli, ché il più delle volte il suo cervello si produce in una cavalcata onirica da lasciarla al risveglio più prostrata di quando è andata a dormire.

Perciò Alma infila la scarpa da ginnastica nella scarpiera, poi già che c'è piega le due felpe che giacciono scarmigliate sul divano, raduna le carte del Monopoli che le gemelle hanno lasciato sparse sul tappeto e impila i quaderni dove hanno fatto i compiti, districa un fastello di auricolari dei gemelli e li raccoglie in tre piccole matasse compatte e perfettamente suddivise. Tutte cose che normalmente la manderebbero in bestia, facendole digrignare i denti con l'affabile tolleranza di un T-Rex, ma che ora ingoia e resetta con la noncurante calma di un bonzo tibetano.

«Guarda che io le avevo lasciate lì a bella posta, eh» la fa sobbalzare la voce roca dell'Alfonsina, comparsa all'improvviso alle sue spalle.

Alma fissa per un attimo la suocera che, così paludata nella lunga camicia da notte di flanella, il cipiglio austero e arpionata al trespolo del girello nel cono d'ombra ritagliato tra gli stipiti, le pare il gufo impagliato di una natura morta fiamminga.

«Allora?» la riscuote perentoria l'Alfonsina. «Devono pensarci loro a farlo, non tu.»

«Lo so, Alfonsina, lo so» sospira stanca Alma, spostando con un piede lo zaino di Luca. Insomma, si era messa a raccattar cose per risparmiarsi la fatica di questionare con i figli e adesso le tocca render conto al puntiglio intransigente della suocera. «È che stasera non ho la forza di discutere e tantomeno di forgiare caratteri. Voglio solo infilarmi sotto le coperte, spegnere il cervello e bon. Avrei potuto lasciare tutto lì e organizzare la ramanzina domani, ma solo l'idea di un risveglio impostato in modalità "raid" mi sfibra ogni risolutezza. Per una volta possiamo fare finta di niente? Che ne dice, le va una tisana con il miele di castagno? Me ne ha appena portato un vasetto la segretaria del dottor Fusco, sa, quella che viene da Rezzoaglio...» mercanteggia Alma iniziando a trafficare con tazze e pentolini.

«Marta e Maria prima di andare a letto questionavano su san Giuseppe...» cala giù vaga l'Alfonsina, strascicando le ciabatte fino al tavolo di marmo della cucina.

«Ah, e da quando in qua il povero Giuseppe, che non se lo fila mai nessuno, è diventato argomento dei loro pensieri?» domanda perplessa Alma, scucchiaiando il miele dentro alle tazze.

«A quanto pare la faccenda del padre putativo di Nostro Signore, unita al colpo di scena della madre di Rebecca, sai, quella che si è risposata con grande *sciato* l'altro sabato con il magnate della mostarda?, le ha colpite, ecco...» arranca l'Alfonsina, prendendola larga. Cosa che non le si addice affatto, ragiona Alma, sentendosi pizzicare la nuca da un debole, ma persistente, segnale d'allarme.

Sì, perché se c'è una che sfodera, attacca e stende senza remore, precisa come una nemesi, quella è sua suocera. Quindi come mai questo dire e non dire, questi velati cenni e questo farneticare di padri e matrimoni, senza arrivare al punto? Perché un punto chiave c'è, e non si tratta certo di san Giuseppe, tantomeno del magnate della mostarda entrato a piè pari nella famiglia di Rebecca Leonardini della prima C.

Alma si blocca con la tazza a mezz'aria.

O forse sì?

«Oh. Cacchio...» espira, cominciando a cogliere il bandolo.

«Ecco, appunto» ondeggia la testina rapace l'Alfonsina, che ha seguito tutto il *tic toc* di sinapsi della nuora fino a contatto avvenuto. «Ma niente di drammatico, per ora, solo valutazioni e considerazioni» cerca di edulcorare lei, che si sente quasi in colpa, solo per il fatto stesso di aver procreato quel deficiente di suo figlio Enrico. Carne della sua carne, allevato a suon di morale martellata e buon senso marchiato a fuoco nel midollo. E invece? Eh, invece eccolo lì a piantar su la boiata delle boiate, la regina delle mascalzonate. Una serpe in seno, ecco cosa è stato Enrico, si macera dentro l'Alfonsina. L'eroe che va dall'altra parte del mondo per un lavoro che pareva la fine del mondo, un sacrificio, sì, ma un sacrificio per il bene della famiglia! Già, peccato che poi questa famiglia – Alma, Luca e Paolo, le gemelle ancora piccolissime – se la sia dimenticata, *puff*, in un amen, come passarci sopra un colpo di spugna. Così, cancellati con la gomma, candeggiati via, estirpati senza colpo ferire da una nuova donna con cui poi arrivano nuovi figli, nuova vita, nuove responsabilità... E chi è rimasto qua?

E passi lei, vecchia e sciancata e con un carattere "impegnativo", diciamolo, ma Alma, i ragazzi... eh? Ma come può Enrico vivere come se il prima non fosse mai esistito, non passa giorno che non si torturi l'Alfonsina, come si fa a decidere coscientemente di depennare gli affetti dalla propria vita? E lei, la madre che ce l'ha avuto sotto il naso per trent'anni, ma come diavolo ha fatto a non accorgersi di niente? Proprio lei, tra l'altro, che delle forme del volto, di zigomi e sopracciglia, delle attaccature del naso, di tutte quelle pieghe e rughe lombrosiane ne ha fatto da anni la sua lettura preferita, eh, come mai su suo figlio non ha arguito tutto quello che c'era da arguire? Per mettere in guardia, trattenere, evitare...

O forse no, sarebbe stato tutto inutile, ché lo srotolarsi della vita segue vie che noi non riusciamo a prevedere, tantomeno ad arginare, sospira tra sé l'Alfonsina, sbirciando la nuora tra i vapori della tazza.

Alma tiene lo sguardo a mollo nella tisana al tiglio: le pare una fatica immane anche il solo pensiero di ciò che le manca ancora da fare prima di infilarsi a letto. A che pro poi, se già lo sa che dopo questo colpo di mannaia serale, arrivatole a tradimento tra capo e collo, non chiuderà occhio. Tanto vale accasciarsi qui, sul tavolo di marmo della cucina, in attesa dell'oblio. Perché è stata cieca, stupida ed egoista, come poteva pensare di viverla male solo lei quest'atmosfera vischiosa di melassa natalizio-familiare, dove tornano a galla nodi mai sbrogliati e bocconi amari mai digeriti?

Che è pazzesco, a rifletterci, come se durante il resto dell'anno uno non ci pensasse mai. Figurarsi, ci pensa eccome, anche più del dovuto... eppure, chissà perché, non fa così male. Sarà la magia del Natale. Nell'accezione più cupa del termine.

«Bene allora» arranca a malincuore Alma, posando le tazze vuote nel lavello «sarà meglio andare a letto. C'è di buono che, data l'ora, abbiamo forse esaurito i flagelli giornalieri.»

«Ah, mentre eri al lavoro ha telefonato l'ispettore Rosset» getta invece la granata finale l'Alfonsina «non ti trovava sul cellulare e gli ho detto che lì nell'ufficio che stavi pulendo, tra i muri spessi di via Remolari, il segnale non prende. Vuole che lo richiami subito domani mattina. Aveva una voce che te la raccomando. *Va ben*, e con questa mi ritiro. Uh, ora non fare quella faccia!, ché anche il sole del giorno peggiore tramonta, suvvia» derapa con il girello verso le camere l'Alfonsina.

Mah, a voler essere precisi il sole sarebbe tramontato da circa sei ore, eh, sospira Alma, ma ora è troppo sfatta per mettersi a polemizzare anche sui proverbi. No, dico, pure un Rosset in allerta ci voleva. Per dire che ai guai non c'è mai fine, ecco.

3

La porta si chiude e Antonio sente i passi veloci giù per le scale.

Chiude gli occhi e si appoggia ai cuscini.

Il portone sbatte e il suono dei tacchi si srotola tra i portici fino a svanire.

Antonio inspira.

Il suo profumo è ancora lì, denso e vivo, come se fosse fatto di corpo e carne. Allunga una mano tra le lenzuola tiepide di lei.

E il desiderio di averla accanto lo punge con un'urgenza quasi dolorosa.

Forse la vuole proprio perché sa di non poterla tenere con sé quanto vorrebbe, dato che non è "roba" sua.

Forse la vuole proprio perché sa che non è roba sua e devono stare attenti.

Forse la vuole proprio perché devono stare attenti e non sa quando potrà rivederla.

Forse la vuole proprio perché non sa quando la rivedrà, considerato che la faccenda in sé è alquanto sconveniente.

Forse la vuole proprio perché è alquanto sconveniente, e che se ci riflette si sente una merda.

Forse la vuole proprio perché, nonostante si senta una merda, non può fare a meno di lei.

O forse la vuole perché lei è stata la rivincita di una vita.

Antonio accende la sigaretta e lascia lo sguardo annodato al fumo sottile che si disperde tra le ombre del soffitto.

Forse la vuole proprio perché ci sono ancora tanti e troppi forse.

Forse.

Ma soprattutto la vuole perché gli è entrata sotto pelle e se chiude gli occhi si affacciano immagini solo di lei, come una scossa elettrica che impressiona retina e memoria in modo indelebile. Perché lei è diventata quasi un'ossessione. Che poi la parola ossessione non gli è mai piaciuta, gli ha sempre fatto pensare alla pazzia. In questo caso, però, è perfetta: lui è pazzo di lei. Letteralmente pazzo di lei.

Antonio si tira su a sedere, posa la sigaretta, afferra il maglione e se lo infila.

Dovrebbe andare a casa anche lui ma non ne ha voglia.

Ogni tanto si domanda come gli altri non se ne accorgano. Di loro due, intende.

Per ora.

Poi, quando sposerà Maddalena…

Antonio si alza.

Cerca i pantaloni. Li trova ai piedi del letto, appallottolati insieme ai calzini.

Eh, sfrega la mano sugli occhi come a cancellare il pensiero. Quando sposerà Maddalena saranno cazzi.

Ma mancano quattro mesi.

Ci penserà tra quattro mesi.

Tante cose possono cambiare in quattro mesi.

Anche se ci sono cose che per cambiarle non basterebbe una vita. Nemmeno mille.

Antonio scuote i pantaloni, scosta le lenzuola, fruga tra i cuscini ma non trova i boxer.

Aspira la sigaretta fino al filtro, poi lo schiaccia svogliato nel posacenere sul davanzale. Avrebbe dovuto fumare con la finestra aperta, a lei dà fastidio, dice che tra lo svaporare del vino e il fumo stantio, poi la stanza puzza d'osteria.

Sì, insomma, un'osteria a suon di Krug Cuvée e Davidoff, eh... però ha ragione.

Apre due dita di fessura e la lama gelida del vento gli taglia in due lo sterno. La richiude subito, tanto domani viene quella delle pulizie che si occuperà di sistemare, arieggiare, purificare...

Antonio passa le mani tra i capelli per metterli a posto. Sono troppo lunghi forse, come la barba del resto, ma l'aria dissoluta gli dona e vuole tenersela addosso ancora un po'. Almeno fino al matrimonio.

Infila le scarpe e il giaccone. Nella tasca gli vibra il cellulare. È un messaggio di Maddalena. Non risponde, lo farà da casa, invece con il dito scorre indietro per rileggere quello di lei, quello che gli ha mandato nel pomeriggio per dargli appuntamento a stasera. Un'altra fitta acuta di desiderio. Succhia avidamente parola per parola e lettera per lettera. Poi lo cancella. È l'unica regola che si sono dati: non lasciare tracce. Mai.

E negare.

Sempre.

Antonio si chiude il portone alle spalle, immergendosi nel silenzio freddo di via Ravaschieri. Le luminarie appese tra i portici ondeggiano nella libecciata, l'aria salata arriva fino a qui. Affonda il collo nel bavero e svolta verso il parcheggio sotto Parco Rocca. Preme il tasto della chiave e la sua auto occhieggia subito un *flap* di fanali.

Sale e chiude lo sportello. Si scruta nello specchietto: ha gli occhi rossi e, non sa se per colpa della luce, scopre rughe che non aveva mai visto prima. È perché non dorme un cazzo. Sbuffa dando una manata al cruscotto illuminato come un'astronave. E saranno forse anche i quaranta che incombono, lì, dietro l'angolo, giusto per il matrimonio. Come se quella data siglasse la fine dei giochi. Tutti.

Antonio sospira.

Tutti.

4

«Ispettore Rosset» soffia Jules nella sciarpa, strozzando la *s* e la *e* in uno sconquasso di tosse cavernosa.

«Salve, capo reparto Remo Gigliotti.» Il vigile del fuoco gli stringe la mano. «Mi spiace averla tirata giù dal letto così presto e così...» Gigliotti non va oltre, affidando a un vago cenno della testa quello che il pessimo aspetto di Rosset esprime con dovizia di particolari.

Jules sventola la mano ossuta a comprendere fato, destino, sfiga, cimurro, batteri, alba gelida di un pessimo undici di dicembre, mal di testa, febbre, una tosse assassina e soprattutto il brutto presentimento che questa uscita mattutina, condita da vento salmastro a insidiargli le membra, gli sarà fatale.

«Come le avranno detto, l'incendio è divampato ieri sera, intorno alle ventitré.» Il capo reparto Gigliotti si sposta agilmente all'interno del magazzino, tra le macerie fumanti, con Rosset che lo segue legnoso, le giunture doloranti per la febbre e la rabbia che non lo molla. Perché non solo si è beccato la peggiore influenza del millennio, ma il suo sovrintendente Solari, un vichingo spesso e forte come un minotauro, è stato messo al tappeto da quel pel di carota di quattro anni del suo figlio più piccolo, che gli ha appioppato la scarlattina. No, dico, si può? sbuffa Rosset che ha scoperto a sue spese che scarlattina batte influenza due a zero, e quindi gli tocca star qui, sbatacchiato dal vento umido della riviera, con trentotto di febbre, devastato dal desiderio straziante di essere a casa con le natiche affondate nella sua poltrona di cuoio consunto, abbracciato a una tanica bollente di vin brulé della sua Valle, con le membra mummificate nel tepore del plaid e le sinapsi avvolte nelle calde note dei Quartet.

Invece.

Merde de la vache putain.

«Come le dicevo ci hanno chiamati da quelle case lassù, oltre la curva» spiega Gigliotti indicandole con l'indice spesso come una *sausessa* valdostana. «Si tratta dell'azienda *Radici & Figli*, si occupa di arte sacra da generazioni, ha presente? Oggetti ecclesiastici: crocifissi, paramenti, calici, incensi, icone... cose così, insomma. Serve tutta la diocesi. Qui siamo nel magazzino, su ci sono gli uffici e la direzione, diciamo che siamo arrivati in tempo per salvare il piano superiore, ma qua sotto, come può vedere...» Allarga le grosse braccia a raccogliere idealmente lo scempio.

Rosset lo studia da sopra il bordo della sciarpa: così "largo", con quelle manone, le spalle da armadio, le pieghe della faccia quadrata incrostate di fuliggine, invece che col capo reparto Remo Gigliotti gli pare di esaminare i fatti insieme alla Cosa.

«Incendio doloso?» domanda rapido per cercare di non fissarsi su Ben Grimm e focalizzarsi invece sul pompiere che sta dicendo cose. Cose di cui se n'è già persa la metà, distratto com'è dalle sue febbricitanti elucubrazioni su presunte somiglianze con eroi della Marvel.

«... per dire che in realtà pare che l'incendio sia divampato in seguito a un'esplosione, probabilmente partita da qui.» Gigliotti sposta il suo metro e novanta di massiccio spessore, così da mostrare una porzione di muro annerito. «Per ora non abbiamo trovato resti di ordigni a comprovarlo, ma i vicini hanno parlato tutti di un botto che ha fatto tremare i vetri. Quanto al dolo... dobbiamo ancora fare delle verifiche. Anche in relazione a quello che abbiamo trovato nella parte del fabbricato dove il fuoco ha fatto più danni, che poi è il motivo per cui siete qui...» La Cosa ondeggia il testone e dirige lo sguardo verso l'angolo nord del magazzino.

Jules segue la traiettoria fino ai due agenti in divisa che hanno circoscritto la zona con il nastro di plastica, sotto una finestrella aperta a vasistas.

Merde de la vache putain, ringhia affondato nella sciarpa Rosset, che sotto sotto ci aveva sperato fino all'ultimo, eh, che Canessa con quelle telefonate arrivate a raffica al centralino in orario antelucano avesse capito fischi per fiaschi.

Invece no, sbuffa con la febbre che gli martella le tempie, chinandosi su quello che oggettivamente e, ahimè, inequivocabilmente è uno stramaledetto cadavere carbonizzato. Con tutto il rispetto, eh, espira Jules raddrizzandosi, ma con l'influenza che lo devasta, l'organico decimato dal sopracitato flagello virale e Solari in quarantena con la scarlattina... insomma, premesso che non esiste un buon momento in cui farsi ammazzare a prescindere, però, porca di quella vacca, no, dico: proprio adesso?

5

Didier respira gli spruzzi salati che bagnano l'alba e fissa il mare.

Le onde si accavallano a mordere la spiaggia di ciottoli grigi, ruggendo tra gli scogli in un rombo di schiuma e vento.

C'è stato un tempo in cui il mare gli pareva uno scrigno pieno di promesse.

Poi è venuto il tempo in cui il mare è diventato il dio crudele che ingoia vite, sogni e speranze, colpendo alla cieca, come un cecchino impazzito.

Ora è il tempo in cui il mare raccoglie tutti i giorni le sue preghiere, per custodirle e trasportarle là, a lambire il cuore di chi è rimasto ad aspettare e a sperare in un ritorno.

Didier chiude gli occhi e lascia che il profumo dell'alba gli si posi sulla lingua, prima che svanisca insieme alla striscia rosa del cielo per lasciare spazio all'azzurro pieno del mattino che avanza.

Ama l'odore dell'alba e del crepuscolo, forse perché sono impregnati dell'aroma sospeso e magico del "tutto può accadere". Proprio come diceva sempre la *grand-mère* Dada, incastrando il suo grasso grosso corpo nella piccola seggiola davanti a chi non si stancava mai di ascoltare le sue storie: l'alba e il crepuscolo sono il momento in cui i sogni si legano ai pensieri e i pensieri ai sogni, tanto che non si capisce bene dove finiscano gli uni e comincino gli altri. Così, alle volte, può accadere che si scambino di posto. Qui sta la magia:

in quello stretto confine tra il sonno e la veglia, dove con un soffio puoi far scivolare i desideri al di là del confine dei sogni.

Però bisogna stare attenti a non esagerare, così lo ammoniva la *grand-mère* Dada oscillando il grosso indice e con la voce piena che faceva vibrare la pancia di chiunque ascoltasse, perché si corre il rischio di restare intrappolati nella terra di mezzo, evanescenti come un sogno ma reali come i vivi. E le cose che restano a metà tra due mondi sono destinate alla sofferenza, al tormento infinito di non essere mai davvero del tutto se stessi.

Un po' come è lui, espira Didier.

Non è più della sua terra e non è ancora di questa nuova terra.

È lì, in bilico tra due mondi così diversi eppure così uguali, senza sentirsi né di qua né di là. Appeso a un desiderio e schiacciato dalla nostalgia. Una terra di mezzo che non lo fa sentire a casa da nessuna parte e straniero dappertutto.

Sì, forse ha davvero respirato troppe albe.

Didier sospira, infila la mano nella tasca del giaccone e guarda il suo cellulare, passando le dita sulla tastiera che sembra la bocca sdentata del vecchio marabutto Lisimba. Mancano il tre, il sette, l'otto e il tasto con i segnetti strani: quattro piccole orbite vuote che rendono il telefono semimorto. O semivivo.

Già.

A metà tra due mondi, proprio come lui.

Forse è un caso.

Didier lo sa, però, che il caso non è mai per caso.

6

La signora Mavi fa uno sbuffo. Piccolo, eh, ma molto sentito.

Poi afferra la penna e senza neppure infilarsi gli occhiali firma per intero, svolazzando in calce *Maria Vittoria Durazzo Longhi Radici* con la sua calligrafia leggermente inclinata a destra, elegante e armonica, con le *z* e le *l* come non le insegnano più a fare. Non che sia una nostalgica, eh, sia chiaro, la signora Mavi – Maria Vittoria la chiamava solo sua suocera, che da brava lombarda non condivideva questo modus operandi tutto ligure di fare i parsimoniosi stringando pure i nomi di battesimo – ritiene solo che le nuove generazioni non sappiano più scrivere, ecco. Tralasciando il fatto spinoso dello "scrivere" in senso letterario e grammaticale, argomento che non le preme sollevare in nessuna sede, figurarsi qui, nella quiete ovattata del suo studiolo e in compagnia di quella salamandra d'avvocato della ditta *Radici & Figli*. No, lei intende proprio scrivere nel senso pratico di penna in mano e calligrafia leggibile. Un pianto.

Anche questo animale a sangue freddo qui davanti a lei, che impugna la Mont Blanc come una vanga da camposanto e la cui grafia pare l'elettrocardiogramma di un sincopato, quanti anni avrà? Trentacinque? Quaranta? La signora Mavi inclina la testina candida a scrutare l'uomo in completo canna di fucile, azzimato e lucido, dalle movenze striscianti e gli occhi che guizzano di qua e di là, più sfuggenti di una saponetta.

Sì, è vero, l'avvocato coso qui… La signora Mavi sbircia sul foglio intestato per rileggere il nome: ah, *Avv. Stefano Bellini…* ecco, sì, uguale al pittore, e pure al long drink, come ha fatto a scordarselo?… sì, insomma, l'avvocato Bellini non le piace "a pelle". Però, dai, come si fa a seviziare una stilografica a questo modo? Le verrebbe voglia di agguantare quelle dita raggrumate ad assediare il pennino d'oro e fargli riempire pagine e pagine di *A* come Aiuola, *E* come Elefante, *I* come Imbuto, fino a che non impara. Perché è qui il dramma: quando hanno avuto la bella pensata di togliere la calligrafia come materia d'insegnamento, recidendo definitivamente il collegamento cervello-arto-mano. Complimenti, proprio una bella pensata! Così, salvo rarissime eccezioni, vengon su degli impediti con la manualità di un tapiro e il senso pratico di un tappo di sughero. Poi uno si domanda come mai è più facile prendere appuntamento con il Papa che con un idraulico. Eh, perché nessuno sa più usare le mani e i pochi che lo sanno fare li si paga a peso d'oro e sono prenotati per i prossimi tre lustri, ecco come mai! Che la settimana scorsa il rumeno che le ha tirato su il muretto a secco del giardino le è costato all'ora come un notaio. Esentasse, tra l'altro. Ecco, appunto.

E ora che cos'ha da guardarla 'sta salamandra d'avvocato? Ha firmato, no? sbuffa di nuovo la signora Mavi, inarcando eloquentemente un sopracciglio.

«Ci sarebbero da riconsiderare un attimo i clienti di cui le avevo parlato l'altro giorno» delucida al volo la salamandra, interpretando con discreto acume i movimenti sopracciliari della signora «e a questo proposito le vorrei ricordare l'aspetto, non trascurabile, del saldo totale subito, e senza fare una grinza sul prezzo, senza cambiali, e soprattutto lasciando a intendere che sarebbero disposti a mettere una cifra inferiore nell'atto d'acquisto per darvi poi il resto… sì, insomma, ha capito, non c'è bisogno che prosegua oltre.» E la salamandra fa un movimento vago con la Mont Blanc, a parafrasare l'aspetto della potenziale, e a suo parere felicemente auspicabile, evasione fiscale.

La signora Mavi lancia il secondo sopracciglio a raggiungere l'altezza considerevole del primo. Poi incrocia le braccia sul maglioncino di cachemire corallo e si produce in uno dei suoi consueti piccoli sbuffi pregni di sentimento. Sentimento di robusta e conclamata irritazione, in questo caso.

«Senta, avvocato Bellini» scandisce pacata e *tranchant*, che a forza di vedersi davanti quel nome comincia a sentir serpeggiare tra le papille un prepotente desiderio al gusto di prosecco e pesca «va bene che qua si è deciso di vendere la *Radici & Figli*, va bene che Leonardo e Antonio dicono che ormai questa ditta è un peso morto, va bene che togliersi dal groppone un'azienda di arte sacra di questi tempi non è così semplice come si possa pensare... ma diamine, avvocato, mollare baracca e burattini a dei cinesi che poi ci stivano dentro connazionali a lavorare peggio che nelle miniere di ottant'anni fa, no, dico, le pare? Che non è per i cinesi in sé, eh, per carità, a me i cinesi stanno simpatici, anzi le dirò di più, se ci mettessero uno di quei loro centri massaggi "particolari" mi starebbe pure bene, almeno elargirebbero effimeri attimi di paradiso! Ma in questo modo no, caro il mio Bellini, sapere che così darei il mio lasciapassare a schiavitù pseudo-legalizzata, con poveri cristi che "producono" notte e giorno, dormono lì, vivono lì... che poi, vivono, magari!, al più vegetano... al limite dell'umana sopportazione, guardi, mi dispiace, ma non ci penso neanche. E non ci si provi, neh, avvocato Bellini!» alza una mano perentoria la signora Mavi, a recidere sul nascere ogni iniziativa «non cerchi di convincermi, tantomeno che ci si provino quelle due lenze dei miei figli: io, all'impresa tessile dei cinesi, la *Radici & Figli* non la vendo. Ho la quota maggioritaria e quindi decido io. Fine dei discorsi. Bon. Che ore sono, per cortesia?»

«Le otto e dieci...» bofonchia confusa la salamandra.

Ecco cosa vuole dire invecchiare, sbuffa scocciata la signora Mavi: con lo srotolarsi dell'età le notti si raggomitolano su loro stesse, portando risvegli a ore antelucane, colazioni che non albeggia ancora e finisce che una ha voglia di farsi un bellini – il long drink, sia chiaro – quando gli altri non sono neppure al primo caffè della giornata, per dire che a quest'ora non regge nemmeno la scusa di un aperitivo un po' in anticipo, insomma. Che volendo potrebbe anche fregarsene, eh, in fondo uno dei grandi pregi dell'età è proprio sbattersene di ciò che pensa la gente. Ma poi Galina lo dice ai suoi figli, che ne parlano con il dottor Perego, che poi ne parla con... niente, sbuffa ancora tra sé la signora Mavi, finisce che si monta su tutto un cancan che levati. E lei non ne ha voglia. Dimmi tu se, a settant'anni suonati, una non è libera di farsi un bellini in casa sua all'ora che le pare. Se almeno la salamandra alzasse i tacchi e...

«Signora, chiedo *scvuse*» irrompe Galina sulla soglia dello studiolo «signorino Leonardo a telefono. Dice che importante molto» spiega la moldava allungandole il cordless.

Insomma, un signorino di quarantacinque anni con moglie e annessi e connessi, eh, alza il sopracciglio la Mavi, ma Galina ha inserito questa modalità *Downton Abbey* appena ha scoperto che l'albero genealogico della signora annovera tra i suoi rami circa otto dogi e qualche conte, e non c'è verso di levargliela.

La signora Mavi allunga la mano magra ad arpionare il telefono e blocca con l'altra il grosso pendente d'argento che le ciondola sul maglioncino – a limitare i danni, ché ogni volta che si sporge sullo scrittoio fa una strage di portapenne e ammennicoli vari –preparandosi ad ascoltare l'ennesima rottura di scatole. Già, perché se Leonardo telefona, invece che calare giù dall'appartamento al piano di sopra a parlarle *vis-à-vis*, vuole dire che la comunicazione non è scevra di spiacevoli conseguenze, indi per cui lui ritiene più salutare mantenere una certa distanza fisica da sua madre, cioè lei.

«Cos'è successo?» domanda quindi secca la signora Mavi. La salamandra le ha già prosciugato la dotazione di pazienza giornaliera e ha manco per l'anima di stare tanto a girarci intorno.

La voce di Leonardo arriva concitata e in un crescendo di toni, tanto che pure la salamandra riesce a captarne il senso e allarga gli occhi, con la Mont Blanc a precipitare sul parquet con un secco *toc*, a siglarne lo sconcerto.

«Oh. Merda» commenta frugale la signora Mavi, notando che la mattinata sta prendendo una piega inedita e quanto mai originale.

Tanto da giustificare eventuali esuberanze.

Per cui si alza, va al carrello dei liquori, agguanta lo shaker insieme a due flûte e senza rallentare percorre il largo corridoio fino all'enorme cucina, apre il frigo e sotto lo sguardo stupefatto di Galina, che resta lì, con il panno per l'argento stretto in una mano e la teiera Tankard inglese sospesa nell'altra, ravàna nel freezer e scodella nello shaker tre cubetti di polpa di pesca bianca surgelata. Poi stappa con destrezza collaudata una mignon di Ferrari, versa lo spumante sui cubetti di pesca, agita con energica determinazione e riempie i due bicchieri di uno spumeggiante, profumato e perfetto bellini.

«Ma *sigvnora*» esclama sgomenta Galina, che quando si agita imbottisce le parole di tutte le consonanti della lingua natia «è troppo mattino per alcol!»

«Mi hanno appena mandato arrosto la *Radici & Figli*» la trancia secca la signora Mavi, schiaffandole in mano un flûte «e in certi frangenti l'alcol diventa un obbligo prescritto. Quindi zitta e bevi.»

7

Alma resta per un attimo ad annusare l'aria di questo mattino di dicembre. C'è l'odore pulito del freddo e quello grasso della terra umida, ma c'è anche qualcos'altro, un che di affumicato che si impasta al sentore di alghe e mare portato fin qui dalla libecciata. Mah, forse è bruciato qualcosa, ma non i soliti falò di sterpaglie dei pochi contadini lì sulla collina, nessuno con un minimo di senso si metterebbe a dar fuoco alle erbacce con 'sto vento. Chissà.

Prova ad accendere la radio per sentire se dicono qualcosa. Intanto apre lo sportello della lavatrice e comincia a travasare la moltitudine di maglie, magliette e calzini spaiati dentro la cesta dei panni... chi risolverà il mistero del buco nero che inghiotte i calzini sarà meritevole di Nobel e piazze dedicate alla memoria... Con questo vento salato resteranno tutti appiccicosi e secchi come stoccafissi, ma almeno asciugheranno presto. Tanto, per quello che durano puliti... Certe volte le viene di calcolare quanto tempo della sua vita trascorre a riempire lavatrici, svuotare lavatrici, pinzare mollette, accoppiare calzini... minuti che si accumulano a comporre ore, ad affastellare giorni, mesi, anni. Solo a stendere. E le viene uno sconforto tale, una sensazione così assoluta di spreco cosmico, che pianta lì e cerca di non pensarci più.

«Ma', ti volevo chiedere» le arriva cisposo alle spalle Paolo «domani posso entrare un'ora dopo, che tanto di storia interroga e basta e a me ha già chiamato venerdì?»

«Ma che discorsi fai, scusa?» trancia subito sul nascere Alma, avvitando la caffettiera. «Si sta a casa se c'è un valido motivo. Punto.»

«Ma non ha senso, dai ma', perdo solo tempo. Invece se entro un'ora dopo, dormo di più e mi concentro meglio sulla verifica di mate della quarta ora.»

«Senti, Perry Mason, per concentrarsi meglio e dormire di più basta andare a letto prima la sera, non entrare dopo a scuola, fidati» delucida Alma, rifugiandosi sul balcone a stendere.

«Ma che senso ha stare un'ora lì a scaldare il banco mentre la Benassi interroga, mi domando io...» la segue Paolo con la tenacia di un molosso.

«Fa' un po' come vuoi» sbuffa torva Alma, che per il nervoso ha già fatto cadere tre mollette e un calzino nel cortile sottostante.

«E va beeeeeene, alloooora domani vaaaado...» fa la vittima lui, strascicando i piedi in una mesta ritirata da martire protocristiano.

E niente, il "fa' un po' come vuoi" materno resta ancora il "no" più efficace ed elegante del mondo, espira Alma, finché dura. Perché qui la faccenda si fa sempre più impervia e spinosa, le pare che l'autorevolezza le scivoli via come sabbia tra le dita: più i figli crescono e più lei perde terreno. Una lotta impari. Ti scontri con le loro esigenze, con gli esempi lassisti degli altri, con il tuo tener duro a prescindere ma senza la determinazione di sempre: perché tutto intorno a te si sgretola, i valori con cui sei cresciuta si sfarinano, i punti fermi hanno di colpo l'elastica motilità di un chewing-gum, la buona educazione ha perso ogni regola affidandosi a una elusiva "interpretazione personale", dove il rispetto è diventato un concetto così volubile e astratto da aver perso completamente il senso. Come si fa? È come correre nelle sabbie mobili: più annaspi e più affondi.

Ma ora sta divagando, perché il nocciolo in realtà sta tutto lì, nell'arrancare da sola con quattro figli di cui i due maggiori sono in piena, conclamata e drammatica adolescenza e le due minori si apprestano a saltarci dentro a piè pari. Ecco, appunto. E il tutto con la netta percezione di essere in balìa di un uragano aggrappata a uno stupido materassino da spiaggia.

«Mamma?» la stura dal suo tourbillon mentale Maria. «Ti ricordi che oggi devi andare a parlare con quello di tecnica, vero?»

«Come sarebbe a dire "quello", scusa?» si inalbera Alma, che aveva la miccia già innescata dalle riflessioni precedenti. «Non mi sembra che stiamo parlando di un mazzo di carte o di un mattoncino di Lego, eh? Si tratta di un vostro professore, quindi mi fate il santo piacere di portare rispetto, sempre. Chiaro?»

«Ma se lo dicono tutt...» prova a ribattere Marta, in difesa della sorella.

«Voi. Non. Siete. *Tutti*» sputa secca Alma, più aggressiva di quanto vorrebbe. Sarà che stratifica tensioni moleste fin da ieri sera.

Un silenzio carico ristagna in cucina, rotto solo dal debole acciottolio dei cucchiai nelle tazze.

«A che ora avrei il colloquio con il professore di educazione tecnica?» domanda Alma liscia, cercando di stemperare i toni.

«Alle undici» soffia Maria, ancora offesa.

«Stanotte c'è stato un incendio nella ditta d'arte sacra dei Radici» irrompe in cucina l'Alfonsina, brandendo il tablet. Da quando i nipoti glielo hanno regalato è sempre lì che armeggia con le sue dita adunche a scovare cose: tra quell'aggeggio che sguaina in continuazione, come se ormai fosse un suo terzo arto, e il girello d'alluminio ultra leggero su cui derapa per la casa, l'Alfonsina sta cominciando ad assumere gli inquietanti contorni di un cyborg.

«Ah, ecco cos'era allora quell'odore di bruciato» esclama Alma, versando il caffè nella grande tazza colma di latte della suocera. «Sanno già com'è successo?»

«Macché.» L'Alfonsina scuote la testina rapace, mentre scorre il dito sul tablet. «Qui dice che i piani superiori sono quasi integri, ma il magazzino è messo male, uh oh!» socchiude gli occhietti da poiana, tutta interessata. «Da indiscrezioni pare che abbiano trovato un corpo bruciato e...» il dito clicca, sposta e fruga picchiettando lo schermo con l'indice ritorto «toh, guarda, una testata fa cenno anche a delle scritte... e in arabo a quanto pare. Le indagini sono affidate alla polizia, quindi presumibilmente toccherà al nostro ispettore Jules Rosset... che non avrai ancora chiamato, immagino» alza il sopracciglio l'Alfonsina, a memento e rimprovero nei confronti di Alma.

«E ora me ne guardo bene, non so cosa volesse Jules ieri sera, ma alla luce di queste "fumanti" novità sarà meglio starne alla larga. Anzi alla larghissima. Ora come ora mi manca solo di essere di nuovo invischiata nelle sue faccende. Quindi zitta e mosca. E ora preparatevi che è tardi.»

Alma si alza, schiaffa le tazze nel lavandino e inizia a lavarle, per troncare ogni possibile discorso.

«Ma tu non vai a pulire il pied-à-terre del rampollo più giovane dei Radici, scusa?» butta lì l'Alfonsina, allungandole la caffettiera vuota.

«E che c'entra l'appartamento di via Ravaschieri con l'incendio dell'azienda, scusi? Che quella è su per la collina di Maxena e cioè dalla parte opposta di Chiavari» salta su Alma, come se l'avesse morsa una biscia.

«Niente. Pensavo. Sai come si dice, no? "Le grane sono come le ciliegie: una tira l'altra"» lascia cadere con noncuranza la suocera, prima di sgusciare verso il salotto.

8

«Sì, vice questore... certo, no no, è che...» Jules alza gli occhi al cielo e lancia la cornetta sulla scrivania, mentre la voce del vice questore Carlo Maria Castelli continua a incalzare tra il portapenne e una pila scomposta di cartelle.

«Ma cosa fa, ispettore» soffia in labiale la Fabiani, con gli occhi larghi. «Il signor vice questore sta ancora parlando e...»

Rosset sventola la mano ossuta e scuote la testa, a riassumere tutta la sua insofferente consapevolezza, poi apre un cassetto della scrivania, fruga, lo richiude con uno sbuffo, ne apre un altro, fruga ancora, rumoreggia con un blister e si mitraglia in bocca una scarica di palline Zigulì all'arancia vitaminica con un sospiro appagato. Poi con calma riagguanta il ricevitore e, incurante dei movimenti sopracciliari della Fabiani carichi di muta disapprovazione, butta lì due o tre «sicuramente, vice questore», «non si preoccupi!», «come se fosse già fatto» a caso. Quindi riverisce allargando i saluti «alla sua signora» e con un sordo grugnito chiude definitivamente la comunicazione.

«Hai mai notato, Sara, che al Castelli quando è imbufalito gli va la voce in acuti e ottave che nemmeno Farinelli?» espira Rosset. «Una roba che ha il potere di deflagrarti il cervello.» E si abbandona contro lo schienale della sedia girevole, sprimacciandosi la fronte nel vano tentativo di placare il mal di testa.

«Ma si rende conto, ispettore, che a questo modo ha sentito nemmeno un terzo di quello che voleva il vice questore? E se…»

«E se niente, Sara, credimi» continua a massaggiarsi la fronte Rosset «perché l'unica cosa che ha spolmonato tra i suoi acuti il Castelli, ripetendola allo sfinimento come un trentatré giri rigato, oltre a ricordarmi che i Radici sono "una delle famiglie più in vista", "quindi piedi di piombo", "guai a lei se prende iniziative", il solito insomma, è stata la faccenda di certe scritte arabe che ha tirato fuori una testata giornalistica di mentecatti, mettendola subito online tra l'altro… Si può vedere questa porcata che a quanto pare hanno letto tutti tranne il sottoscritto?»

La Fabiani accende il computer e smanetta un po', fino a che testo e immagini si aprono in tutta la loro evidenza.

Jules avvicina il naso al monitor, ha gli occhi tanto lacrimosi e congestionati che gli pare di guardare tutto come attraverso una boccia per i pesci rossi.

Non ce la può fare.

È che a lui l'influenza gli cade male, ecco. Lo sa, eh, che così si dipinge addosso il luogo comune che gli uomini nella sopportazione dei malanni sono un flagello, che con un trentasette scarso di febbre sembrano lì lì per passare al Creatore, che le donne invece devono far tutto comunque quantunque e *blablabla*… ma non gliene frega niente, perché lui sta da cani e stop.

Ma guarda te se Solari doveva prendersi la scarlattina proprio adesso che lui sta male. Non fosse che la cosa risulterebbe oggettivamente un po' macchinosa, e pure un tantino esagerata, eh, persino per un sovrintendente permaloso, gli verrebbe fin d'ipotizzare un lucido Solari che si ingloba lo streptococco solo a scopo punitivo\vendicativo nei confronti del suo povero superiore, costringendo così Rosset a vagare febbricitante e sfatto nel vento umido della riviera a sbrogliare queste faccende che…

«Ma che diavolo è 'sta roba?» abbaia Jules davanti alla fotografia ingrandita di una scritta tutta riccioli, puntini e volute. Poi spara uno starnuto così forte che è quasi certo di essersi disossato lo sterno.

«È il muro che gira tutto intorno alla *Radici & Figli*, questa parte resta dietro, nascosta rispetto la strada» spiega la Fabiani. «Lì c'è un piccolo sterrato che termina poco più su tra le fasce: ci sono due cipressi, qualche ulivo e una vecchia baracca con il tetto in lamiera...»

Jules fissa la porzione di muro rosato e quegli incomprensibili segni che occhieggiano, nitidi e precisi, tra i fili d'erba.

Sbatte le palpebre. Fili d'erba?

«Ma quanto è alta l'erba lì, scusa?» domanda perplesso e si accanisce con l'indice sul tasto destro del mouse, nel rabbioso e vano tentativo di stringere l'immagine.

«Non è alta l'erba» delucida la Fabiani, intervenendo con decisa fermezza a tutela del povero strumento «è bassa la scritta, vede?»

«Ah» inquadra Rosset, sconquassandosi le costole in un attacco di tosse che lo lascia senza fiato.

«E sa una cosa?» si avvicina la Fabiani, indicando la foto.

Jules le sventola davanti la mano ossuta per incitarla a proseguire: ad aprire bocca non ci pensa neppure, come minimo gli parte un altro attacco di tosse che stavolta potrebbe essergli fatale.

«A me 'sta cosa che abbiano piazzato questa scritta così defilata...» scuote la lunga treccia bionda la Fabiani. «Insomma, se fosse davvero un messaggio di rivendicazione terroristica, come ipotizza l'autore dell'articolo, nei panni dell'attentatore vorrei che fosse una roba lampante, tipo un grido di guerra, no? Invece scelgono di infrattarla nella parte bassa della porzione di muro più nascosta, con l'erba davanti, per giunta! No, dico, solo dei deficienti ragionerebbero così, non trova?»

L'ispettore Rosset fa di sì con la testa, massaggiandosi dubbioso il mento e ripercorrendo mentalmente tutto ciò che ha registrato la mattina sul luogo del misfatto.

Primo, un vento fetente, umido e salato che si infilava ovunque.

Secondo, il vigile del fuoco "Ben La Cosa" – il nome vero non se lo ricorda più – che lo ha ragguagliato sui rinvenimenti salienti.

Terzo, un giro sommario dell'interno, con Ben La Cosa che spiegava e lui che si distraeva a rilevare la straordinaria somiglianza del vigile del fuoco con il suddetto personaggio della Marvel.

Quarto, lo sconforto nell'apprendere che, nonostante avesse riposto ogni speranza nella ben nota inadeguatezza al multitasking di Canessa, il suo agente al centralino non aveva affatto frainteso. Infatti il corpo carbonizzato c'era, porca di quella vacca, e ora si trova a patologia in quel di Sestri Levante.

E soprattutto: né lui né i vigili del fuoco, né nessun altro, avevano notato la maledetta scritta araba.

Per dire che lui la pensa come il suo agente scelto: che-senso-ha-piazzarla-lì?

«Magari è una scritta vecchia come il cucco» gracchia Rosset «poi arriva questo demente del giornale online, fruga lì intorno, per puro caso la vede, e *tac*, caga il suo scoop e ci butta tutti nella merda. Perché siamo nella merda fino al collo o sbaglio, Sara?»

«Abbastanza, sì» ammette secca la Fabiani. «I commenti stanno assumendo la configurazione di un vero e proprio tsunami… nel giro di venti minuti sono lievitati in maniera esponenziale. Credo che questa testata non abbia mai avuto così tante visualizzazioni, neppure facendo la somma anno per anno. Comunque, non per reciderle le speranze, ma a vederla la scritta non sembra roba vecchia» lo stronca lei, zumando sulla fotografia. «I tratti sono vividi, non scrostati, il colore non ha perso lucentezza… vede? Ora vado a studiarla dal vivo, eh, ma così a naso le direi che, se non è di ieri notte, è comunque molto recente.»

«Cosa c'è scritto lo sappiamo?» ringhia abbattuto Rosset.

«No. Stiamo aspettando il mediatore linguistico. Però Pisu ha di là due marocchini in stato di fermo e uno dei due parla un po' l'italiano. Insomma, se vogliamo...»

«Stampa la scritta e proviamo» soffia Jules, esausto.

Gli scoccia ammetterlo, ma il suo vichingo Solari gli manca, gli manca persino quel suo sorbire e sgranocchiare caramelle al rabarbaro. Che di solito lo manda in bestia, eh, invece ora gli pare quasi di non riuscire a quagliare i pensieri senza tutti quei risucchi e quel triturar di molari, tanto che gli monta l'idea di...

«Vuoi una caramella al rabarbaro?» domanda infatti a bruciapelo alla Fabiani, spingendole sotto il naso la scatolina di Solari.

«No, grazie, il rabarbaro mi fa abbastanza schifo» lo spegne subito lei, agitando il foglio fresco di stampa come per farlo asciugare. «Mah, se non fosse che la *Radici* è un'azienda che si occupa di mercanzie per il culto cattolico, forse una scritta araba sul muro non se la sarebbe filata nessuno» medita poi contemplando il foglio.

«Magari c'è scritto "scemo chi legge", o "Fatima ti amo" e stanno montando tutto il cancan per niente» sbuffa Rosset. «Ti rendi conto come siamo messi? Ora tutti vedono l'ombra dell'Isis in ogni dove, anche nel tipo che riempie di couscous e cumino i carrelli della Coop... Vabbe', dai, andiamo a farci tradurre 'sta cosa. Vedi mai che possiamo archiviarla subito come "non pertinente ai fatti" e ci si mette una bella pietra sopra» si arranca dalla sedia l'ispettore, arraffando pacchetti di fazzoletti di carta da stivare in tutte le tasche.

Ma guarda te se al cadavere bruciato si doveva aggiungere pure la rogna di 'sta maledetta scritta.

Merde de la vache putain.

9

Antonio si affaccia in cucina e la prima cosa che vede sono sua madre e la colf moldava che si stanno scolando un bellini.

Alle otto e mezza del mattino.

«Hai saputo anche tu?» domanda secca la signora Mavi, senza neppure voltarsi.

«Buongiorno a te mamma, io sì, ho dormito bene, tu? E dimmi: insieme al bellini, a colazione, vuoi anche, che so, due dita di vodka, un tiro di marjuana...» butta lì Antonio, appoggiandosi allo stipite.

«C'è poco da fare il cretino, eh, che stamattina mi pare ne sia già successo abbastanza da far scappare la pazienza a un santo. O no?» lo trancia la Mavi, ruotando il flûte per raccogliere la polpa di pesca rimasta sul fondo.

«Certo che ho saputo, mi hanno chiamato Leonardo, i vigili del fuoco, la polizia, una dozzina di giornalisti...» sospira Antonio, infilando la cialda nella macchina del caffè.

«Uh, no! Faccio io colazione per signorino» schizza su dalla sedia Galina, mollando il bicchiere sulla credenza.

«Ma no, dai, non ti preoccupare» prova a dire Antonio, ma poi la lascia fare, ché lui più in là della cialda tanto non va.

«È signora che ha insistito» gli soffia Galina, indicando con il mento il flûte ancora mezzo pieno «era per superare lo choc, ha detto. E poi lei sa come è signora Mavi quando mette in testa cosa...»

«Eh, lo so sì, Galina, com'è fatta mia madre, son quasi quarant'anni che lo so. Ma appunto perché lo sappiamo non è che possiamo lasciarle fare tutto quello che vuole, non crede? Cristosanto, Galina, stiamo parlando di scolarsi un bellini alle otto e mezza del mattino!»

«Non dica così, signorino Antonio!» piagnucola la moldava, gettando allarmata gli occhi al soffitto e facendosi tre volte il segno della croce. «Lei sa: io curo signora Mavi come mia regina. Sempre.»

«Per me puoi curarla anche come il Bambin Gesù, ma non a suon di drink al posto del caffelatte, madonnasanta, e... Ma si può sapere perché continui a guardare il soffitto mentre parlo, scusa?»

«Vuole essere solo pronta a scansarsi» delucida la Mavi «nel caso calasse giù un fulmine a incenerirti per tutto questo tuo scomodare cristi, santi e madonne. Lo sai che è più devota lei di...» e muove la mano a sviscerare il concetto, ché di nomi a termine di paragone ora non gliene viene nessuno «e poi piantatela di parlare di me come se non fossi qui o fossi morta, e guai a te Galina se ti fai il segno della croce!» le recide il gesto sul nascere la Mavi. «Per la miseria, settant'anni suonati e ho ancora tutti qui intorno che mi dicono cosa devo o non devo fare, compresa quella specie di salamandra che sta di là nello studio» sbuffa. «Accidenti a me per aver ingoiato quello che pensavo all'idea balenga di tuo padre di dividere la villa in tre, lui e la sua utopia del "tutti insieme ma ognuno per conto suo". Uh, sì, proprio una meraviglia. Infatti guarda qui, ho sempre qualcuno tra i piedi.»

«Ma signor Edoardo voleva famiglia tutta unita, signora Mavi, famiglia è dono di Dio.»

«Sì, certo» alza un sopracciglio la Mavi, a compendio dell'opinione «tanto lui è morto e a succhiarmi "la famiglia" son rimasta io.»

«Bene, dopo essermi preso la mia razione di amor materno, possiamo passare al fatto del giorno, per favore?» sospira Antonio, che certe volte vorrebbe svegliarsi e scoprire di essere finito su Marte. Da solo.

«Be', mi sembra che non ci sia molto altro da dire» accavalla le gambe la Mavi e appoggia il gomito sul tavolo «comunque ti ascolto, dimmi.»

Antonio la guarda.

Sua madre ha il potere di frantumargli l'equilibrio mentale, così, in dieci minuti netti.

Con la precisione letale di una Parca.

Eppure a vederla non si direbbe, eh, con i suoi capelli bianchissimi tagliati alla garçonne, i suoi maglioncini di cachemire, i pantaloni di vigogna un po' a zampa e gli etti di ciondoli appesi al collo, da domandarsi come, coi suoi cinquanta chili scarsi, possa restar dritta. E invece. Dritta come un fuso, senza cedimenti o tentennamenti, e soprattutto senza mollare la sua posizione, mai. Costi quel che costi.

Uno schiacciasassi, insomma.

«Non so, il fatto che abbiano trovato un tizio arrostito dentro la *Radici & Figli* ti pare un *divertissement*? Una cosa messa lì a far folklore?»

Lei cincischia con uno dei sopracitati ciondoli da mezzo chilo, poi alza appena le spalle.

«Mah, può esser tutto e niente.»

E lo dice proprio così, con quel tono svagato da regina annoiata del tipo "il popolo non ha pane? Dategli le brioche", che per Antonio è come piantargli spilli sotto le unghie.

«Bene, allora» espira, già sfiancato «vedo che il dialogo qui è già ben oltre i confini della realtà, quindi vado di là, da Stefano. Ah, cerca di non chiamarlo salamandra, ti spiace? O almeno trattieniti se lui si trova solo una porta più in là. Galina, grazie del caffè.»

«Cosa voleva dire signorino Antonio con cosa di "tizio" arrosto alla *Radici*?» domanda Galina, riagguantando la teiera d'argento e il panno per lucidare.

«Pare che, spento l'incendio, abbiano trovato dei resti...» sospira la Mavi, tamburellando le dita magre sul piano del tavolo.

«Resti?» arriccia le spesse sopracciglia bionde Galina.

«Resti, Galina, r-e-s-t-i. Un corpo, un morto, qualcuno che ci è bruciato dentro, alla *Radici*, ecco» sputa secca la Mavi, che ne ha già l'anima piena di tutto questo disquisire.

«Oh Maria Vergine...» esala la colf, mollando panno e teiera per farsi il segno della croce. Poi si guarda in giro, punta alla credenza, afferra il flûte e con un secco movimento di polso lo tracanna in un botto. «*Na zdorovie...*» sussurra, alzando il bicchiere al cielo, ché a lei tutte 'ste faccende di fuoco, fiamme e morti da Apocalisse le fanno strizzare le budella.

«Ah, però! *Na zdorovie* a te» ridacchia la Mavi.

Che poi non ci sarebbe proprio niente da ridere, in effetti, come non ci sarebbe neppure da parlarne. Tutto questo cincischiare di discorsi intorno a cosa? Solo fuffa, scuote la testa lei, inutile e insulsa fuffa. È questo che non capiscono Antonio, Leonardo, quella salamandra d'avvocato, i politici, i preti, i giornalisti, i talkshow, i professoroni, gli opinionisti, la gente... continuare a far congetture campate in aria non serve a niente. Mai. Perché diventa tutto un circo.

E nel circo, si sa, l'unico momento sincero è quando entrano i pagliacci.

10

Alma tira su la cerniera fino al mento e allunga il passo per infilarsi nel riparo dei portici, ché questa libecciata pare non avere alcuna intenzione di mollare la sua presa. L'aria è salata, salati i vestiti, i capelli, le labbra se ci passi la lingua, come se tutto fosse impastato di mare. O di lacrime, come citava qualcuno, la Blixen forse. Non se lo ricorda.

Ultimamente le pare di scordarsi un sacco di cose, come se la sua testa fosse caduta vittima di una sorta di overbooking: tanto ne entra e tanto ne deve uscire, perché buchi vuoti dove pigiare altri pensieri non ne ha più. E questo le scoccia. Perché le pare che faccende prosaiche come "devo ricordarmi di comprare la candeggina" o "venerdì alle quattro le gemelle hanno il dentista" scalzino via ricordi, nomi, volti, cose ascoltate, cose imparate, cose amate... insomma, cose che lei aveva avuto cura di stivare lì, proprio perché le voleva tenere con sé e custodire, porca miseria, mica per giocarci a scambio come con le figurine.

Ma arrabbiarsi non serve, deve prenderne atto e bon. Anche se le sembra, da un po' di anni a questa parte, di non far altro che "prendere atto" di un qualcosa che non le garba per niente.

Una raffica di vento si infila tra le colonne dei portici, sbatte sulle saracinesche ancora chiuse e spettina gli abeti carichi di palle argentate che ogni negozio ha messo davanti alla sua vetrina.

Toh, nota Alma, qualcuno si è portato via qualche pallina, lasciando solo il gancetto nudo e crudo appeso al ramo. Ma non ha depredato un albero solo, eh, no no, le ha prese un po' qua e un po' là, lungo tutti i portici. Una sorta di "furto democratico", insomma. Ma guarda, ridacchia, e le sale quasi un moto di simpatia per questo equanime predone di palle natalizie, tanto da stemperarle un po' il nervoso che la cavalca impetuoso da ieri sera.

Le squilla il cellulare.

Alma sbuffa, fruga nella borsa, gli squilli perseverano e lei continua a frugare, in una specie di gara di resistenza, fino a che finalmente lo trova ma nel momento esatto in cui, ovviamente, si ammutolisce di botto, lasciandole solo la traccia lampeggiante del nome: CARLO MESSI.

Ah, era lui.

Le fa ancora così strano…

Non è mica normale però, sospira Alma, fissando il telefono. È felice e turbata, elettrizzata e sgomenta. Manco avesse quindici anni.

Una deficiente.

A vederla così, tutta scompaginata e perplessa, Carlo Messi si farebbe una delle sue belle risate aperte, che sembrano partire dagli occhi per arrivargli fino alle unghie dei piedi, tanto sono contagiose e sincere.

Mah, forse è stata proprio una di queste sue risate a sgretolarle un po' di quel carapace granitico che si è sigillata addosso, come un paguro rintanato in un guscio non suo.

Che a pensarci, il loro primo incontro non si può proprio definire l'apoteosi del romanticismo, eh.

Sei mesi fa Alma si era trovata incastrata da Jules Rosset in quella faccenda ingarbugliata della morte della bella Elena, la moglie dell'antiquario, e come al solito Jules non si era fatto scrupolo di intrufolarla a suo piacimento a frugare nelle vite altrui, appellandosi al suo "sguardo" ma soprattutto al fatto che lei aveva, in un eccesso di zelo, pasticciato, o meglio dissolto nei detersivi, prove... di un certo peso, ecco. Inutile parafrasare: si era trattato di banale e bieco ricatto, dove Jules aveva fatto leva sul senso di colpa, costringendola a infilarsi a scandagliare l'esistenza di Elena ovunque, anche sul posto di lavoro, e cioè dal dentista Carlo Messi.

Quel primo incontro per Alma era stato del tutto irrilevante, presa com'era dalla faccenda in sé e dal desiderio di uscirne il prima possibile, ma si erano rivisti al funerale di Elena, poi per strada – proprio qui in Carruggio Dritto, dove lui ha lo studio e dove lei transita almeno una volta al giorno – e il dottor Messi si era subito rivelato una gradevolissima compagnia e sostanzialmente uno che non demorde.

Già, perché uno con un minimo di buon senso e con una normale gestione della perseveranza l'avrebbe mandata a spigolare dopo cinque minuti. Perché Alma è cosciente di rizzare gli aculei subito e a prescindere, anche solo davanti a un embrione di lusinga, figurarsi di fronte alla corte – gestita con elegante ironia e gustosa intelligenza, certo, ma palese e inequivocabile – di Carlo Messi.

Per dire che Messi dimostrava una tenacia di un certo calibro, ecco.

E comunque avere uno che le telefona per vederla o anche solo per sentirla o per condividere con lei... che so, l'entusiasmo di una nuova lettura... be', le fa strano.

Molto strano.

Troppo.

Infatti lascia che il cellulare sia di nuovo inghiottito dalle fauci della sua borsa e non lo richiama.

Perché i paguri, si sa, una volta che si sono fatti una tana, anche se il guscio non è proprio di loro gradimento, col cavolo che la mollano.

11

«La scritta è questa?» domanda Pisu, sbirciando da sopra la spalla della Fabiani.

«Sì» grugnisce Rosset «e a dirla tutta confido proprio che il tuo marocchino ci tiri fuori dalle sabbie mobili in cui ci ha gettato quel giornalista dallo scatto facile. A proposito, il nome del cronista d'assalto lo sappiamo?»

«Solo le iniziali che erano in calce all'articolo: S.L.» ragguaglia la Fabiani «ma se vuole vado più a fondo.»

Rosset scuote la testa e latra due colpi di tosse cavernosa, poi sventola la mano in quello che i due agenti scelti interpretano come un "ora vediamo se è il caso" e si infila nel lungo corridoio, con le pedule che gemono sul linoleum verde del pavimento.

I due marocchini sono lì, sigillati nella piccola stanza, seduti sulle sedie di plastica rossa a gambe divaricate, gomiti appoggiati sulle ginocchia e sguardo sul pavimento.

«Perché sono qui?» domanda Rosset, mentre li scruta dal riquadro di vetro della porta.

«Sospetta ricettazione» spiega Pisu. «Il loro appartamento era stivato di merce contraffatta o rubata. L'auto di pattuglia li ha sorpresi ieri sera mentre scaricavano da un furgoncino un televisore al plasma: erano parcheggiati di traverso davanti al loro portone, luci di posizione spente e in pieno passo carrabile, per questo l'auto di pattuglia si è fermata. Loro hanno mollato il televisore e sono scappati dentro... dicono che facevano solo da "magazzinieri", insomma tenevano lì la roba ma non ne conoscono la provenienza, non l'hanno presa loro e non la smerciano loro. La tengono lì in casa e basta.»

«Quale dei due parla italiano?» si soffia rumorosamente il naso Rosset, che darebbe un braccio – forse anche entrambi – per qualcosa di alcolico e bollente a sturargli seni nasali e sinapsi.

«In realtà sia l'uno che l'altro, ma quello giovane mi pare più collaborativo... Non vorrei che il vecchio ci facesse una bastardata, tipo che ci dice che la scritta è un inno ad Allah, montiamo su un bordello di indagini e poi non è vero niente, ecco» ammette Pisu «e le direi che sarebbe anche il caso di mostrargliela in separata sede, 'sta scritta.»

Rosset gli lancia un'occhiata pregna di rispetto.

Certo che è singolare, ragiona con uno dei suoi sorrisi storti: ha un agente scelto che sembra una fatina dei boschi e che fa pelo e contropelo alle indagini con la perizia sagace di un condor, poi l'altro agente scelto che è bello come un dio greco e sa far girare le rotelle con l'arguzia subdola di una faina. Per dire che la sua squadra sfata in tutto e per tutto il trito sillogismo che se si è belli si è anche stupidi, argomentazione scema a cui per altro non ha mai dato credito, eh, sia chiaro.

«Ottimo. Come si chiama il ragazzo?» domanda Rosset.

«Farouk» risponde Pisu «Farouk Feddal. Ha ventidue anni, da tre fa avanti e indietro dal Marocco ed è spaventato. Secondo me ci si è trovato dentro, alla faccenda intendo, senza sapersene tirare fuori. Una vittima anche lui, come tanti, troppi. È vero che uno sceglie, però... a volte non è così semplice, ecco.»

«Lo so, Pisu, lo so. Non è mai "così semplice"» gracchia mesto Rosset, continuando a scrutare i due attraverso il vetro.

Farouk ha un collo sottile, ciglia spropositate e nuca tonda e morbida, come quella di un bambino. *È* un bambino, osserva sospirando stanco Jules. Certe volte è così sfinito, spossato, stremato da quello che costantemente gli tocca vagliare e vedere. Probabilmente è così anche per un medico, un virologo o un oncologo... sempre lì a cercare di estirpare il male, a duellare con la malattia, la disperazione, la morte. Però molte volte quelli allungano vite, salvano esistenze, leniscono dolori. Lui invece? Eh, lui arriva che il male è già stato compiuto e può dire di essere riuscito nel suo intento solo se procura altro dolore e trancia altre esistenze. Perché non è mai tutto male il male, e non è mai tutto bene il bene. No, non è affatto "così semplice", mai.

«Vai a prendere Farouk, vai» tossisce mesto Rosset.

All'ingresso di Pisu, i due marocchini si scambiano una rapida occhiata, quindi il più giovane si raddrizza, mentre l'altro resta nella stessa posizione spostando di nuovo lo sguardo sulla fuga tra le mattonelle, con ostentata indifferenza.

«Ti devo portare di là.» Pisu si china sul ragazzo, mentre l'altro ruota appena la testa verso la porta e fissa per un lungo attimo Rosset, che è rimasto al di là del vetro. È un'occhiata asciutta, ferma, quasi superba. Poi l'uomo aggancia rapido lo sguardo di Farouk e sputa qualcosa in arabo, secco e perentorio, sempre con gli occhi infilati in quelli larghi del più giovane.

«*Tais-toi*» lo blocca Pisu, annaspando in quel poco francese che sa «nessuno ti ha dato il permesso di parlare.»

L'uomo fa un piccolo sbuffo di insofferenza, senza mollare gli occhi di Farouk, fino a che la porta si richiude e lui resta solo.

«"*Tais-toi*"? Maddai, e da quando sai il francese, Pisu?» ridacchia stupita la Fabiani.

«Ho avuto una ragazza di Lione, quando ero alle superiori, sai quelle faccende dei gemellaggi con la scuola...» spiega Pisu, vagamente imbarazzato.

«Il fatto che tu abbia imparato a dire "taci" la dice lunga sul vostro rapporto» lo interrompe impaziente Rosset. «Vogliamo lasciar perdere un attimo le rimembranze amorose e passare al dunque, per favore? Dunque, Farouk, siediti pure qui. Ecco. Capisci ciò che dico, vero?»

Cerca di metterlo a suo agio facendo uno dei suoi sorrisi sghembi, che non sempre però sortiscono l'effetto sperato. Infatti Farouk deglutisce veloce, con il pomo che va su e giù, in quello che tutto pare fuorché un atteggiamento rilassato.

«Diciamo che il ghigno da iena non aiuta, eh» alza il sopracciglio la Fabiani «circa il linguaggio del corpo ha ancora un po' da lavorarci su, ispettore. Posso?»

Rosset ondeggia la testa in un'ammissione di consapevole inettitudine comunicativa. Verbale e non. E si sposta un passo più in là.

«Buongiorno Farouk, ora noi ti mostriamo una cosa... che non ha nulla a che vedere con il motivo per cui sei qui» spiega in tono pacato ma fermo la Fabiani «però potrebbe essere utile» e non aggiunge altro.

Ma il ragazzo non ha bisogno di altro, alza gli occhi e la guarda, in attesa.

«Cosa c'è scritto qui?» domanda Sara Fabiani, mettendogli davanti il foglio con l'immagine ingrandita del muretto esterno della *Radici*.

Farouk sbatte quelle ciglia spropositate due o tre volte, poi abbassa la testa e con una voce profonda, che non c'entra niente con quel corpo esile e con quella nuca rotonda da bambino, sussurra: «Il silenzio non fa sbagli».

Rosset espira, come se gli avessero tolto una locomotiva da sopra lo sterno.

Perfetto. Questa frase non vuol dire un tubo di niente, anzi, pare uno di quegli aforismi da cioccolatini o da magliette zen. Nessuna minaccia, nessuna rivendicazione, e soprattutto nessun messaggio al dio di nessuno.

«Bene» si soffia il naso Jules, tutto soddisfatto, gli pare che persino l'influenza stia mollando un po' la presa «se sei sicuro che ci sia scritto esattamente così, direi che...»

Farouk scuote la testa, senza alzare lo sguardo.

«No?» stringe gli occhi Rosset «in che senso *no*, scusa?»

«Il silenzio non fa sbagli» ripete il ragazzo, con quel suo vocione che pare di un altro.

«Ma che diav...» esclama Rosset, guardando gli altri due, perplessi quanto lui.

Poi Pisu ha il lampo.

«È quello che ti ha detto in arabo Kamal Azmi, poco fa, quando ti stavamo portando qui, vero?» domanda chinandosi su di lui. «Ti ha ordinato di tacere, sempre, a prescindere.»

Farouk fissa il pavimento, muto.

«Il tuo amico di là, Kamal, non poteva sapere, Farouk» si avvicina anche Jules, abbassandosi per vederlo in faccia «non poteva sapere il motivo per cui siamo qua. Conoscere cosa è stato scritto qui è importante, saperlo ci aiuterebbe a scoprire la verità, a difendere la verità, a far vincere la verità, e se silenzio deve essere... be', che sia davvero un silenzio che non fa sbagli» e gli posa il foglio con la stampa della scritta sulle ginocchia.

Il pomo d'Adamo di Farouk va su e giù un po' di volte.

Poi passa il palmo aperto sul foglio.

«È scritta in arabo?»

Farouk fa di sì con la testa.

«Sai leggerla?»

Sì, di nuovo.

«Cosa dice?» domanda paziente Rosset.

«Vai giù...»

Il pomo di Farouk rimbalza nervoso.

«C'è solo "vai giù"?» domanda un po' meno paziente Rosset.

Sembra che Farouk al posto del pomo abbia una cavalletta.

«Vai giù Occidente» soffia fuori tutto d'un fiato, restituendo il foglio come se fosse rovente.

«...» boccheggia annientato Rosset.

Poi tira tre starnuti che gli sradicano gli occhi dalle orbite e attacca a tossire come se dovesse sputare mezzo polmone.

Ecco, appunto.

Le disgrazie non vengono mai da sole, *merde de la vache putain.*

12

«Ci sai fare con le piante...» lo sorprende alle spalle una voce possente come un rombo di tuono.

Didier si solleva dall'aiuola, dove stava sistemando un pungitopo piuttosto depresso, e lo guarda: è un pezzo d'uomo robusto, non più giovane, con gli occhi tersi e un sigaro spento infilato in un sorriso che sa di buono. Ed è un prete. Lo capisce dal grigio che sfuma in tutti i suoi abiti e da quel cerchietto bianco che spunta dal collo del giaccone.

«Le vendevano l'altra settimana nel supermercato laggiù, dove aiuto a scaricare la merce, ma queste piantine erano troppo brutte e le hanno buttate nel bidone. Mi dispiaceva lasciarle morire e ho provato a ripiantarle qui. Non le ho rubate, giuro» spiega Didier, rassegnato al "dubbio" che gli sta appiccicato addosso più della sua stessa ombra.

«Certo che lo so che non le hai rubate» tuona il prete «e le hai sistemate proprio bene: il pungitopo vuole sole e pioggia, quindi lontano dalle piante alte che possano rubargli luce e acqua. E lontano dal bordo del marciapiede...»

«Il pungitopo sa prendersi cura di se stesso, ma le sue radici crescono forti e larghe. Non deve dare fastidio, perché poi succede che arriva qualcuno a strapparle via di nuovo, via da dove aveva messo la sua nuova casa, insomma...» La voce di Didier si rompe, ma lui fa un grosso respiro e ingoia pensieri e ricordi, schiacciandoli giù, dove non può sentirli.

«Mi chiamo don Andrea Bacigalupo» sorride il corpulento prete, allungando la mano.

«Didier, Didier Doumbia.» Si pulisce sui jeans la mano sporca di terra e stringe quella asciutta e ruvida di don Andrea.

«Hai fatto colazione?» si guarda intorno don Andrea «che ne dici di sederci là?»

«È che io…» annaspa perplesso Didier, indeciso tra lo starsene per conto suo e lasciarsi avvolgere dalla ventata di confortante familiarità che questo sconosciuto è riuscito a fargli annusare, in dieci minuti scarsi.

«Qualcosa di caldo in questa libecciata d'inverno.» Il prete indica un bar dall'aria comoda, di legno e pietra, di quelli che sanno di tana.

«Va bene, grazie» si sorprende a rispondere Didier, quasi l'avesse deciso qualcun altro e non lui.

E lì, seduti nel profumo tiepido di quella specie di nido, davanti a questo quasi sconosciuto, che è pure un prete, nel suo sconnesso italiano impastato di francese, Didier si trova a srotolare quasi senza accorgersene la sua vita: il prima e l'adesso, le attese e le paure, le speranze coltivate e i sogni recisi, ché non sempre le potature sono per prassi, a volte son fatte solo per lasciare il minimo indispensabile a cercare di non morire.

«E a lavoro, Didier? Come sei messo?» si informa schietto don Andrea, inzuppando un pezzo di focaccia nel latte macchiato.

«Sono in regola» chiarisce subito lui, più aggressivo di quanto avrebbe voluto.

«Stagionale?» domanda il prete, che se anche ha rilevato il tono, non sembra averci dato peso.

Didier fa di sì con la testa, stringendo tra le mani gelate il suo tè.

«Ti piacerebbe lavorare tra le piante, in un vivaio intendo? Sai cos'è un vivaio?» lo guarda don Andrea.

«Un posto dove coltivano le piante?»

«Esatto» sorride il prete, pulendosi il mento dall'unto della focaccia «le coltivano, le curano, le accudiscono e le vendono.»

«Mi piacerebbe, sì. Però, insomma, io sono...» fa una piccola smorfia Didier a commentare l'evidenza.

«Nero?»

«Anche, ma al nero ci si abitua. È al "musulmano" che non ci si abitua mai» stringe le spalle Didier, rassegnato.

«Per qualcuno è così e per qualcuno no» allarga le braccia don Andrea «da sempre e come sempre. Da millenni. Quindi...»

Didier si mette a pensare. Pensa alla sua terra, alla sua casa, alla sua famiglia e a ciò che sperano per lui; a quanto ha studiato, agli sforzi e alle fatiche per avere tenacia nel cambiamento, perché tutto sarà sforzo e fatica, e si deve imparare a essere pronti: solo così si può sperare di resistere, di non farsi ingoiare dalla sconfitta. E pensa alla sua vita qua, alla città distratta, lui invasore e superfluo in un mondo che pare dimenticare e ribaltare le regole di una vita normale.

Pensa anche a ieri sera: al fuoco, alle fiamme, alla paura di essere legato a una colpa senza avere colpa, ma solo per il fatto di trovarsi lì, lui e non qualcun altro.

«Sei arrivato fin qui, vuoi davvero smettere adesso?» domanda don Andrea, avvicinando la testa alla sua, tanto che sente arrivargli l'odore di caffè, sigaro e legno che impregna il prete.

«Smettere cosa?» domanda perplesso Didier.

«Smettere di inseguire ciò che sei, no?» dice don Andrea con uno sguardo che sa infilarsi nella pancia, nel cervello, nei muscoli, nelle ossa, nei tendini, ma soprattutto nel cuore di Didier.

Lui fa no con la testa, ché di parlare ora non gli riesce proprio.

«Bene, allora. Preparo la cosa e poi andiamo là insieme. Hai un numero di telefono dove posso trovarti?» fruga nelle tasche don Andrea.

Didier annuisce, poi pensa al suo cellulare, sdentato come la bocca del marabutto Lisimba, senza il 3, il 7, l'8 e il tasto con lo strano segnetto, che sono rimasti là dove è bruciato quel magazzino con i crocifissi, non sa mica come farà d'ora in poi a telefonare. Dovrebbe comprarsene un altro, però adesso non è cosa. Con quello che è successo là ieri sera non ha preso la roba dai Moussa per venderla, non li ha neppure più cercati. Così si perderà anche quel poco che avrebbe guadagnato prima di Natale.

«Posso riceverle le telefonate, sì, ma...» e posa il cellulare orbo di tasti sul tavolino.

«Nessun problema, nell'immediato ti chiamo io, poi vediamo di aggiustare anche questa faccenda, devo avere un vecchio telefono che ancora funziona» risolve pratico don Andrea, poi ci pensa un attimo su e continua: «Ma tu hai da fare in questo momento? Perché io avrei del lavoro per te anche subito, se vuoi...».

Didier resta muto. Perché in bocca non gli sale nessuna parola, come se fossero troppe le parole che vorrebbe dire, tanto da ingarbugliarsi l'una con l'altra a formare un gomitolo che resta incastrato da qualche parte, giù nella gola.

Don Andrea lo fissa, con quello sguardo che, ormai Didier lo ha capito, riesce a infilarsi tra muscoli, ossa, tendini, finendo dritto nei suoi pensieri come attraverso un pezzo di vetro trasparente. Infatti don Andrea si alza tutto soddisfatto, sigilla la cerniera fino al collo ed esce nel vento che gli incolla addosso il giaccone e gli strapazza i capelli come una nuvola grigia agganciata alla testa.

Didier gli cammina affianco e intanto lo sbircia veloce, con uno strano calore che gli riempie lo spazio tra le costole. E non è solo per il tè bollente che ha appena bevuto, neppure per essere stato al riparo dal vento freddo. È un tepore strano, non lo sentiva da molto tempo e aveva pensato di non sentirlo mai più. È come stare sotto alle coperte quando fuori urla il temporale, o appiccicarti al petto tiepido di tua nonna quando hai fatto un brutto sogno, o ascoltare una voce tonante che sgretola il ghiaccio che ti è cresciuto dentro. Ecco, sì, pensa Didier, è per la mancanza di tutto questo che non riusciva a scaldarsi mai…

13

«Ti ho cercata, ieri sera, ma tua suocera mi ha detto che eri al lavoro e lì il telefono non prende...» si sconquassa cavernoso Rosset.

«Lo sai che a ogni tuo colpo di tosse è come avere un alce che mi rantola nell'orecchio, vero?» sbuffa Alma. «Almeno sposta il telefono, no?»

«Ah sì, scusa. È che sto malissimo, guarda, ho pure Solari a casa ché suo figlio gli ha attaccato la scarlattina. A quanto pare lo streptococco ti dà il diritto inappellabile a cinque giorni di mutua, con l'influenza invece puoi sputare polmoni, disfarti di starnuti, vagare febbricitante e prossimo al decesso per i corridoi malsani del commissariato o in mezzo alla tormenta, e niente, nisba, *nada*. Neppure una misera mezza giornata di permesso per stramazzarti i microbi col vin brulé» si soffia il naso Jules.

«L'Alfonsina me lo ha detto che avevi chiamato, ma sono tornata tardi e stamattina sono successe un po' di cose che... insomma, mi sono dimenticata di richiamarti» mente Alma senza farsi troppi scrupoli, ché lo spirito di sopravvivenza è sovrano. «Ti stai curando? Voglio dire: hai preso qualcosa di serio o ti sei affidato solo a vino e spezie?»

«Vitamine» rassicura Rosset, pensando alle Zigulì.

«Ora, non per farmi gli affari tuoi, eh, ma non credo che basti. Che farmaci hai in casa?» sospira Alma, che le ci manca pure di fare da badante a un valdostano molesto e testone.

«Lo scibile. Il compendio medico dei preparati da banco» sputa secco Jules «ma ultimamente ho deciso di darmi una regolata: ho letto che il corpo ha bisogno di espellere da solo tossine e batteri, i medicinali bloccano questo naturale processo e...»

«E uno finisce steso da una broncopolmonite» alza gli occhi al cielo Alma «non ti sto mica dicendo di ingollarti tutto lo "scibile", ma un semplice antipiretico che faccia anche qualcosa per il raffreddore, fossi in te lo prenderei. Ce l'hai nel tuo "scibile"?»

«*Mgrfh* sì» grugnisce Rosset, leggermente offeso.

«Cosa mi volevi chiedere ieri sera?» cambia discorso Alma, mentre si infila nel portone del palazzo di via Ravaschieri.

«Ma niente» gracchia Jules «un'idea che mi era venuta così, prima che succedesse tutto 'sto casino dell'incendio dai Radici, ora non so...»

«Hai intenzione di dirmelo o preferisci mandarmi la missiva un pezzo alla volta con i piccioni viaggiatori? Dai, Jules, ho un pied-à-terre e due uffici da pulire prima delle undici, non posso star qui a fare conversazione» lo scrolla Alma.

«No, è che pensavo: i tuoi figli, soprattutto Luca, dopo l'indagine Koplas, i ripescamenti in mare, la canoa... insomma, sono diventati molto amici col mio. Ora: questo Natale Alberto lo trascorrerà con me, dato che Clelia per le vacanze va a Briançon con amici, e detto tra noi non voglio assolutamente sapere chi siano questi fantomatici "amici". È che, da quando con Clelia ci siamo separati, si tratterebbe del primo Natale che io e Alberto passiamo davvero soli io e lui, perché un anno lavoravo, l'altro eravamo in realtà tutti insieme... cioè, quasi... insomma, è una faccenda complicata. Era per dire che la cosa un po' mi rende felice e un po'

– un po' tanto – mi agita. Quindi mi chiedevo se, ecco... ma voi, a Natale, cosa fate?» cala giù tutto d'un fiato Jules.

Alma resta muta, con il telefono incastrato tra orecchio e spalla e le chiavi infilate nella toppa del pied-à-terre.

«Alma, tutto a posto?» gracchia Rosset. «O sei stramazzata? Che può essere, eh, in effetti la mia è stata una pensata balenga che poteva uscire solo da un deprivato del buon senso comune come sono io. Scusa, come non detto, resetta tutto, fai finta di niente e...»

«No, Jules, aspetta» lo blocca Alma, appoggiando la fronte alla porta «è solo che ultimamente io e lo spirito natalizio... niente, son cose che hanno a che fare con pensieri sedimentati e sentori di lavandini ingorgati, faccende lunghe da spiegare. Questo non vuol dire che la tua sia una brutta idea, eh, anzi. In fondo unire due famiglie smontate può sdrammatizzare aspettative, sai, quella cosa tipo...»

«Mal comune, mezzo gaudio?» butta lì dubbioso Rosset.

«Eh, una mano lava l'altra...» rilancia Alma

«Dai tempo al tempo...» continua Jules.

«E finiamola qui che mi viene il vomito» sbuffa Alma.

«Hai ragione, cambiamo discorso» sospira Rosset. «Tu che sai della *Radici & Figli*?»

«Quello che sanno tutti» prende tempo Alma, che sta varcando ora la soglia del pied-à-terre del Radici junior ed è l'ultima cosa che vorrebbe dire a Jules.

«E cos'è che saprebbero tutti?»

«Famiglia molto in vista, credo che siano pure mezzi nobili: la signora Maria Vittoria, vedova del cavalier Edoardo Radici, nella sua stirpe deve annoverare qualche doge della Superba e forse anche qualche conte. Impastati dal secolo scorso con le alte sfere ecclesiastiche, moralmente irreprensibili, come si conviene a chi vive a stretto contatto con curie vescovili, cardinali e su, fino a San Pietro. Vivono in una villetta-castello sulla Circonvallazione, con tanto di parco e casa del custode. Per cui cosa vuoi che ti dica? Mi pare evidente che non frequentiamo lo stesso ambiente, l'unica cosa che abbiamo in comune è l'aria salmastra della riviera che respiriamo, anche se a Villa Radici secondo me è speciale pure quella, quindi...» taglia corto Alma.

«Ma che so, qualche ombra, qualche altarino... ogni famiglia ha uno scheletro nell'armadio, no?» trivella Rosset.

«Certo che a te l'ostinazione te l'hanno cucita addosso insieme alla pelle, eh» sbuffa la colf mollando la borsa nel piccolo ingresso e passando il cellulare da un orecchio all'altro per sfilarsi la giacca «mi pare che ci sia stato qualcosa, sì, forse negli anni Settanta... uno dei Radici era sparito, qualcosa a che fare con la lotta armata credo, non mi ricordo bene, non ero neppure nata, sono quelle storie che si sussurrano, che tutti probabilmente sanno ma nessuno dice. Jules, quello è il tipo di famiglia che ha i mezzi per insabbiare persino il Taj Mahal e sostenere che l'intero universo creato se l'è solo immaginato. Se anche c'è stato qualcosa, cosa vuoi che sia rimasto da allora?»

«Non so» si passa la mano ossuta Rosset a sfregare il mento «è che oggi devo andare a sondare il terreno dalla famiglia Radici e volevo arrivarci in vantaggio, ecco. Poi c'è anche da gestire il merdaio della scritta in arabo, non so se ne sei a conoscenza...»

«L'ha trovato l'Alfonsina nelle sue ricognizioni nell'etere. Ma pensavo che fosse una bufala, ne parlava solo un articolo, no?»

«Eh, pure noi lo speravamo, invece...» rantola Jules, per abortire un attacco di tosse «ma ora lasciamo perdere un attimo la faccenda "scritta" e dimmi ancora dei Radici.»

«Ma sei un testone, allora, ti ho detto che n-o-n-s-o-n-i-e-n-t-e!»

«Ma nemmeno del sacrosanto gossip? Vivi qui o cosa? Mica ti domando quante otturazioni hanno in bocca, porca vacca» sbuffa irritato Rosset.

«E ti sembro una da gossip io?» ringhia Alma, ché il riferimento alle otturazioni le ha fatto scattare l'associazione dentista-Carlo Messi e chissà perché le è montato subito un nervoso misto a senso di colpa che levati.

«Macchenneso, guarda, se potessi seppellirmi in casa sotto chili di coperte mandando tutti a quel paese lo farei» latra Rosset, che questo caso gli è parso limaccioso e molesto sin da subito, e non si sbagliava.

«Si può sapere cosa vuoi da me? *Toc toc*, Jules, sono una donna delle pulizie, ricordi? So che non riesci a fartene una ragione, eh, ma non sono la fata Morgana, né Paracelso con la sfera di cristallo e tantomeno la signora Fletcher» snocciola secca Alma, entrando nell'ingresso del pied-à-terre di Antonio Radici.

«Be', pensavo che in nome della nostra amicizia potessi... che so, darmi almeno un riscontro emotivo» brontola e si soffia rumorosamente il naso Rosset «ma niente, per ogni cosa che dico, o taci o ti rivolti come una vipera aspis, quindi lasciamo perdere e...»

«Hai ragione, Jules, scusa» lo interrompe Alma «è che sono nervosa, ieri sera la giornata si è conclusa male e oggi è continuata ancora peggio. Se calcoli che sono solo le nove e mezza del mattino, capisci bene che le prospettive sono letali. Per dire che oggi mordo a prescindere, ecco. Ma non scherzo quando ti dico che so poco e niente. I Radici hanno questa azienda di arte sacra... boh, dai primi del Novecento credo, tramandata di padre in figlio. L'ultimo "padre", Edoardo Radici, è morto una quindicina di anni fa di banale infarto, che io sappia – chissà perché uno si aspetta che siano esclusivi anche nel passare a miglior vita – lasciando la ditta ai figli Leonardo e Antonio. Credo che i due siano sulla quarantina, Leonardo è sposato e Antonio...» Alma si guarda intorno. Sono tre anni che fruga nella vita intima del giovane Radici, di cui volente o nolente conosce ogni incontro e ogni "incontrata": le distingue dal colore dei capelli, dal profumo, da come lasciano il bagno, se sono ordinate, distratte, se dormono con il cuscino o senza, se sono tranquille, fantasiose o sfrenate «... e Antonio no» sintetizza quindi, a ragion veduta.

«Mmh, questo lo sapevo, sì, speravo in qualcosa di più, come dire, "almesco", ecco. Vabbè» sospira pensieroso Jules «ora non vorrei essere invadente, eh, ma se scavassi un po' con tua suocera? Magari l'Alfonsina si ricorda qualcosa di più, specialmente in relazione a quel limbo del sapere comune del "si sa, si sussurra, ma non si dice", chissà» butta lì speranzoso.

«Lo sai che l'Alfonsina vive per queste tue moleste intrusioni, quindi figurati se si tira indietro...»

Alma si passa le mani sulla faccia, vorrebbe trovarsi ovunque fuorché qui: sicuro come l'oro che sua suocera non perderà l'occasione di lasciar scivolare fuori che la nuora da tre anni pulisce la garçonnière del più giovane dei Radici, sicuro come la morte che a quel punto Jules penserà di avere in mano chissà quale asso, mentre lei non ha alcuna intenzione di farsi impegolare nelle robe sue. Questo valdostano quando ci si mette è peggio della carta moschicida: più lo scrolli per staccartelo di dosso e più lui ti avviluppa nelle sue faccende. No no, non se ne parla, già c'è il quotidiano – non da poco – e in più ora c'è anche da gestire il nefasto clima natalizio, se a questa miscela instabile si aggiunge pure l'elemento Rosset... be', la deflagrazione è implicita e devastante. Insomma, non ce la può fare, punto. Già, ma levarsi di torno Rosset è come sperare di scrostarsi di dosso il Natale balzando a piè pari all'Epifania. Impraticabile, se non attraverso soluzioni drastiche e moralmente discutibili.

«Alma? Ci sei?» le gracchia Rosset nell'orecchio.

«Sì, è che... niente» sospira rassegnata lei «vieni pure quando vuoi.»

Poi spegne il telefono e resta lì, piantata al centro del piccolo ingresso dalle mattonelle d'ardesia, con la maniglia della borsa appesa alle dita e i pensieri appesi ai pensieri. Pensa a Carlo e al perché non ha voluto rispondergli, pensa a Luca e Paolo e al loro sfondare la vita a testa bassa come arieti per poi svolazzare via dai problemi con l'indolenza pigra di un bombo. Pensa a Marta e Maria, e al fatto che vorrebbe schiacciare un interruttore e tenerle bimbe per sempre, già sono spinose ora... a immaginarle nel turbine molesto della piena adolescenza le vengono i vermi. E pensa a Enrico. Perché non è l'abbandono a bruciarle, quanto che il marito lo abbia fatto per costruirsi una copia simmetrica e lucidamente opposta di ciò che aveva qui: una nuova moglie bianchissima, magrissima, biondissima, lentigginosissima e ricchissima per nuovi figli bianchissimi, biondissimi, lentigginosissimi. E come lo rileva lei, lo rileveranno anche i suoi figli, ogni anno che passa sempre di più: sono ferite subdole queste, che invece di rimarginarsi si slabbrano con l'avanzare dell'età e della presa di coscienza.

E niente, se pensa ancora un po' finisce col prendere a testate il muro, quindi attacca la spina dell'aspirapolvere e bon. Vedi mai che, tra un risucchio e l'altro, le inghiotta... mah, pure il cervello.

14

«La *sigvniora* Radici è in salotto» lo scorta compunta la moldava che gli ha aperto la pesante porta di cipresso.

Rosset la segue un po' meno compunto, distratto dal macchinoso minareto di boccoli biondi piantato sulla nuca della matura valchiria e soprattutto dalla ricchezza sobria che trasuda da ogni mobile (tanti e antichi), quadro (ma non è un Fattori quello appeso accanto alla finestra?), suppellettile (troppe, ma di classe). In perfetta coerenza con l'idea che si è fatto varcando l'elaborata cancellata liberty, percorrendo l'ampio parco fitto di eucalipti, pergole, ulivi e altre piante sconosciute, probabilmente esotiche, e parandosi davanti alla villa di solido fascino genovese, torretta laterale e bovindo affacciato sul parco compresi: e cioè che questa è gente che fascia i soldi con i soldi.

«*Sigvniora* Mavi, c'è ispettore di polizia» lo introduce la valchiria boccoluta.

«Prego, ispettore, si accomodi, i miei figli stanno arrivando.» La signora Radici gli allunga una manina smilza, con un topazio giallo grosso come una fagiolana a rilucere all'anulare.

Rosset ha un istante atroce di dubbio: andrà stretta la manina o in certi ambienti il galateo prevede un baciamano d'antan?

La signora lo cava dall'impasse con un sorrisetto mordace e una stretta asciutta e decisa.

«Ispettore Jules Rosset, molto lieto» ricambia la stretta Jules, troncando un aborto di inchino che gli era partito a tradimento.

«Gradisce un caffè, un tè, ispettore? Anche qualcosa di più deciso, se preferisce. O mi diletta con la famosa frase "non posso, sono in servizio", come ai tempi del tenente Sheridan?» domanda la signora, di nuovo con quel suo sorrisino.

«Un caffè va benissimo, grazie.» Rosset incastra il lungo corpo ossuto in una delle poltroncine di velluto azzurro e si predispone a enucleare la signora Maria Vittoria Durazzo Longhi, vedova Radici.

Che non è affatto come si immaginava.

Certo, la signora ha il disincanto annoiato proprio di un certo rango, con lecito permesso dell'età di dire tutto ciò che le pare; ha quell'eleganza insita per cui, nonostante il maglioncino striminzito e i pantaloni di lana a sventolare sulle gambette magre, pare comunque Greta Garbo, senza contare il mezzo chilo di ciondolo appeso al collo e quell'anello che da soli sfamerebbero buona parte della Somalia. Ma nonostante ciò Jules ha l'impressione di trovarsi davanti una persona estremamente alla mano, intelligente e pure un filino caustica. Una sorta di Alfonsina noblesse oblige, insomma. Guarda te i preconcetti, a volte... per dire che non se l'aspettava proprio, ecco.

La signora è seduta di fronte a lui, comodamente appoggiata ai cuscini, consapevole dello sguardo radar che la scandaglia e nonostante ciò perfettamente a suo agio. Anzi, pare quasi divertirsi un mondo.

Rosset dà due colpi di tosse e sgranchisce le rotule, ché queste poltroncine sembrano disegnate per gli Umpa Lumpa e sprofondando nel sedile gli salgono le ginocchia in bocca.

«Dunque, signora Radici, immagino sia informata del perché sono qui» la prende larga Jules.

«E certo che lo so, direi che è il fatto del giorno, no? Giornali, tv, radio, i cosi lì... i computer... Non si parla d'altro che di 'sta faccenda» alza gli occhi al cielo lei.

Occhi belli, nota Jules, di un grigio-verde molto aristocratico, con un luccichio di tagliente sagacia che li rende vivi e brillanti. Occhi giovani, insomma.

«Lasci perdere i convenevoli, ispettore, ho già i miei figli a trattarmi come se fossi una Capodimonte o Maria Antonietta. Senza testa... per la demenza, eh, non patibolata, ma tanto è uguale» sbuffa lieve, ma convinta, la signora «per cui non stiamo a girarci troppo intorno, immagino voglia sapere della ditta, di mio marito, di eventuali nemici o "sottobosco" attuale e pregresso che possano spiegare incendio e cadavere, giusto? Ma i vigili del fuoco, la polizia e i media non sono stati chiari su un punto fondamentale: l'incendio è stato un incidente o provocato? Perché le cose cambierebbero parecchio, no?»

Rosset ondeggia la testa in un vago assenso misto a diniego: non si capacita di esser finito d'emblée dalla parte di quello che viene interrogato anziché il contrario.

«E mi chieda, allora! Prima che arrivino i miei figli e quella salamandra d'avvocato.» Tintinnio di bracciali e sventolare di mano, in un "su, su" signorile ma sbrigativo.

«Salamandra?» sbatte gli occhi perplesso Rosset, che tra la febbre e questa nobildonna che dice, fa, disfa, sposta come le pare, sente i neuroni prendersi a testate disperate nel suo povero cranio.

«L'avvocato Bellini, quello della ditta. Un giovanotto azzimato e rampante che... uh, una salamandra, vedrà» sintetizza lei, che ritiene inutile delucidare quello che risulterà evidente a breve.

«Sì, ecco, desideravo chiederle, appunto» strizza gli occhi Rosset, massaggiandosi la fronte a cercare di dipanare la foschia cerebrale «la *Radici & Figli* è un'azienda nata molti anni fa. Che lei sappia ci sono mai stati incidenti, minacce, eventi che potessero in qualche modo indurre qualcuno a…?» continua a prenderla larga lui.

«Ispettore, lei un po' mi delude, eh» lo sbircia di sottecchi la signora «questo è un modus operandi da pretucolo nel confessionale. Suvvia, ci vada giù deciso! Se non come un inquisitore del Santo Uffizio, almeno… che so… come quel burbero del suo omonimo Jules Maigret, ecco.»

A Jules scappa uno dei suoi sorrisi sghembi, cerca di fare riemergere un poco il coccige dallo sprofondo della poltroncina, sistema alla meglio le lunghe gambe ossute e "molla gli ormeggi", per dirla in gergo locale.

«Dunque, signora Radici…»

«Lasci perdere i cognomi, son vedova da quindici anni e mettersi a snocciolare i miei da nubile non è cosa. E lasci perdere pure il Maria Vittoria, che per intero lo adoperava solo mia suocera e l'abbinamento non è dei più gradevoli, gliel'assicuro. Mi chiami Mavi. Mavi andrà benissimo.»

«Bene, signora Mavi» espira già esausto Rosset «ho studiato a grandi linee le cronache cristalline e irreprensibili della *Radici & Figli*, dal cavaliere del lavoro Gualtiero Radici ai tempi di Vittorio Emanuele III fino a suo marito Edoardo, cavaliere pure lui, come lo fu anche suo padre Vittorio, ma della Repubblica. Encomi papali, da Pio IX a Paolo VI… insomma, l'azienda si fregia di un passato inappuntabile e prestigioso. Quindi le domando: nella storia della *Radici & Figli* c'è qualcosa che non è mai uscito alla luce del sole ma che mi sarebbe utile sapere?»

«Ah però, ispettore, mi è passato dal tastare tremebondo il terreno a irrompere giù diretto con il martello pneumatico, eh!» ridacchia la signora Mavi. «E io le risponderò altrettanto diretta: nella storia dell'azienda *Radici & Figli dal 1888* non c'è nient'altro che quello che ha visto, noiosamente irreprensibile e monotonamente impeccabile. Le racconto solo questa: dopo la guerra mio suocero si era trovato per le mani una croce tardoromanica, di quelle d'oro massiccio tempestate di pietre preziose e via dicendo, venuta fuori da chissà dove e che non risultava registrata da nessuna parte. Be', l'integerrimo Vittorio Radici, invece che venderla, tenersela, far la gioia di qualche collezionista, di sua moglie, dell'amante – se l'aveva – l'ha consegnata ai Musei Vaticani. Proprio così, senza neppure passare dal "via", i quali gli han detto tante grazie, due Pater Gloria e stop. Pensi lei. Questo le dà la misura della faccenda, credo.»

«Ah» ridacchia Rosset, ché la signora gli sta sempre più simpatica «quindi niente di niente...» si sfrega meditabondo il mento, non sapendo bene da dove partire.

«Niente di niente per quanto concerne l'azienda» lascia cadere sibillina la Mavi.

Jules socchiude gli occhi e la guarda.

«Lei mi ha chiesto espressamente "nella storia della *Radici & Figli*", quindi solo la ditta, no? Ah, ecco Galina con il caffè. Zucchero, ispettore?» domanda liscia, con il suo sorrisetto mordace.

Simpatica la signora Mavi, sì, sospira Rosset mescolando il suo caffè, simpatica e anche un po' fetente.

15

Alma spegne l'aspirapolvere, ma i pensieri sono ancora tutti abbarbicati nella sua testa con l'aderenza risoluta di una patella. Niente da fare.

Perché è così? Perché non è nata con un cervello liscio liscio, di quelli dove i pensieri scivolano via lisci lisci anche loro senza fare presa, eh? Invece no, eccoli tutti lì ad annodarsi, aggrapparsi, uncinarsi, tanto che lei si aprirebbe il cranio per estirparli uno a uno con la sarchiatrice, se potesse.

Macché, un pensiero chiama l'altro in un rosario di angosce che non finisce mai. Mah, ragiona Alma infilandosi i guanti di gomma, forse è solo colpa sua. Come se avesse generato un baco cerebrale, una specie di tarlo emotivo atto a perforarle sistematicamente tranquillità e fiducia, riducendo quindi la funzione relax a un inutile e patetico colabrodo. Sarà mica l'unica ad avere una famiglia a metà, no? E sarà mica l'unica madre single e donna sola dell'universo creato, no? Eppure…

E poi la cosa che le scoccia di più è che lei non è mai stata una votata al lamento, anzi, è sempre andata avanti aggrappandosi alle cose belle, perché piangersi addosso fa perdere tempo e non cambia le cose, avvelena solo l'umore. Cosa le succede? Proprio adesso, tra l'altro, che ha anche i figli più cresciuti. Sì che l'Alfonsina sostiene, con maledetta ragione, che "figli piccoli guai piccoli, figli grandi guai grandi", ma tutto sommato ora potrebbe ritagliarsi del tempo per far cose. Cose per lei, intende.

Alma smette per un attimo di pulire il lavello del bagno di Antonio Radici e si guarda allo specchio quadrato bordato di ardesia.

E se il problema fosse proprio questo?

Cioè che lei ora crea e affastella pensieri uno sull'altro solo per non vedere quel buco di nulla che le era sfuggito dietro tutto quel fare, badare, non fermarsi che vortica intorno ai figli piccoli.

Perché la sente serpeggiare, insinuarsi, diffondersi.

È lei: la Solitudine.

Ma non la solitudine gretta e banale di non avere un uomo accanto, no.

Alla mancanza di amore tutto sommato ti abitui, e poi arrivi a sera talmente stanca che quasi ti pare una benedizione avere il letto tutto per te senza obblighi di sorta.

Questa è quella sottile, sleale, abile. È quella che ti mette di fronte alle cose infinitesimali, ai particolari, alle falle sul tuo percorso solitario che pensavi solido e inattaccabile. È la Solitudine che denuda le tue mancanze.

La mancanza di complicità, per esempio, quando sarebbero sufficienti uno sguardo, la tenerezza di sfiorarsi il gomito, e basterebbe quello per sentire di appartenersi, il silenzio vivo dove le parole non servono.

E il condividere.

Perché si vive a metà se non si può condividere.

Il dolore e la fatica possono badare a se stessi, ma per assorbirle davvero, le cose belle, c'è bisogno di qualcuno accanto con cui spartirle. Lo squarcio tra due case che ti mostra l'immensità di una luna, la potenza implacabile e meravigliosa di una mareggiata, una frase dal libro che stai leggendo, la pettinatura improbabile del capo di stato inquadrato dal tg, o la canzone scritta da tuo figlio, tanto bella da farti scoppiare il cuore... Tu sei lì, traboccante di meraviglia, e non hai altri occhi in cui leggere la stessa emozione.

Ecco, è questo che le manca.

Per questo Carlo le ha smosso le reticenze.

E per questo ha paura. Paura che a spingerla verso di lui siano solo le "mancanze", non il "sentimento", ché la parola "amore" non riesce neppure a computarla come pensiero astratto, figurarsi a pronunciarla. Troppa roba tutta insieme, e lei nelle faccende di cuore ha perso tutte le coordinate, è fuori allenamento. E forse, alla luce dei fatti, non era tanto una fuoriclasse neppure prima. Questo per dire che si sente come uno che ha vissuto una vita a Breccanecca, diciassette anime per una ventina di case, e di colpo si trova trapiantato a Manhattan. Completamente destrutturata, ecco.

Alma si accanisce a passare e ripassare lo straccio senza un oggettivo bisogno. Fatto salvo per le evidenti tracce di "convegno amoroso avvenuto", è tutto abbastanza in ordine. È che l'accanimento le serve a frantumare un po' il pensiero fisso, così il raccogliere le tracce e ricostruire gli eventi le spezza l'ansia esattamente come il leggere la sera: immergersi in vite e storie non sue le resetta i pensieri meglio del Lexotan.

Per esempio questa bionda che ricorre, nota Alma osservando i capelli rimasti sulla federa. Strano, è da un po' che Antonio Radici incontra sempre la stessa donna, in una sorta di monogamia libertina.

È certa di non sbagliarsi: il profumo dolce-speziato-costoso che resta appiccicato alla biancheria del letto e che ancora aleggia nella stanza è lo stesso, stesso il colore di capelli, una bionda vera, stesso il rossetto di cui pulisce le tracce dai bicchieri. Organizzata, precisa, lascia il bagno in ordine e non ha mai dimenticato nulla, tranne una volta, circa due settimane fa: era un largo bracciale intessuto fitto fitto di minuscole perline di oro bianco. Alma lo aveva posato in bella vista sul ripiano di vetro del tavolino dell'ingresso e deve ammettere che, pur essendo abbastanza indifferente al fascino dei gioielli, quel bracciale se lo ricorda proprio bene, tanto era bello.

Vabbè, è comunque sicura che negli ultimi tempi il Radici junior qui non si sia intrattenuto che con lei, la bionda naturale, per il semplice fatto che non si è imbattuta in tracce di altri transiti femminili. Alma si è sempre domandata come sia possibile dimenticarsi certa mercanzia… No, dico, per quanto possano essere impalpabili e microscopiche, come diavolo fai a non accorgerti che stai tornando a casa senza mutande? Infatti è quasi convinta che si tratti di una faccenda più sottile, una sorta di presa di possesso, tipo marcare il territorio. Ma da quattro mesi a questa parte lei ha mietuto solo qualche capello biondo e quel bracciale, biancheria nisba. O la signora-bionda-naturale non ha velleità di possesso o semplicemente non le serve averlo, perché sa già che il Radici è tutto suo.

Alma chiude la finestra, svuota il portacenere – la bionda-naturale non fuma, non ha mai trovato mozziconi con tracce del suo rossetto – e finisce di sistemare i cuscini mentre lascia scivolare lo sguardo palmo a palmo, per essere sicura di non aver tralasciato nulla. E comunque questa specie di garçonnière si fa presto a pulire, trenta metri quadri con dentro giusto il minimo sindacale del nido d'amore. Che l'immagine la fa anche un po' ridere applicata ai… boh, quanti anni avrà il Radicino?, sui quaranta su per giù. Ecco, appunto, dimmi te se a questa matura età uno, per farsi le robe sue in pace, deve comprarsi un monolocale in centro! Mah, si vede che in linea di massima si tratta di incontri da tenere nascosti, probabile che Antonio Radici pascoli nei campi di altri.

Certo che è davvero strano, riflette Alma infilandosi la giacca, l'amore spinge a infrangere divieti, a sfondare l'orizzonte del "si può fare", porta addirittura a razzolare oltre i perimetri consentiti e mille altri verbi che spronano all'azione.

Ecco.

Allora perché lei, se solo prova a formularne il pensiero, si sente di colpo colata nell'immobilità granitica del cemento di pronta?

Eh, sbuffa Alma, lo sa lei il perché.

16

«Vuole pasticcino con caffè, ispettore?»

La moldava gli posa accanto un vassoietto d'argento tanto lustro che Rosset avverte una stilettata trafiggergli i bulbi oculari, già bastevolmente pesti e provati dal raffreddore.

«Grazie, Galina, lascia pure tutto qui» la liquida sbrigativa la signora Radici, che a quanto pare non vede l'ora di continuare l'inconsueto tête-à-tête con l'ispettore.

«Mi diceva che il passato cristallino riguarda solo la ditta. Quindi...» non perde tempo Jules a recuperare lo smacco.

«Mah, dipende da cosa si intende e soprattutto da cosa si cerca» lo sbircia da sopra la tazzina la signora Mavi. «Lei, per esempio, cosa vorrebbe trovare?»

Rosset sgroviglia le gambe e cerca di sistemarsi meglio in quella poltroncina del cavolo. Eh, cosa vorrebbe... vorrebbe un bandolo da cui partire, ecco, gli basterebbe quello. Invece che cos'ha?

Ha una venerabile ditta d'arte sacra, tanto irreprensibile da diventare quasi anacronistica, dati i tempi.

Ha un inspiegabile incendio che ne ha distrutto il magazzino.

Ha poi il problema del corpo ivi rinvenuto, di cui ovviamente non si conoscono l'identità, la provenienza e il perché diavolo si trovasse lì. Il fatto che sia carbonizzato, poi, taglia via una così grande fetta di tracce da trasformare un rognoso problema in una grana di proporzioni cosmiche.

E dulcis in fundo ha quella stramaledetta scritta araba trovata sul retro del muro di cinta della *Radici & Figli*, il cui messaggio, "Vai giù Occidente", apre scenari a cui lui non vuole neppure pensare.

«Allora, ispettore, cosa vorrebbe trovare?» lo stura dalle elucubrazioni la signora.

«E lei, Mavi, cosa avrebbe da offrirmi?» ribatte a sua volta Rosset, che incomincia a seccarsi con 'sta pantomima d'alta società.

«Oh, la partita comincia finalmente a farsi interessante» ridacchia la signora posando la tazzina «vediamo... preferisce blande faccende fedifraghe o piccanti excursus ecclesiast...»

«Mamma?» esclama perplesso una sorta di Thor in doppio petto, apparso sulla porta del salone.

«Ecco, fine della festa» alza gli occhi al cielo la signora Mavi, con uno dei suoi sbuffi pregni di fastidio. «Ispettore, le presento il mio primogenito, Leonardo. L'ispettore Jules Rosset è incaricato di svolgere le indagini sulla nostra faccenda.»

Thor si avvicina per stringergli la mano. Falangi corte, palmo largo e sudaticcio, rileva Rosset, chissà cosa ne dedurrebbe l'Alfonsina con le sue letture lombrosiane, ma così a naso etichetterebbe Leonardo Radici come il classico apprensivo da manie di controllo, basta guardare la piega a piombo dei pantaloni e la basetta che pare regolata con il bisturi. E con una madre noblesse-fricchettona come la Mavi, chissà che vita d'inferno fa, roba da Maalox per endovena.

«Ha già parlato con mia madre, vedo...» esordisce infatti lui, saettando lo sguardo preoccupato dalla Mavi accoccolata sul divano – e a cui manca solo il bocchino lungo a completare la strafottente imperturbabilità alla Marlene Dietrich – all'ossuto ispettore che gli pare un ragno sprofondato nel velluto azzurro di quella poltroncina infame.

«Sì, ma più che altro convenevoli» lo rassicura Rosset, mosso a pietà. Anche se a ben vedere il suo ingresso li ha interrotti proprio sul più bello.

«Ha un radar» gli sussurra, neppure troppo piano, la Mavi «un sensore, gliel'assicuro. Appena provo a dire *ba* mio figlio cala giù come un gheppio a rompermi le uova nel paniere.»

«Mia madre è sempre piuttosto "colorita" nelle sue argomentazioni» sospira Leonardo, poi si accascia anche lui sul divano perdendo del tutto l'aria da Thor e calzando in pieno quella da imprenditore snervato dagli eventi. «Suppongo che sia qui per farci delle domande a proposito dell'azienda... Ah, ecco che arriva anche mio fratello Antonio con il nostro avvocato.»

Antonio è tutta un'altra pasta, osserva Rosset stringendogli la mano: più basso, asciutto e nervoso, i capelli scuri un po' lunghi, forse meno bello di Thor ma pregno di quel fascino maledetto che piace tanto alle donne. Almeno per quanto ne può capire lui. Doveva portarsi dietro la Fabiani.

«Avvocato Stefano Bellini» gli sorride abbagliante un tipo magro e abbronzatissimo, allungando la mano. Così, stretto nell'attillato completo scuro, camicia lucida, cravatta smeraldo, l'aria inafferrabile di chi è allenato a schivare... mah, vai a sapere perché l'avvocato gli ricorda... Rosset si volta di scatto verso la Mavi, che alza eloquente un sopracciglio: "Che le avevo detto, una salamandra!".

17

I figli Radici e l'avvocato si siedono, evitando accuratamente le poltroncine simili a quella che ha fagocitato Rosset. Ah, quindi l'ingoio letale di queste sedute è cosa risaputa, si irrita ancora di più Jules, che ha già la soglia di tolleranza minata dalle pessime condizioni fisiche.

«Sono qui sostanzialmente per farmi un'idea» cerca di riprendere il filo «capite anche voi che i resti carbonizzati ritrovati nell'ala est del magazzino aprono sulla questione dell'incendio nuove congetture e ipotesi, per dire che le indagini assumono tutto un altro tenore. Quindi ho bisogno di un quadro generale abbastanza preciso e circostanziato. Per esempio: chi ha accesso alla ditta, chi conosce i codici di allarme, se manca all'appello qualcuno dei vostri dipendenti, eventuali minacce ricevute, problemi anche apparentemente slegati al fatto che però potrebbero...» Rosset sventola la mano ossuta a sviscerare il resto.

«Il codice di allarme lo abbiamo noi e tre dipendenti che definirei "storici"» spiega pacato Leonardo «di cui ho assoluta fiducia. Ce ne sarebbe anche un quarto: Arturo Rimassa lavorava in azienda già quando c'era mio padre, una specie di factotum fidatissimo, una sorta di memoria storica della *Radici*. È andato in pensione... boh, saranno due o tre anni.»

«Bene, avrei allora bisogno dell'elenco completo dei dipendenti con l'indicazione di quanti avevano accesso al codice. Ma ora vorrei che voi rifletteste un attimo su quello che potrebbe essere un eventuale movente a spingere qualcuno ad appiccare un incendio alla *Radici & Figli.*»

«Pensavo fosse qui solo per la questione del corpo carbonizzato» osserva secco Leonardo «ma l'incendio non è stato un incidente, scusi?»

«Certo, certo...» sventola la mano ossuta Rosset «non abbiamo trovato tracce di scasso e il fuoco pare essere partito all'interno del magazzino senza tracce evidenti di dolo. Però ci terrei a saperlo comunque, se non le dispiace» e molla uno dei suoi sorrisi sghembi.

La Mavi si versa un po' di caffè e si mette comoda: la faccenda si fa interessante ben oltre le aspettative.

«Non che io sappia» riprende asciutto Leonardo.

«E lei, signor Antonio? Cosa ne dice, anche lei lavora in azienda, no?»

Leonardo fa una risatina.

Antonio alza appena la testa e, se ha colto la risatina del fratello, pare non darci troppo peso.

«Abbastanza, sì» risponde laconico con un'alzata di spalle.

La Mavi muove un sopracciglio ma non fiata.

Cacchio di risposta è "abbastanza, sì"? si domanda irritato Rosset, massaggiandosi l'attaccatura del naso, si sente come se avesse il cranio ripieno di fette di gommapiuma. Sta di merda, insomma. Stasera deve assolutamente mettere in conto fumenti e cure termali a base di vin brulé, altrimenti non ne esce. Ci fosse pure un felino consenziente a tenergli caldo lo sterno sarebbe perfetto. Ecco, al pensiero di poltrona-corroboranti alcolici-felino-tiepido gli monta addosso un desiderio di casa così spesso e corposo da fargli quasi male. Porca vacca a Solari e ai suoi stramaledetti streptococchi, ché ora potrebbe esserci lui qui a sturare l'impossibile da chi caca soldi e può permettersi di lavorare "abbastanza, sì".

«Riguardo alla possibilità che qualcuno avesse un motivo per incendiarvi la ditta, signor Antonio, non le viene in mente nulla?» espira provato Rosset.

I figli non sembrano avere ereditato lo spirito materno, peccato, probabile che il cavalier Edoardo Radici fosse di una noia mortale.

Antonio allarga le braccia e scuote la testa. «Direi di no, ispettore, il nostro è un settore... come dire... particolare. Che io sappia non ci sono mai stati screzi o discussioni con nessuno.»

«Intende dire che avendo a che fare con preti, vescovi, insomma con il mondo ecclesiastico, questo vi cautela dal... Male?» domanda Rosset, più caustico di quanto avrebbe voluto.

«Uh, questa poi» esclama divertita la Mavi «scusate, mi è scappata. Prego, continui pure, ispettore.»

Leonardo la fulmina con lo sguardo.

«Credo che mio fratello intendesse dire che il nostro è un settore di nicchia, ispettore, difficile che si sviluppino rivalità o attriti» chiarisce. «In Italia siamo in pochi e ciascuno con il suo ramo specifico, diciamo che la *Radici* si distingue per la sua poliedricità e per l'accurata ricerca di pezzi unici, ma questo non crea dissapori, anzi, le altre ditte sanno di potersi rivolgere a noi per soddisfare eventuali richieste particolari dei clienti. È una sorta di... collaborazione sinergica, ecco» e così dicendo si aggiusta i polsini, controlla i bottoni della giacca e sfiora le basette.

Deve essere una specie di tic, stringe gli occhi Rosset, sarà la quinta volta che lo fa, sempre la stessa sequenza: polsini, bottoni, basette, polsini, bottoni, basette... sarebbe curioso di osservarlo in un altro contesto, che so, in barca o in spiaggia, così, solo per scoprire dove gli svolazzano le dita quando è senza vestiti. Poi si sente un po' carogna e dirotta le sue attenzioni su Antonio. Che sta lì, gambe accavallate, braccia larghe appoggiate allo schienale del divano e sguardo inchiodato al vassoietto rilucente dei biscotti. E Jules ha l'impressione che Antonio il vassoio non lo veda neppure, quella è la faccia di chi ha i pensieri annodati ovunque tranne qui. Quindi il Radici junior è teso, sì, ma per qualcosa che non ha nulla a che vedere con l'incendio e la ditta. A meno che non sia al corrente di cose talmente più grosse – o gravi? – legate alla faccenda, da fargli galoppare la testa altrove.

E l'immagine della scritta araba fa capolino nelle volute cerebrali di Rosset con un tempismo inopportuno ma, ahimè, significativo. Perché Jules ha la netta sensazione che sotto la superficie specchiata dello stagno Radici ci sia del gran torbidume da tirar fuori.

Mah, forse dovrà spremere l'Alfonsina più di quanto pensava.

«L'auto che era parcheggiata all'interno della cancellata, una Ford Station Wagon grigio scuro...» domanda Rosset per tornare sul pratico.

«È di mia moglie Andreina» lo interrompe Leonardo «l'ha lasciata lì l'altro ieri. Lei abitualmente adopera la Smart, più agile e comoda per muoversi in città. Mia moglie ha una galleria d'arte» si sente in dovere di precisare «la Ford le serve nei rari casi in cui si occupa lei di prelevare o portare i dipinti. Ha avuto dei danni?»

«Nessun danno, pare, il fuoco non è arrivato fino a lì» rassicura Rosset, poi sbircia Antonio, che ha scavallato le gambe e tirato giù le braccia, appoggiando i gomiti sulle ginocchia. Lo sguardo è sempre inchiodato a quel diavolo di vassoio dei biscotti. Eppure, quando Leonardo ha sviscerato dell'auto e della moglie, Jules è certo di aver colto nel Radici junior come un leggero scarto, una puntura di fastidio, prima di arrotolarsi di nuovo nell'apatica attesa.

«Ma dei cinesi che vogliono comprarla non gli dite niente?» getta lì la Mavi, con lo stesso tono vago in cui uno parla del tempo e che non ci sono più le mezze stagioni.

Leonardo non cambia espressione, in compenso i colori della sua faccia virano in almeno sei gradazioni dello spettro.

L'avvocato sbatte due o tre volte le palpebre e saetta veloce la lingua a bagnare le fauci per prendere tempo, e forse valutare escamotage, in un compendio mimico così salamandresco che Rosset non riesce a distogliere lo sguardo, quasi affascinato.

Antonio si riscuote, incrocia gli occhi dell'ispettore e fa un sorrisino di resa, con la rassegnazione di chi sa che la Mavi è una mina vagante: sai che è lì innescata e pronta, non sai quando esploderà ma sai per certo che sarà micidiale.

La signora Mavi, conscia della deflagrazione, cincischia con il suo ciondolo da mezzo chilo e attende appagata gli inevitabili sviluppi. D'altronde il discorso stagnava in una troppo educata noia, ci voleva una ventata di timor panico a increspare le certezze. Perché il piattume monotono è capace di ingoiarsi ogni atomo di emozione, sempre. Come nella vita, del resto.

E lei lo sa bene.

18

Arturo Rimassa finisce di lavare la macchina con un ultimo getto leggero sul paraurti. Poi chiude l'acqua e inizia ad avvolgere la manichetta. Il salino è terribile, impastato poi alla terra e alla polvere crea una crosta compatta, corrosiva e micidiale. Mah, forse avrebbe dovuto aspettare, pare che il vento terrà duro sino a domani. Ma intanto lui ora la infila nel piccolo box, in fondo non ha nulla di impellente e improrogabile che lo spinga a servirsene prima del fine settimana, quindi ha fatto bene a togliere tutto quello che la sua povera Punto aveva appiccicato alla carrozzeria. L'asciuga con puntigliosa cura insistendo sulle cromature, dovrebbe dare anche una passata di cera, ma lo farà domani.

Da quando è in pensione cerca di centellinare e distribuire le cose da fare in modo da non avere mai una giornata completamente vuota. È che a lui il lavoro alla *Radici* manca. Tanto. Tantissimo. La *Radici* è stata la sua vita, il suo mondo, la sua compagna, la sua innamorata, il suo tutto insomma.

Aveva iniziato a lavorare lì a sedici anni, come fattorino, poi il cavalier Vittorio si era accorto di lui e l'aveva fatto magazziniere. Quel magazzino era il suo universo e lo era rimasto anche quando era subentrato il cavalier Edoardo. Che grand'uomo era il cavalier Edoardo, Dio l'abbia in gloria. "Sei il mio braccio destro" gli diceva sempre, e se aveva delle decisioni da prendere si consultava prima con lui e poi con quelle teste fini dei burocrati. “Tu sei la memoria storica della *Radici*, dell’azienda ne sai più tu di me.” Arturo si schermiva, faceva il modesto, ma lo sapeva che il cavaliere in fondo aveva ragione, perché lui della *Radici* sapeva davvero tutto, tutto.

Per questo aveva domandato al signor Leonardo di non mandarlo in pensione: lui era ancora in gamba, potevano avere ancora bisogno della sua “memoria”, perché il mondo cambia, sì, ma certe cose non cambiano mai. Ma il loro avvocato diceva che no, la legge è la legge, e Arturo Rimassa doveva andare in pensione. Che poi lui non voleva neppure essere pagato, eh, chiedeva solo di poter andare lì e continuare a fare il suo, anche senza stipendio. Tanto non si è mai sposato e la casa l’ha ereditata dai suoi vecchi insieme al piccolo orto. Per mangiare è sempre stato uno senza pretese, gli bastano le cose che coltiva e poco altro. Questo per dire che in quasi sessant’anni di lavoro ha messo su un gruzzolo di tutto rispetto, dato che del suo stipendio spendeva poco e niente. Per cui di esser pagato proprio non gli interessava. Per cosa, poi? Non ha famiglia, non ha parenti –forse qualche cugino in Cile, il fratello di suo padre era migrato lì – ma è come non averli. A chi li lascia tutti quei soldi quando crepa? Ai preti? Alle Damine di San Vincenzo? Ai medici che vanno in Africa? Mah, che poi sai mica, in realtà, dove vanno a finire quei soldi lì, e comunque resterebbe un bel gruzzolo anche se non fosse più pagato da qui a quando passa a miglior vita, ché, tanto, mica mancherà molto, no? E allora che lo facessero stare là, così almeno finisce i suoi giorni nel modo che gli garba di più, se potesse ci si farebbe pure seppellire lì, nel sottosuolo della *Radici*. Ma l’avvocato aveva detto no, per la faccenda delle responsabilità, perché se gli succedeva qualcosa mandava nei guai la ditta e la famiglia Radici. Era questo che voleva? Dare complicazioni a chi l’aveva sempre trattato come uno di casa? Ma certo che no, aveva risposto Arturo, e le complicazioni vengono se qualcuno parla, se invece si sta zitti… e lui non avrebbe fiatato di sicuro. Chi lo avrebbe detto che lui era alla *Radici*, nell'eventualità di un incidente? Che poi in quarant'anni e passa di servizio non era mai successo tanto così, perché mai doveva accadere proprio ora? Ma l'avvocato aveva snocciolato in burocratese: e i sindacati di qui, i controlli di là... E *orcubeliscimu*!, sì che gli avvocati son tutti dei *menabelini* per definizione, eh, ma uno che fa girare il *belino* a giostra come 'sto Stefano Bellini non l'aveva ancora trovato.

Così, niente da fare.

L'unica che lo potrebbe capire è la signora Mavi, ma dovrebbe cercarla a casa, ché in giro non la incontra mai, e non è da lui andare a elemosinare favori come un pezzente.

Ma in azienda ci è tornato, sì, con il signor Antonio che pare fregarsene altamente delle direttive dell'avvocato e di Leonardo. Antonio ha solo tre anni meno del fratello ma dentro è molto più giovane. A volte fin troppo, ché la testa radicata sulle spalle come Leonardo o il cavalier Vittorio non l'ha mai avuta, e probabilmente non l'avrà mai. Mah, ridacchia Arturo, in realtà la testa del signor Antonio gli è sempre parsa più infilata tra le cosce di qualcheduna, o in qualche guaio, che sulle spalle. In questo gli ha sempre ricordato Rodolfo, il fratello minore del cavalier Edoardo, suo zio insomma. Una testina calda che non ti dico.

Già. E lui ne sa qualcosa.

Vabbè, per dire che forse tutte quelle faccende della genetica ci prendono, ecco. Anche se in Antonio tutta quella spregiudicata energia è più diluita, vai a sapere se stemperata a causa della perdita di virulenza del "ceppo Rodolfo" o semplicemente perché Antonio non possiede la tempra determinata dello zio. Mah, queste nuove leve gli sembrano tutte così molli e senza nerbo, tanto che certe volte si domanda come l'umanità non si sia ancora estinta.

Arturo sale sulla Punto, ingrana la prima e lentamente la infila nel piccolo e ordinatissimo box. Poi spegne il motore e resta lì, con lo sguardo incollato al parabrezza e un macigno piombato a frantumargli di colpo ogni domani.

Strano, come se l'avesse focalizzato solo adesso; eppure lo sapeva, lo sapeva eccome. Già, ora che il magazzino della *Radici* è andato in fumo a lui cosa resterà? Non potrà neppure farci i suoi giri di ricognizione affettiva ogni volta che quell'avvocato e Leonardo sono via.

Arturo chiude gli occhi e vede gli scaffali ordinati e fitti fitti di oggetti, vede le ampie vetrine rilucenti dei bagliori dorati di calici, patene, pissidi, vede l'arcobaleno ricco dei tessuti, vede tutto ciò che per quasi sessant'anni ha composto il suo unico amatissimo mondo.

Sbatte le palpebre e accarezza con il palmo ruvido il volante.

Però c'è il ricordo, sì, ecco cosa resta.

Il ricordo e l'assoluta certezza che ciò che lui ha amato rimarrà così come lo ha amato.

Che non è molto, ma per lui è già tanto.

19

Alma chiude la porta di casa e lo sente.

Il nulla.

Non un rumore, un parlottare, uno strepito; nessuno *stump stump* di musica sfonda-timpani, nessuna tv in sottofondo, nessun rumore di pentole. E nessun odore di cibo.

Il nulla assoluto, nel quale rimbomba solo il *tic tac* metallico dell'orologio appeso in salotto.

Alma molla la borsa nel piccolo ingresso quadrato e trattiene il fiato.

Silenzio.

Il che è assurdo, perché a casa sua il concetto di silenzio dipende da così tante variabili che sarebbe più probabile beccare un unicorno a brucare placido nell'aiuola sotto casa.

Quindi?

Alma si affaccia in cucina, dove di solito l'Alfonsina è lì che armeggia con tegami, mestoli e cucchiai come minimo dalle undici del mattino.

Nulla, il deserto: fornelli spenti e tavolo sgombro in un irreale ordine asettico. L'unico segno vitale è il mesto ronzio del frigo.

Eppure sono quasi le due, dovrebbero essere tutti qua, figli, suocera, in un rumoreggiare di stoviglie e recriminazioni.

Alma sente l'ansia serpeggiarle tra le budella.

Corre verso le stanze e spalanca le porte.

Deserte.

E non è solo questo a preoccuparla, c'è qualcosa che le fa schizzare l'ansia a livelli d'allarme.

Alma stringe gli occhi.

L'ordine!

Nelle camere vige un ordine così imperativo e perfetto da chiuderle la gola per il terrore.

Apre ante, cassetti, sportelli... tutto è rigorosamente impilato, piegato, riposto. Come se i suoi figli si fossero ingoiati lo spirito di Marie Kondo, o viceversa, per tuffarsi a piè pari nel magico e letale potere del riordino.

Alma si schianta a sedere sul bordo del letto di Marta.

No.

Lei li conosce bene.

Questi non sono i suoi figli.

Luca, Paolo, Marta e Maria non sono geneticamente programmati al riordino, non potrebbero mai. Non in maniera così intransigente e meticolosa almeno. Ne è certa.

E allora?

Dove sono i *suoi* figli?

Alma si alza e incomincia a sparpagliare penne, seminare giochi, lanciare pallottole di calzini, ammucchiare magliette, tirar giù libri. Ecco, se fa così, se viola quest'ordine sconosciuto, se riporta tutto a com'è sempre stato, forse i suoi figli torneranno.

E corre da una stanza all'altra a creare il consueto confortante caos, ma quando si volta tutto è ritornato a quel maledetto ordine impeccabile e spaventoso.

Li chiama, urla, la voce però le rimbomba nelle orecchie senza riuscire a sfondare quel silenzio assordante.

Un senso di impotenza le schiaccia il petto, perché non ci riesce, perché lei è sola, sola, sola!, a combattere per i suoi figli, urla tirando i pugni contro le ante di quell'ordinatissimo armadio. Qualcuno deve aiutarla ora, subito... "Jules!", "Carlo!" si scopre a chiamare, con le lacrime che le fanno vedere tutto come se fosse sott'acqua. E forse è davvero sott'acqua, perché le pare di galleggiare e che le arrivino dei suoni distorti, proprio come se avesse la testa infilata dentro al mare.

È la voce di Paolo! Alma annaspa, cercando di afferrare quell'ombra confusa che si muove sul fondo del mare accanto a lei.

«Ma'?!? Guarda che così mi stai facendo cagare in mano, eh!»

Alma spalanca gli occhi con il fiato corto e il cuore a mille.

Paolo la sta fissando perplesso.

Alma si guarda intorno: il tavolo di larice quadrato, la libreria con le assi flesse dal peso dei troppi libri messi in doppia e tripla fila, il plaid attorcigliato alle sue gambe... è solo stramazzata sul divano dal sonno, insomma.

«Ti agitavi tutta, ti lamentavi, facevi dei versi... poi ti chiamavo e tu non ti svegliavi... Ma cosa cacchio stavi sognando, si può sapere? Non fosse che stiamo parlando di te, be', mi verrebbe da dire che ti sei calata della roba pesante, eh!» ridacchia Paolo, già più rilassato.

«E tu cosa ne sai di "roba pesante", scusa?» scandaglia subito Alma, snodando i piedi dal plaid.

«Ma no, niente, era così per dire. Guarda che sta salendo Jules, Luca è appena andato ad aprirgli la porta» sguscia tattico Paolo, barricandosi in camera.

Alma si mette a sedere, passando le mani sulla faccia per riconnettersi al mondo.

È che pareva tutto così spaventosamente reale, che poi è un po' una prerogativa degli incubi, lo sa. Questo, poi, è andato a infiocinarle il punto cruciale con precisione quasi chirurgica. E c'è anche la faccenda dell'ordine\disordine e l'aver cercato Carlo Messi. Pure Jules Rosset. E qualunque psicologia spiccia da giornale femminile sviscererebbe quello che capisce benissimo anche da sola, ma questo non vuol dire che sia disposta ad accettarlo, diciamo piuttosto che non lo rigetterà a prescindere, ecco.

Certo che passare da un incubo con i fiocchi a un pervicace e invadente Rosset non è proprio quello che si dice un gran salto di qualità, sbuffa Alma mettendo su il caffè.

20

Jules si schianta sulla sedia senza neppure togliersi il giaccone. Deve riprendersi un attimo. Appoggia i gomiti sul tavolo di marmo della cucina di Alma e abbandona la fronte pulsante sui suoi palmi larghi e ossuti. Per niente comodi, scopre con fastidio.

«Ti fa piacere il caffè o preferisci una tisana?» Alma si avvicina e posa la tazza sul tavolo. «Posso farti anche due iniezioni di Rocefin, se vuoi. Sembri vomitato da un capodoglio.»

Rosset la sbircia tra le dita magre.

Alma è lì, un monolite di ambrato legno di noce che lo scruta con un sopracciglio alzato e i pugni piantati sui fianchi, non sa perché ma il suo cipiglio energico da statua maori lo fa sentire accudito e protetto, a casa insomma. Il concetto di casa, dopo la separazione con Clelia, si era sgretolato come una fetta biscottata. Per quanto, adesso che ha un gatto part-time, anche la sua attuale dimora ha sviluppato un certo tepore emotivo che lo appaga abbastanza. Se il felino optasse finalmente per la formula di soggiorno a tempo pieno sarebbe davvero un gesto apprezzabile ma, come sostiene la Fabiani, i gatti appartengono a se stessi e non a chi li cura. E comunque lui, Jules César Albin Rosset, non è che sia proprio da applauso nel badare ai bisogni altrui, sia felini che cristiani. Quindi Professor Moriarty ha tutte le sue inoppugnabili ragioni per non concedersi in toto, già si è praticamente clonato per fargli piacere, cosa vuole di più?

«Stai pensando al gatto?» gli domanda Alma a bruciapelo.

«...» boccheggia Rosset.

«Non fare quella faccia, non sono paragnosta, è che ti viene lo sguardo da lesso quando pensi a Professor Moriarty. Che poi, scusa, nuovo gatto nuovo nome, non è mica una barca. E non mi venire ancora fuori con la faccenda dei cloni, eh, vorrei che ti ascoltassi quando tiri fuori certe fesserie per non accettare l'evidenza dei fatti.»

«Cosa c'entrano le barche con i gatti?» tossisce torvo Jules. «E quale sarebbe, poi, la tua evidenza dei fatti? Perché la mia, di evidenza, parla chiaro: è andata così. Punto.»

«La barca c'entra perché cambiare il nome alla propria imbarcazione porta iella, ti sei mai chiesto come mai vedi dipinto sulla poppa, che so, *Triglia III*?» spiega Alma versando il caffè.

«Ah, tipo che è la terza barca che sostituiscono e si battezza sempre *Triglia* senza essere la *Triglia* originale?»

«Esatto. Ma si parla, appunto, di barche. Non di esseri viventi. Questo per dire che chiamare tutti i felini che transitano per casa tua con lo stesso nome mi pare monotono e poco simpatico nei loro confronti.»

«Il felino è sempre lo stesso, per questo mantengo invariato il nome. E non alzare gli occhi al cielo» si infervora tossendo Jules «una clonazione, se pur metaforica, c'è stata. Il da me battezzato Professor Moriarty, che apparteneva, con altro nome a me sconosciuto, ad Agostino Ferro, è ritornato al legittimo proprietario. Ma, e lasciami finire!, per il legame affettivo creatosi, capace di scavalcare le mie carenze e trascuratezze e le sue rappresaglie e letali vendette, mi ha lasciato una parte di sé. Lapalissiano.»

«Tipo che dormi con un ologramma del gatto di Ferro?» lo guarda storta Alma.

«Ma vedi che non vuoi capire? Il gatto che ora sta da me è *assolutamente identico* a Professor Moriarty di Agostino Ferro: stesse strisce rosse, stesse orecchie a pipistrello, stessa coda, stesse zampe posteriori con il calzino bianco, stessa faccia, stessi baffi, stessa espressione indolente e beffarda e stessa identica predisposizione alla vendetta letale e perfetta.» Jules si sporge sul tavolo stringendo gli occhi. «Perché lui *è* Professor Moriarty.»

«Mmh, e come sarebbe avvenuta secondo te la scissione?» alza il sopracciglio Alma, addentando un canestrello.

«Macchenneso. Dicono che i gatti hanno sette vite, no? Si vede che Professor Moriarty ne avrà sputata fuori una a mio uso e consumo. Il che non mi stupirebbe, tra l'altro: se ne avessi anch'io in disavanzo da gestire, farei lo stesso. E comunque sei proprio pedante, eh? Ferro è felice con il suo gatto, io sono felice con il mio... Dico, che ti frega come è successo, scusa?» sbuffa Jules scucchiaiando lo zucchero nel caffè ormai tiepido.

«Niente, hai ragione. Colpa del mio carattere di merda: se non unisco tutti i puntini mi viene il nervoso, non riesco a metterci una croce sopra fregandomene e bon. Goditi il tuo gatto e chiamalo, giustamente, come ti pare» sospira Alma, che si sente ancora dissestata dal sogno e perdersi in disquisizioni fantascientifiche di clonazioni o mitosi feline con un montanaro testone è proprio l'ultima delle sue priorità.

«Quando uno sta male dovrebbe starsene tranquillo, al coperto e con una tazza di vin brulé in mano, altro che andarsene in giro a tossire come un tamburo, ispettore...» lo apostrofa l'Alfonsina comparendogli silenziosa vicino alla spalla.

«Lo so, lo so» bisbiglia Alma, cogliendo il sussulto di Rosset «da quando ha il girello nuovo ti si para davanti all'improvviso. Sembra di convivere con un *poltergeist*.»

«No, è che...» tossisce Jules «non me l'aspettavo, ecco. Ma cercavo proprio lei, Alfonsina, se posso disturbarla un attimo dovrei attingere al suo sapere, lombrosiano e non.»

«Se posso essere utile» sospira con falsa modestia lei, incastrando il corpo tozzo nella sedia di fronte a Rosset.

Alma alza gli occhi al cielo, ché se non la conoscesse bene le verrebbe quasi da crederle tanto la suocera pareva onestamente ritrosa. Seeee, figurati, l'Alfonsina è già lì che apre la coda come una tacchinella, non vedeva l'ora!

«Saprà già dell'incendio alla *Radici* e anche dell'altra faccenda, immagino...» introduce misurato Rosset.

«Delle *altre* faccende, vorrà dire, ispettore, ché son due e belle grosse, se non sbaglio» lo interrompe l'Alfonsina, allungandogli davanti al naso un indice e un medio nodosi, quasi minatori.

«Ah, be', vedo che ha perfettamente il quadro, quindi non mi dilungo oltre» ammette mesto Rosset. «Dunque, stamattina sono stato in casa Radici, dove ho conosciuto la signora Mavi, anzi, la signora Maria Vittoria Durazzo eccetera eccetera, i figli Leonardo e Antonio e l'avvocato dell'azienda. Tutto in un lustro e specchiato scenario di impeccabile perfezione. Ma so, per esperienza, che la perfezione non è di questo mondo –e forse neppure di quell'altro – quindi son qui nelle sue mani, Alfonsina, certo che saprà leggere le pieghe nascoste e portare a galla il non detto che stagna sul fondo.»

«Mah, i Radici sono la crème, ispettore. La Maria Vittoria conta nel suo albero genealogico nove dogi della Repubblica di Genova, due cardinali e un conte. I Radici non vantano titoli nobiliari ma onorificenze pubbliche sia dal potere temporale che da quello spirituale, da due secoli sono ricchi mercanti d'arte sacra e i prediletti di Pio XII e di Ratzinger. E questo forse lo sapeva già. Quello che forse non sa è della faccenda dei due fratelli, Edoardo e Rodolfo, i figli del cavalier Vittorio» si blocca sul più bello l'Alfonsina, che non rinuncia alle seduzioni del *coup de théâtre*.

«Edoardo, il marito della signora Maria Vittoria?» incalza Rosset, che non ha bisogno di trucchetti da teatrante per pendere dalle sue labbra.

«Esattamente» annuisce l'Alfonsina con la sua testina rapace. «Si sono sposati nei primi anni Settanta. Me lo ricordo benissimo... sa, son gli eventi che fanno storia, per noi era come vedere Grace Kelly e Ranieri di Monaco, ecco. Edoardo era un tipo alto, biondo, elegante... ma non si aspetti il classico belloccio *tombeur de femmes*, eh, il primogenito di Vittorio era un tipo solido, pratico, deciso, granitico: volto quadrato e mascella importante, di quelle che raccontano il desiderio di affermarsi, sì, ma in virtù della propria incessante attività. Insomma, si era trovato una fortuna tra le mani, ma non è stato certo lì a godersela, anzi. E Maria Vittoria Durazzo Longhi era il tocco di nobiltà che dava ancora più lustro alla faccenda, nonché una donna arguta e intelligente, si capiva da quegli occhi piccoli e cangianti e dalla fossetta nel mento: un tipino mordace, di quelli che si muovono con astuzia e discernimento. E, perché no, pronti anche a prendersi gioco degli altri con un pizzico di sana crudeltà.»

«Già» bofonchia Rosset; le letture lombrosiane dell'Alfonsina hanno sempre il potere di stupirlo «credo di saperne qualcosa. E Rodolfo, invece?»

«Eh, Rodolfo era tutta un'altra pasta. Fascinoso e tormentato come un Alain Delon nostrano, un viso triangolare e la fronte allungata dei tipi inquieti e ribelli, attratti da tutto ciò che rappresenta una novità. Le donne, poi, un'ecatombe di cuori infranti! Quando si è sposato con Federica c'era stato pure qualche parapiglia di ex non troppo rassegnate. E Federica non era neppure tutto 'sto *sciato*, eh, un'acqua cheta caruccia ma scialba. Anche se, con il senno di poi, proprio tanto acqua cheta, insomma...»

«Insomma cosa?» la sprona Jules, che si è pure dimenticato di tossire.

«Be', nonostante Rodolfo non sembrasse il tipo da matrimonio, aveva impalmato Federica De Ferrari così, nel giro di niente, come centrato in pieno dal classico colpo di fulmine. Che di per sé non vorrebbe dire nulla, però serpeggiava voce che Federica, appena ventenne, portasse "carico", non so se mi spiego» alza un sopracciglio eloquente l'Alfonsina.

«Vuole dire che era incinta?» socchiude gli occhi Rosset. «Un matrimonio riparatore, quindi...»

«Così si vociferava. E comunque il giorno del matrimonio Federica era lì, bianca e bidimensionale come un foglio di carta. Insomma, sì che era l'epoca delle Twiggy, però rotondità sospette non ne esibiva proprio. Ma la creatura nacque davvero, e settimina... se si contava dalla data del matrimonio, purtroppo con una fragilità nei polmoni ancora non ben formati, e morì dopo poche settimane. Comunque i Radici organizzarono un matrimonio in grande: foto su tutti i giornali, evento dell'anno, perché Rodolfo era uno che faceva notizia, mica come Edoardo che, pur essendo il primogenito, non se lo filava nessuno. *Covo*, *Piper*, *Capannina*, Rodolfo era sempre immortalato con attrici, modelle, cantanti, trovato addormentato e ubriaco sulla battigia di Forte dei Marmi, correva come un pazzo in macchina... Suo padre deve averlo cavato dai guai non poche volte, senza contare le compagnie che si era messo a frequentare. Ribelle e attratto dalle novità, come le dicevo, buone o cattive che fossero. Infatti si è visto come è finito» conclude lapidaria l'Alfonsina.

«E com'è che sarebbe finito 'sto Rodolfo?» domanda Rosset, un filo esasperato.

«Sparito, pare» delucida Alma, mossa a pietà, che conosce le tattiche pro-suspense della suocera a preservare i riflettori puntati fino all'ultimo.

«In che senso "sparito"?»

«Quale senso vuoi che ci sia, scusa» sbuffa Alma «un giorno c'era e l'altro non c'era più, *pof*, come inghiottito dal cilindro del mago Silvan. Sparito, appunto.»

«Ma non l'hanno cercato? Non hanno fatto indagini? Insomma, Rodolfo Radici a quanto mi dite non era mica uno qualsiasi...»

sbatte gli occhi perplesso Jules. «Voglio dire, non che i tapini restino nell'oblio perché non son famosi, eh, ma una famiglia con le conoscenze in ogni ambito come quella dei Radici, vuoi che non riesca a smuovere mari e monti per ritrovarlo? A meno che non fosse lui a non voler farsi trovare...»

«O viceversa» cala giù liscia l'Alfonsina.

Rosset la fissa, muto.

«Intendo dire che non escluderei l'eventualità che i Radici preferissero non trovarlo, ecco» specifica con noncuranza lei.

«Credo che mia suocera si riferisca a quella faccenda di cui ti parlavo al telefono stamattina.» Alma si alza per togliere le tazzine. «Cioè che Rodolfo pareva legato a gruppi di estrema sinistra...»

«Ah però! I Radici pappa e ciccia con i preti e lui che se la fa con la lotta armata... niente male come ribellione» fischia Rosset «e come sarebbe avvenuto 'sto fantomatico legame?»

«Non so se lo sa, ispettore, ma il germe del male che ha insanguinato l'Italia in quegli anni terribili è nato proprio qui e tra le mura dei "preti", come li chiama lei» inarca il sopracciglio risentito l'Alfonsina. «Nel novembre del 1969, nell'*Hotel Stella Maris* di viale Millo, che era di proprietà di un istituto religioso, c'era stato una specie di convegno tra una settantina di tizi appartenenti a non so quale collettivo politico di Milano e Renato Curcio. Be', molti di questi l'anno dopo fondarono le Brigate Rosse e la loro stella a cinque punte pare che derivi proprio dal logo dell'albergo, tutt'ora attivo. E ogni lotta armata che abbia un minimo di velleità di successo cosa cerca prima di tutto?»

«Finanziamenti...» ragiona Rosset.

«Esatto» sorride soddisfatta l'Alfonsina «e quale merlo migliore se non un ricco viziato e sempre un po' sul filo del rasoio come Rodolfo Radici immortalato mentre fa il cretino su tutti i giornali scandalistici dello stivale e di mezza Europa?»

«E questo cosa avrebbe a che fare con la sua sparizione?» domanda perplesso Jules.

«Be', nell'aprile del 1972 Rodolfo scompare, così, d'emblée, senza lasciare traccia. Quasi per magia, come diceva prima Alma» snocciola precisa l'Alfonsina. «La notizia ha fatto ovviamente il suo scalpore, ma i Radici si sono sigillati dietro un muro di granitico silenzio: nessuna intervista, nessuna dichiarazione, nessun commento, nisba, niente di niente. Se ne è parlato ancora, sussurrato tanto, qualche tiepida illazione, e alla fine tutto è lentamente svaporato, come succede quando non viene fuori nulla di piccante o blandamente interessante da ricamarci su il gossip. La cosa è scivolata nel limbo e lì è rimasta. L'unica ipotesi debolmente avallata dalla stampa era stata quella del rapimento: il presunto legame tra Rodolfo e alcuni elementi entrati poi nelle Brigate Rosse pareva fatto assodato, ma i giornali parlarono di un rigurgito di buona coscienza e una volontà di tirarsene fuori. Più probabilmente lui non aveva né il fegato, né il fuoco politico, né l'attitudine a dipanarsi in quel mondo, che infatti lo ha risputato fuori quasi subito. Trasformandolo da finanziatore attivo a finanziatore passivo...»

«Rapimento, quindi.» Rosset si passa la mano ossuta sul mento, cominciando ad annodare i fili. «Perciò, secondo la stampa di allora, Rodolfo Radici sarebbe stato sequestrato a fronte del pagamento di un riscatto corposo da parte di una delle famiglie più ricche e più cattoliche della riviera: smacco su tutta la linea. E poi?»

«Poi basta. Più niente. Se il pagamento c'è stato, nessuno ne ha mai parlato, e di Rodolfo Radici non si è saputo più nulla. Dopo neppure un mese Edoardo e Maria Vittoria partirono per gli Stati Uniti e tornarono solo una decina di anni dopo, per la morte del cavalier Vittorio e con i due figli piccoli, nati nel frattempo.»

«E la polizia?» non si capacita Jules, ché gli pare una trama da sceneggiato in bianco e nero.

«Avrà fatto le sue indagini, sicuro, evidentemente senza approdare a nulla di concreto.»

«Ah, tipo che la famiglia avrebbe anche potuto farlo migrare in Brasile per toglierlo dai guai… e pure dai piedi, se vogliamo. Una sparizione di comodo, insomma. E la moglie di Rodolfo?»

«Eh, distrutta, sì. Però…» saetta i suoi occhietti da poiana l'Alfonsina «però si sussurrava che Federica fosse annientata dal dolore più per il cuore spezzato da un fantomatico amante che per la sparizione del suo fascinoso marito. Ma anche qui silenzio impenetrabile da parte dei Radici, così il pettegolezzo ha galoppato per un po' e poi si è sgonfiato da solo, come un soufflé.»

«E lei che idea s'era fatta di questa faccenda?» domanda pensieroso Rosset.

«Non so che fine abbia fatto Rodolfo, né cosa sia realmente accaduto, ma di una cosa sono certa: quella che la famiglia Radici ha scelto di mostrare al mondo è sicuramente la versione "meno peggio", ecco. Come si suol dire, a mali estremi…»

«Estremi rimedi. Già» sospira Rosset, più confuso di prima. «E invece, degli ultimi Radici, Leonardo e Antonio, ha qualche "lettura" da regalarmi?»

«Poco e niente, loro sono senz'altro più schivi della generazione precedente e io non accedo alla vita sociale come una volta» ammette con sussiego l'Alfonsina. «Leonardo è sposato da qualche anno, con una gallerista mi pare, pure lei figlia di qualche imprenditore o pezzo grosso. Insomma, in certi ambienti, riguardo ricchezza e prestigio, a quanto pare piove quasi sempre sul bagnato. Su Antonio invece, a parte il fatto che a primavera dovrebbe impalmare una Grimaldi… sa, quella delle navi?… ecco, per il resto bisognerebbe chiedere ad Alma, dato che da tre anni gli lustra la garçonnière…» L'Alfonsina saetta gli occhietti rapaci al di là del tavolo, a inquadrare la nuora.

Rosset aggrotta le sopracciglia e si volta di scatto a guardare Alma.

«Cioè, fammi capire, tu da tre anni pulisci la tana di Antonio Radici e non mi dici niente?» sibila poi sconquassandosi lo sterno a colpi di tosse.

Ecco, lo sapeva, sbuffa Alma, che al delirio non c'è mai fine.

21

Didier Doumbia muove veloce le dita, con l'elegante leggerezza data dall'amorosa abitudine. Il signor Giampiero lo guarda senza averne l'aria, mentre discute di nevicate stranamente precoci e di ciaspolate a Prato Cipolla con don Andrea Bacigalupo. Poi si avvicina alla larga striscia di terra dove questo ragazzo, scuro e sottile come un ramo di ciliegio, sta mettendo a dimora dei bulbi e una pianta di ortensia a foglia di quercia.

«È bravo, sì» sentenzia, parco di superfluo «avevi ragione, don Andrea. E tu, ragazzo, cosa dici, ci lavoreresti su al vivaio?»

Didier si alza, pulisce le mani sui jeans e lo fissa per un attimo. Il signor Giampiero è un uomo piccolo, asciutto, rugoso e con le giunture sporgenti che lo fanno sembrare una nodosa pianta d'ulivo. Ma a colpirlo sono gli occhi, piccoli come punte di spilli a bucare questa testa grossa che sembra posata per sbaglio su un corpo non suo. Sono occhi da mangusta, occhi a cui niente sfugge e a cui non si può mentire, semplicemente perché è inutile farlo.

Didier sposta lo sguardo su don Andrea, che mastica il suo sigaro tutto soddisfatto.

Niente, il prete proprio non capisce, sospira dentro di sé Didier, non capisce che ora è diventato tutto più difficile.

«Quindi, ragazzo?» lo scrutano vivissimi quegli occhi da mangusta.

«Sono musulmano» risponde lui, guardandoli da sotto in su, per carpirne le reazioni.

«Che accidenti di risposta è?» Il signor Giampiero arriccia le sopracciglia e pianta le nocche bitorzolute sui fianchi.

Didier allarga le braccia, come davanti all'evidenza di un qualcosa che non poteva tacere e che ha voluto e dovuto mettere in chiaro subito, per non ingannare nessuno.

«Eh, e allora?» oscilla il testone il signor Giampiero «e penserai mica che ciclamini, abeti, forsizie, fagiolini, limoni e compagnia cantante si facciano delle fisime su chi e come prega quello che li annaffia e li pota? E se non è un problema per loro figurarsi se lo è per me» conclude liscio, togliendo un filo d'erba incastrato tra le coste di velluto dei suoi calzoni.

Didier sbatte le palpebre, non sapendo bene come rispondere. Vorrebbe lavorare eccome per quest'uomo con il corpo ad albero e gli occhi da mangusta, ma forse sia lui che don Andrea non si rendono conto che…

«Bene, allora, lo prendo come un sì» gli recide sbrigativo ogni perplessità il signor Giampiero «un *tapullo* per ora, eh, non riesco a infilarti in una mansione precisa fino a che non si fanno le cose in regola e per bene. Ma sotto Natale il vivaio diventa una bolgia infernale e un paio di braccia in più, e pure come si deve, mi farebbero davvero comodo, quindi per me puoi cominciare anche domani, se ti va.»

«*Ta-piu-lo*?» stringe gli occhi Didier, che delle frasi capisce il senso generale, ma se perde il significato della parola che annoda i fili, tutto si ingarbuglia e non afferra niente.

«*Tapullo*, Didier, è un termine nostro che significa "cosa provvisoria", una specie di toppa che aggiusta per il momento la situazione» spiega don Andrea, aiutandolo a raccogliere gli attrezzi «insomma, per ora nei vivai del signor Giampiero sarai quello che copre le mancanze. Poi appena si regolarizza la tua posizione lavorativa…»

«Bellissimo. Benissimo. Sì. Grazie moltissimo signor Giampiero» annuisce Didier, con il bianco del sorriso che si unisce a quello degli occhi, tanto sono larghi di felicità.

«Bene, allora» sigilla pratico il signor Giampiero, stringendogli la mano.

E Didier socchiude gli occhi e lascia che il contatto con quei palmi ruvidi e forti lo colmi per un attimo di tutto quello che gli è mancato: il suo mondo di prima, i suoi affetti, i suoi luoghi, i suoi odori, il marabutto Lisimba... tutto ciò a cui lui si appoggiava, proprio come un uccello si posa al sicuro sul ramo dell'albero.

Finché non ha dovuto lasciare tutto.

Sono due anni che cerca un suo albero.

Ora le sue mani sono dentro quelle di un uomo che sembra un albero e che di lavoro fa crescere gli alberi.

E Didier sa che nulla accade mai per caso.

22

«Ma che cacchio di domanda è, Ugo, scusa!» gracchia Rosset incastrando il telefono contro il bavero del giaccone per soffiarsi il naso. «Sono qui che tossisco anima e polmoni, ho la febbre che mi spappola il cervello, un mal di testa che me la segherei via, il mio sovrintendente, e cioè tu, ai domiciliari con cinque giorni di mutua, un caso che si prospetta una rogna di proporzioni cosmiche tra le mani… e mi chiedi come sto? No, fammi capire, mi prendi per i fondelli o cosa?»

«*Mgrfh.*»

«Oh, adesso non farmi l'offeso, Solari, che…»

«Non mi sono offeso» lo interrompe, offesissimo, Solari «è che tu non hai la più pallida idea di cosa significhi stare sigillato in casa con tre creature dai quattro agli undici anni blandamente malate, quindi non sufficientemente stramazzate da starsene quiete sotto le coperte ma abbastanza da essere moleste come un branco di bertucce annoiate. Aggiungi due tartarughe d'acqua a rischio di ibernazione e una sorta di topo russo che caca più di un cavallo. E mia moglie ha pure accettato una supplenza a Rezzoaglio una settimana fa, mentre mia suocera – reclutata per il babysitteraggio dei nipoti – non viene per timore del contagio. Sono qui da solo, alla mercé del serraglio, da quasi settantadue ore. Ti assicuro, ispettore» espira Solari, poi scandisce: «tu-non-hai-la-più-pallida-idea».

«Vabbè, diciamo che siam pari, ecco» concede magnanimo Rosset «per il resto cosa vuoi che ti dica, l'incendio dai Radici di per sé non pare di origine dolosa. Nessun segno di scasso, l'allarme non è partito... Certo, potrebbero essere stati loro, i Radici stessi intendo: ho scoperto stamattina che vogliono vendere la ditta.»

«Dici che potrebbero aver inscenato l'incendio per riscuotere il premio dell'assicurazione?» domanda Solari.

«Forse. Anche se... non so come spiegartelo, quella è gente che non ha bisogno di giochetti simili, dai, starnutiscono soldi. E poi non mi pare nel loro stile, ecco» ragiona perplesso Jules, che proprio non ce lo vede un maniaco del controllo come Leonardo a inscenare una faccenda dai contorni così gretti e in più con ampie possibilità di "fuori controllo". La Mavi non ne parliamo, e Antonio... be', Antonio forse. Ma a dirla tutta gli è parso così poco connesso con l'azienda da essersi fatto l'idea che il Radici junior di tutto l'ambaradan se ne freghi abbastanza. «Comunque i vigili del fuoco hanno trovato il punto esatto da cui si è sviluppato, è l'ala del magazzino dove sono tenuti i ceri, gli stoppini, gli oli combustibili e anche gli accendi candele a gas. Per questo c'è stata quella specie di esplosione.»

«Be', se dovessi appiccare un incendio, credo che partirei da lì...» ridacchia Solari.

«Eh, è la stessa cosa che ho pensato anch'io» ammette Rosset «infatti stiamo controllando gli alibi di tutta la famiglia. La Fabiani invece è sul posto, perché, come saprai, oltre al corpo carbonizzato abbiamo pure una scritta, scovata tra le frasche da un cronista d'assalto.»

«Quella araba, sì, ma l'avete tradotta? No, perché magari non vuol mica dir...»

«C'è scritto "Vai giù Occidente"» gli trancia subito le speranze Rosset.

«Oh. Merda.»

«Ecco, appunto» tossisce mesto Jules.

«La Fabiani cosa cerca là?» si informa Solari, con un tono così nostalgicamente afflitto che a Rosset pare di vederselo lì, con il suo testone arruffato da vichingo e gli occhi umidi da sanbernardo. Di nuovo pensa che gli manca persino lo sgranocchiare al rabarbaro del suo sovrintendente…

«Vuole controllare bene la scritta e poi dove hanno trovato il corpo, si è portata dietro anche Pisu e Canessa. Quelli del laboratorio hanno già raccolto e repertato ogni cosa, anche se con il fuoco, si sa, reperti poco o niente, ma uno sguardo di insieme secondo me ci voleva ancora. Più tardi chiamo la Guerini, così la raggiungo a patologia, vedi mai che sia già riuscita a tirar fuori qualcosa.»

«Ehm, a proposito della Guerini…» deglutisce rapido Solari «mi sono dimenticato di dirtelo, sai, eravamo impegnati con quell'altro caso dei… niente, insomma… cioè, ecco» deglutisce ancora Solari.

«Ma che hai, Ugo, biascichi come un lama. Dimenticato cosa?» sbuffa Rosset, che sente lo stridere delle unghie del suo sovrintendente a prendere tempo prima di lanciargli addosso l'ennesima sciagura della giornata.

«La Guerini è a un corso di aggiornamento a Toronto e non torna fino al sedici gennaio» sputa tutto d'un fiato Solari, felice che tra lui e Rosset ci siano due telefoni e circa tre chilometri in linea d'aria stivati di vie e palazzi.

«…» boccheggia Rosset. Già le occasioni per incontrare Elsa Guerini sono risicate al minimo… non che si auguri un cadavere via l'altro per vederla, sia chiaro … ma già che c'è la rogna di un morto, almeno che ci sia il conforto visivo di un tête-à-tête con l'unico essere di sesso femminile, dalla separazione con Clelia, in grado di smuovergli i sensi. Se ci si mette anche il fato a infilargli i bastoni tra le ruote, mandandola a Toronto – no, dico, Toronto! – in una della poche occasioni in cui ci scappa il morto… per dire che pare quasi una congiura, ecco. Senza contare che la Guerini è proprio brava nel suo lavoro.

«Ispettore? Sei ancora lì?» sonda con circospezione Solari.

«E chi diavolo c'è ora a patologia, scusa? No. Non mi dire che hanno spedito il corpo come l'altra volta a Pisa» decodifica con sgomento Rosset che, all'idea di dover caracollare fino in Toscana ogni volta da qui a gennaio, sente già il primo embolo di sgomento stantuffargli nelle arterie.

«Niente Pisa» lo rassicura subito Solari, felice di recuperare punti «hanno mandato un sostituto anatomopatologo, da Pavia credo, un certo Calabrò.»

«Mmh. Okay. Ma tu che cosa sai dei Radici?» trivella non ancora rassegnato Jules.

«Be', quello che sanno tut...»

«Non mi dire anche tu "quello che sanno tutti", eh, perché nessuno sa un accidente di niente!» latra esasperato Rosset «quindi spremiti per qualcosa di più originale. Sei nato qui e sei un poliziotto, ti sarai pure fatto un'idea che non sia un luogo comune, o no?»

«Ma cosa vuoi che ti dica, mica posso inventarmi quello che non esiste, scusa» si difende offeso Solari «e poi sì, c'è una faccenda vecchia più di quarant'anni, cui non erano venuti a capo neppure gli inquirenti di allora: era sparito uno dei due figli del cavalier Vittorio Radici, il più giovane... Rodolfo, se non sbaglio. Un latin lover che aveva messo la testa a posto sposando una De Ferrari. Mah, a posto per modo di dire, eh, che poi pareva si fosse impelagato con gruppi di estrema sinistra, proprio lui, la cui famiglia viveva in simbiosi con preti, arcivescovi, gruppi cattolici e il clero in toto. Magari è stata proprio una forma di ribellione, va' a sapere, fatto sta che a un certo punto è sparito e non se n'è saputo più nulla. Se vuoi ci deve essere ancora qualcosa in archivio, anche se il caso era passato quasi immediatamente alla DIGOS, sai, per la presunta pista terroristica. Ma perché ti interessano così tanto i trascorsi dei Radici?»

«Non lo so, forse perché sono talmente impeccabili da risultare *troppo* impeccabili. Perché in una famiglia che ha mille agganci, intrallazzi e giro di soldi come la loro, è matematicamente impossibile che non ci sia mai stato nulla. E se ti dai tutta 'sta pena a candeggiare, vuole dire che quel poco o tanto che c'era non andava visto, ecco. E con le cose che mi sfuggono e che non inquadro mi sale il nervoso e mi viene da trivellare ancora di più. O forse è solo per avere un punto da dove iniziare, Solari, perché un niente come stavolta non mi è capitato mai. Senza contare quell'accidenti di scritta in arabo sul muro, porca di quella vacca» sospira con un rantolo di tosse Rosset.

«Eh, quella è una faccenda da trattare con i guanti, il fatto che si tratti di un'azienda di oggetti per il culto cattolico non aiuta di certo. Ma il vice questore cosa dice?» Solari strizza gli occhi, già pentitissimo della domanda.

«Roba a vanvera come sempre» abbaia infatti Rosset «per quel poco che ho sentito. Quell'uomo è logorroico, Ugo, pesante e logorroico.»

«Come sarebbe a dire "per quel poco che ho sentito"? Non dirmi che hai fatto di nuovo quella cosa di abbandonare il ricevitore dentro al portapenne mentre il vice questore Carlo Maria Castelli parla, eh!» passa le mani sulla faccia Solari, che lo sa, prima o poi per colpa di Rosset finiranno sepolti vivi negli archivi della Polizia di Stato.

«Ma non sai la novità» cambia subito discorso Jules «forse abbiamo da sfruttare il nostro grimaldello di fiducia...»

«...»

«Alma!»

«Ma non dirmi, la Boero? Ma guarda che combinazione...» sputa caustico Solari, che 'sta colf cui Rosset affibbia i poteri di un elfo domestico e gli occhi radar di Alastor Malocchio Moody gli pare più uscita da una trama di Harry Potter che da via San Pantaleo numero 5, interno 4, Chiavari. E lui, che da settantadue ore si sta sciroppando tutta la saga del maghetto, parla con una certa cognizione di causa.

«Uh, sempre con questa solfa, ma si può sapere cos'hai contro la Boero?» sbuffa Jules «guarda che con la faccenda dei Modesti e con quella di Elena Koplas... Voglio dire, non so se ti ricordi, eh, ma aver infilato lì Alma ci ha sfangato un sacco di problemi!»

«Mah, mi ricordo anche che con il caso Koplas, in casa dell'amante di Elena, quello lì... il Morlacchi, la Boero ha fatto pure un gran casino. O te lo sei dimenticato?» snocciola secco Solari.

«Ma vedi che hai il dente avvelenato? Il casino lo ha fatto *prima* di sapere che Elena era morta. E comunque è inutile stare qui a discuterne, Alma da tre anni pulisce la tana da scapolo di Antonio Radici e io ho intenzione di usarla, stop, checché ne dica lei e checché ne pensi tu» starnutisce Jules, che vorrebbe tanto, ma proprio tanto, infilarsi a letto e non uscirne fino a primavera.

Oltre al vento fetente, al freddo umido, al Natale alle porte, l'influenza epocale, il sovrintendente con la scarlattina, un morto bruciato, una famiglia blindata e un certo odor di attentato islamico... no, dico, pure uno sconosciuto Calabrò al posto della sua adorata Guerini gli ha schiaffato il destino malvagio in questa giornata di merda.

23

«Così fa schifo» sentenzia senz'appello Maria.

«È solo perché non ti va mai bene quello che scelgono gli altri, mai!» sbuffa Marta, sedendosi inviperita sul tappeto.

«Be', diciamo pure che 'sto coso finto è davvero tristissimo, però» rincara Luca, soffiando aria sul fuoco della polemica.

«E la pensata di sceglierne un quarto per uno, boh, sarà anche una tattica salomonica o montessoriana, eh, però alla luce dei fatti viene fuori abbastanza una ciofeca» dà il colpo di grazia Paolo.

Alma si appoggia alla libreria e socchiude gli occhi: a lei il Natale la schianta. Ancora prima che arrivi.

Eppure ha cercato di epurarsi lo spirito dal sentore di lavandino ingorgato che la invade in prossimità delle feste, si è preoccupata di sturare dai ripostigli il necessaire, ha provato a studiarsi strategie di sopravvivenza suddividendo idealmente questo povero abete in puro PVC modello Dakota in quattro parti, una per figlio, in modo che ognuno si decorasse la sua zona come più gli garbava senza litigare.

E invece.

Si ritrova uno spennacchiato triangolo verde, tanto squadrato che ci si potrebbe calcolare il teorema di Pitagora, e così male addobbato che pare abbiano imbottito di tritolo fondi di magazzino di decorazioni natalizie per farcele esplodere sopra.

È che non voleva più macchiarsi di omicidio colposo, ecco. Ogni anno compravano l'abete, lo trattavano come se fosse un neonato, lui pareva gradire e stare in salute e poi… *trac*, dall'oggi al domani mollava giù tutti gli aghi e restava lì, nudo e clinicamente morto, come se gli fosse venuto un ictus.

E niente, quest'anno non si sentiva emotivamente pronta a sopportare un altro decesso, punto.

«Ma lo lasciamo così?» la riscuote Maria, fissando lo strano conglomerato natalizio con le nocche piantate sui fianchi.

«Non lo so, per ora sono a corto di alternative» sospira esausta Alma, che cerca di non pensarci, eh, ma il "domattina mi dipani tutto il tuo sapere sul Radici junior" di Jules Rosset le suona ancora come una minaccia.

Ma perché non riesce a quietarsi mai?

In fondo cosa chiede, non pretende mica che tutto sia perfetto, che magicamente si risolvano i problemi, che a Luca e Paolo non ciocchino più dei quattro di geometria o fisica e che Marta e Maria non si accapiglino ogni due per tre… no, vorrebbe solamente che tutto filasse liscio nel consueto travaglio quotidiano, senza aggiunte di grane moleste non richieste. E Jules Rosset *è* una grana molesta non richiesta.

E poi 'sta spada di Damocle della telefonata intercontinentale.

Ogni stramaledetto Natale che Dio manda.

Che poi se li deve sfangare sempre lei, i postumi della telefonata, perché Luca e Paolo con il padre risposato e ri-famigliato oltreoceano sbocconcellano dei monosillabici "sì, no, bene", e ogni anno che passa vede colarsi addosso il loro rifiuto a prestarsi a questa pantomima, per poi chiudersi in un mutismo corrucciato e sofferto fino a Capodanno. Marta e Maria invece starnazzano inquiete, contendendosi il telefono, ripetendo a raffica "papà papà papà", solo per sentirselo rotolare in bocca e gustare l'effetto che fa, visto che non lo pronunciano mai. Cosa che le fa a brandelli il cuore.

Stranamente Enrico si è fatto vivo anche due mesi fa, del tutto inaspettato, visto che i contatti si riducono di solito ai compleanni dei figli e, appunto, al Natale. Pasqua, chissà perché, non se la fila mai nessuno. La telefonata l'aveva presa Paolo, l'unico che era in casa, mentre l'Alfonsina pisolava ignara sulla sua poltrona. Dal resoconto Alma aveva cavato poco o nulla: da Paolo era uscito solo un laconico "mah, niente, voleva solo salutare", anche se dall'estratto della bolletta Alma aveva poi scoperto che quell'intercontinentale tra padre e figlio era durata ben ventidue minuti. No, dico, ventidue minuti di "saluti"?

Mah.

E comunque, pare un destino della sua famiglia, quello di crescere senza un padre accanto. Guarda lei, che il suo è morto ancora prima di sapere della sua esistenza, come lo stesso Enrico, tirato su solo dall'Alfonsina – e un po' anche dal Lombroso, in effetti – dall'adolescenza in poi.

Certe volte pensa che forse ha sbagliato tutto.

Perché le cose si digeriscono e si metabolizzano solo se, dopo il loro inizio, hanno anche una fine precisa. La storia del suo matrimonio con Enrico, invece, è come un libro con un colpo di scena incongruo, che lascia l'intera vicenda zeppa di punti in sospeso come se ci si aspettasse un sequel. Già, peccato che di questa storia non ci sarà proprio nessun seguito, dato che ha una trama di merda, sbuffa Alma.

Enrico è andato in Australia per quella che pareva una straordinaria opportunità di lavoro, come probabilmente è stato. Però quando sarebbe stato il momento di raggiungerlo, è venuto fuori che lui nel frattempo si era rifatto una ricchissima famiglia con una biondissima e bianchissima "cangura" che fa parte di non so quale congrega religiosa per cui Enrico là non risulta neppure bigamo, considerato che lui e Alma non sono divorziati ma solo separati di fatto da ben due oceani e una nuova famiglia. Per carità, Enrico le manda sempre dei bonifici per le spese dei ragazzi anche se lei non ha mai preteso un centesimo, e i soldi sono tutti equamente suddivisi nei conti correnti dei figli, senza che Alma abbia ancora toccato un euro. Il fatto che lei per farcela da sola si affanni, si disfi e si arrabatti è colpa solo del suo orgoglio testardo, lo sa, è il suo modo per metterci una pietra sopra… un macigno, anzi!

Ma si rende conto che non basta.

Luca, Paolo, Marta, Maria… per loro non c'è stata spiegazione, se non le sue parole neutre e trattenute a sviscerare un qualcosa di troppo enorme e crudele da poter accettare. Marta e Maria erano piccole e l'hanno ingoiato come la favola di un re lontano, ma Luca e Paolo no. E Alma lo vede riaffiorare in piccoli segni quotidiani, quel qualcosa: nel chiudersi ostinato di Luca nella sua bolla, con le cuffiette alle orecchie a intagliare i suoi legnetti pallidi rubati al mare e con l'Opinel che gli aveva regalato Enrico prima di partire; o Paolo, che vomita la sua domanda di risposte tra le righe delle canzoni che scrive quando resta per ore sigillato nell'antro odoroso della sua stanza.

Alma lo sa, è il *ricordo* che torna a galla come un rigurgito amaro di smarrimento e mancanza, perché certe perdite sono peggio della morte, sì, sono quelle che giorno dopo giorno ti scavano dentro con il tarlo feroce dell'inadeguatezza: "papà aveva noi qua, ma si è fatto una famiglia là, il che equivale a dire che noi non andavamo bene, quindi si è fatto una cosa nuova di zecca che gli piace di più", in un'equazione matematica che destrutturerebbe le certezze a chiunque, figurarsi a degli adolescenti, che magari hanno quattro in matematica, eh, ma certi due più due gli riescono benissimo.

Quindi sì, vede questa telefonata, che butta il sale sulle ferite mai chiuse, come le piaghe d'Egitto e due o tre inondazioni.

Alma sospira e prende scopa e paletta per raccogliere lo scempio di aghi finti. Pensare che ha preso questo triangolo isoscele di puro PVC proprio per non dover spazzare l'ecatombe di aghi dell'albero vero. Neppure si sente sollevata dal pensiero ecologico di non aver contribuito all'eccidio di abeti natalizi, che tutta 'sta montagnola di filamenti verdi in cloruro di polivinile darà un pesante apporto alla così detta pandemia globale della plastica.

Che cretina è stata.

«Se lo riportassimo indietro?» domanda liscio Luca, che pare averle letto attraverso.

«Cosa? L'albero? Ma l'abbiamo sballato, aperto, montato, pure sensibilmente decorato...»

«Be', la scatola è intera, e lui non si è mica rovinato, no? E dopo neppure un'ora e mezza non lo considererei neanche usato, dai!» valuta Paolo, ispezionandolo da tutti i lati.

«Non credo che valga, e poi non ho proprio voglia di andare al negozio a litigare» scuote la testa Alma.

«E cos'è quella roba lì?» esclama l'Alfonsina, manifestatasi all'improvviso nel vano della porta, come evocata da un'altra dimensione.

«Bisogna che studiamo qualcosa per il suo nuovo girello in modo da sentirla arrivare, Alfonsina, perché se continuiamo con 'sti spaventi finisce che io ci lascio le penne...» espira Alma, con il cuore in gola.

«Possiamo appenderci dei campanellini!» trilla Marta, fiera dell'intuizione.

«Sì, come un monatto degli appestati!» alza gli occhi al cielo l'Alfonsina «ne parliamo dopo. Spiegatemi qui, invece. Questo coso finto è più brutto di un asparago, vegetale che, nonostante lo scialbo aspetto, riesce a mantenere una certa eleganza. Cosa che questo scopino da gabinetto fuori misura, su cui avete rovesciato – a caso, suppongo – le decorazioni, non potrà avere mai. Quindi?»

«Niente, è stato solo un tentativo per evitare l'ennesimo decesso arboreo in casa Boero\Poli, tutto qui. Quanto all'addobbo... è una cosa lunga» sospira Alma, passando le mani sugli occhi stanchi.

«I ragazzi vorrebbero riconsegnarlo al negozio, ma come si fa ad andare là a chiedere di...»

«Manda loro, no?» la interrompe pratica l'Alfonsina «sono grandi e devono cominciare a prendere in mano e provare a risolvere le situazioni che non gli garbano. Sono già tante le cose che si devono mandar giù anche se non ci piacciono, non ti pare? Perché aggiungerci anche una cosa stupida come un albero di Natale che pare vomitato dal Grinch?» conclude infilandole gli occhietti da poiana dritti nei suoi, a dirle che certi tormenti li legge anche lei, li legge eccome.

Cento volte al giorno si chiederà perché si è presa tra i piedi una suocera intransigente e puntigliosa come l'Alfonsina, sospira con un mezzo sorriso Alma, iniziando a smontare i rami del Dakota in puro PVC, ma cento e uno volte al giorno ringrazia il buon Dio – o chi per lui – che gliel'ha messa tra i piedi, ecco.

24

Rosset spinge con fatica la pesante porta del reparto di patologia, ma gli manca il consueto slancio di chi pregusta un incontro atteso. Le altre volte c'era sì un cadavere da sondare, ma la prassi era accompagnata dal desiderio di vedere Elsa Guerini, splendida regina dei morti, unica nel suo genere.

Ora ad aspettarlo c'è un cadavere e basta. Quale slancio può dare a un povero ispettore azzerato da una febbre da cavallo e con le vie respiratorie intasate come il traforo del Monte Bianco a ferragosto?

Rosset struscia mesto nelle soprascarpe lungo il corridoio, con i neon lividi che si riflettono sulle pareti dipinte di verde, trasformando in simil-cadavere lui e chiunque varchi la soglia di questo Ade terreno. Mah, sarà per una sorta di par condicio, sospira infilandosi nella sala autoptica.

«Permesso...» lancia dubbioso, guardandosi intorno.

Incredibile come un posto cambi faccia a seconda di chi pensi di trovarci dentro, ragiona Jules. Quando si aspettava di incontrare la Guerini era tutta un'altra cosa. L'odore è sempre quello, eh: greve, corposo, quasi vivo, anche se sembra un paradosso riferito al luogo, ma prima c'era un non so che, una luce, un guizzo di...

Niente, ora gli appare esattamente per ciò che è: un locale asettico di acciaio, mattonelle e neon, che non si può dire sia un bel vedere.

«Ispettore Rosset, suppongo» sbuca da dietro lo scaffale una testa calzata nella cuffietta verde, da cui spunta una coda di capelli ispidi e brizzolati.

Ossantamadonna, arriccia il naso Jules, che se c'è una cosa che proprio aborre sono i fricchettoni in rottamazione.

«Orlando Calabrò» allunga una zampa pelosa lui, con un teschio pipistrellato in perfetto stile heavy metal a far capolino sull'avambraccio.

Fricchettone d'antiquariato e pure ex rocchettaro, esala Rosset, ma quale pena deve mai scontare, visto che oggi si affastella un flagello dopo l'altro?

«So che l'hanno mandata da... Pavia, giusto?» prende tempo Jules. Come accento, quello del dottor Calabrò, non gli pare propriamente nordico.

«Pavia, sì. Ma lombardo di trapianto sono, vengo da Pozzallo, Sicilia. Ha presente il porto che inquadrano sempre in tv quando mostrano quei poveri disgraziati che arrivano stivati nei barconi? Eh, Pozzallo è» spiega il dottore alzandosi per accompagnarlo verso il centro della sala.

Ah, però. Non se lo aspettava tanto alto, si stupisce Rosset, e neppure così ben piantato: ha due spalle così larghe che sono il doppio delle sue, forse pure qualcosa in più. Quanti anni avrà? Sessanta, forse. Portati piuttosto bene, a giudicare da come si è alzato dallo sgabello, senza cigolii di giunture e con l'agilità di un camoscio.

«E comunque non è che mi hanno mandato da Pavia, è Elsa che ha fatto richiesta perché fossi io a sostituirla. Dice che si è fatti l'uno per l'altro.» Fa una risatina che gli accartoccia ancora di più la faccia piegata a origami dal sole e dagli anni, e accende la grossa lampada centrale.

«Fatti l'uno per l'altro riferito a chi?» sonda sulla difensiva Rosset «lei ed Elsa, io e lei o io e Elsa?» enuncia contando sulle dita, ché ha un po' perso il filo e pure il briciolo di speranza che con Elsa

Guerini, in un futuro molto prossimo, possa nascere… chissà… forse qualcosa.

«A naso direi che era riferito a me e lei. Non lei Elsa, eh, a lei ispettore Rosset» ridacchia. «Senta, che ne dice se ci diamo del tu? Perché come vede io sto già facendo casino» e si gratta la testa sotto la cuffia, ridacchiando ancora.

Ed è pure uno che ride troppo, sbuffa Jules, annuendo parco nel concedergli di passare al tu.

«E ora veniamo a quello per cui sei qui, perché vorrai sapere di queste ossa bruciacchiate, mi sbagliai? Ecco, appunto. Dammi una mano a sollevare il lenzuolo, prendilo di là, piano, così… bravissimo. Che è delicato assai» lo istruisce rapido Calabrò. «Eccolo qui, ho ricomposto anche i pezzi che si erano staccati.» Il dottore mostra con orgoglio l'assemblaggio certosino. «Lo so, pare la mummia di Tutankhamon, ma come si sa il fuoco è il nemico più grande di ogni esame autoptico e in buona parte anche di qualsiasi indagine di laboratorio: niente impronte, difficile datazione, impossibile definire l'ora del decesso, organi interni da esplorare manco mezzo, ma possono comunque raccontarci qualcosa, e con un po' di fantasia…» gli strizza l'occhio muovendo le zampone pelose a svelare chissà che.

Rosset lo fissa, mentre sente sgorgargli dal petto l'impulso irrefrenabile di tirargli una testata in mezzo a quegli occhi – li nota solo ora – di un azzurro trasparente quasi alieno, ma si ingoia tutto per spremere fuori uno dei suoi sorrisi storti.

«Maschio, caucasico, circa un metro e ottantadue. Età sui trentatré\trentacinque anni, a giudicare dall'insieme, ma senza alcuna certezza, potrebbe anche averne venticinque come quaranta. L'età sulle ossa bruciate non è verificabile neppure con indagini al radiocarbonio. Ti devi fidare della mia esperienza, quindi» allarga le braccia Calabrò, con un'apertura alare da pterodattilo. «Dunque, il nostro amico ha subìto una frattura al piatto tibiale in giovane età e una, decisamente importante, allo sfenoide del cranio in età adulta.» Calabrò inclina la testa e guarda Rosset. «Frattura che inquadrerei con ogni probabilità come causa della morte. Sempre ipotesi, eh, ma con lo sfondamento dello sfenoide direi che è abbastanza matematico passare al Creatore.»

«Quindi non l'ha ucciso l'esplosione? O l'incendio?»

«No. Anzi, mi sono fatto persuaso che al momento dell'incendio e dell'esplosione fosse già defunto: non ho trovato corpi estranei e il fuoco lo ha intaccato in una maniera strana, come in assenza di tessuto molle... ma poi ti spiego.»

«Ovviamente non si sa chi sia» domanda senza troppe speranze Rosset.

«Ovviamente no. Non abbiamo alcun brandello di stoffa, segni o elementi che possano darci qualche traccia, però...» Calabrò non ride, ma gli occhi lo fanno per lui.

«Però cosa? Guarda, Calabrò, che non hai bisogno di creare la suspense, eh, questa faccenda ha già avuto i suoi buoni colpi di scena, quindi, se vuoi procedere...» sputa caustico Rosset. Che capisce di prenderla troppo sul personale solo perché ha davanti questo Orlando Calabrò invece della Guerini e che gli rode parecchio aver scoperto che la suddetta Guerini era tanto intima con questo fascinoso ex woodstockiano\probabile ex rugbista, porca vacca, da chiedergli di sostituirla. E poi cosa vorrebbe dire che lui e Calabrò "sono fatti l'uno per l'altro"?

«Eh, me lo disse Elsa, che eri uno con gli spigoli» ridacchia il dottore «ma mi disse pure che sei bravo assai, che c'hai lo sguardo lungo e che ti cavi d'impiccio anche nelle cose impicciate.» Calabrò si avvicina alla testa di Rosset e sussurra: «E io sono bello uguale a te. Tranne gli spigoli, quelli no. Ma d'altronde tu c'hai le montagne nelle vene, mentre io c'ho il mare: gli spuntoni me li ha limati tutti».

Jules lo guarda, muto.

«Vabbè, ti dico il *però.*» Orlando lo spinge verso una ciotola di metallo con dentro due molari e un ponte. «Vedi qui?» Ne afferra uno con una pinzetta e glielo mette davanti al naso.

«Sono otturazioni...» evince rapido Rosset, per nulla impressionato.

«Esattamente. Ma visto che poco abbiamo, io da quel poco cerco di spremerci tutto. Le ho mandate al laboratorio, ma a occhio direi che si tratta di un tipo di amalgama usato prima del 2001, da lì in poi si sono utilizzate resine e ceramiche praticamente identiche ai denti e prive di metalli pesanti. Certo, il nostro amico potrebbe essersi curato i denti molto prima, ma le otturazioni non mostrano un'usura tale da ritenerlo possibile. Mi spiego: queste otturazioni non sono abbastanza consumate, o per lo meno non come dovrebbero essere dopo... boh, almeno vent'anni?»

«Già, perché se le avesse fatte dopo sarebbero in resina, giusto?» comincia a capire Rosset.

«Bravissimo, vedi che capisci dove voglio arrivare?» ridacchia tutto soddisfatto Calabrò.

«E quindi o 'sto tizio son più di vent'anni che non mastica per scelta...»

«O son più di vent'anni che non mastica, semplicemente perché era già cadaverizzato» conclude liscio Calabrò.

«Appunto» si gratta il mento Rosset. Questo cambia un po' le prospettive, come direbbe Alma.

«E questo che ti ho fatto vedere è un terzo molare, meglio conosciuto come dente del giudizio, che, se cresce, lo fa dai diciassette ai ventuno anni» precisa Orlando.

«Quindi orientativamente aveva superato i diciotto anni per poter aver fatto quella otturazione, sui trentacinque è morto, vent'anni fa per il tipo di amalgama...» cerca di calcolare Rosset.

«Pensi a un eventuale dentista con le radiografie a cui risalire? Perché, voglio dire, anche questo ponte, su un tipo così giovane, è roba che si faceva secoli fa!»

«Aspetta, però il nostro morto potrebbe essere straniero! Che so, russo, rumeno, serbo, greco... che ne sappiamo delle loro cure dentistiche? E quindi potrebbe essersi otturato i denti tipo due mesi fa, no? Questo stravolge ogni nostra ipotesi di datazione» sospira Rosset.

«Non proprio. Nell'Est Europa sono all'avanguardia, c'è un vero e proprio turismo dentale per implantologia e compagnia bella» scuote la testa Calabrò «mi sentirei abbastanza sicuro da escluderlo. Potrebbe però trattarsi di qualcuno che ha come dentista uno alla vecchia maniera. Ecco, questa potrebbe forse essere un'opzione di cui tenere conto. Non è che tu hai un amico dentista? Perché queste son cose che nell'ambiente si sanno, eh!»

«Mah, forse saprei a chi domandare...» tossisce cavernoso Rosset, pensando a Carlo Messi, il dentista che ha conosciuto quest'estate per il caso di Elena e Nestor Koplas. Gli era piaciuto da subito, uno dallo sguardo perspicace e acuto quasi quanto quello di Alma, era stato uno spettacolo osservarli mentre vivisezionavano l'armadietto di Elena Koplas nello studio di Messi: una danza sembrava, un perfetto duetto in sincrono a sviscerare mondi e segreti. Fin troppo, aveva rilevato allora con una punta di fastidio.

«Uh, che brutta tosse che tieni» lo scruta Calabrò con occhio clinico.

«Eeh» sospira Rosset, che vuole solo andare a casa a posare le ossa nella sua poltrona di cuoio nel caldo tepor... Oh, porca vacca, no!

«Che hai, ispettore? Ti è venuta la faccia a macchie come una cassata.»

«È che mi sono reso conto che stanotte ho spento il riscaldamento perché mi seccava troppo il naso, e stamattina prima di uscire non l'ho riacceso… dieci ore in cui casa mia si sarà trasformata in pura tundra lappone» esala lamentoso Jules. «Pure il gatto avrò surgelato…»

«Ma va'… il felino avrà fatto tana sotto qualche coperta, cosa che farai anche tu ora, subito. Ti accompagno» organizza sbrigativo Orlando.

«Ma come, a casa mia, così?» sbatte gli occhi Rosset, mentre gli fissa il camice, le mani, la cuffia, quell'orribile coda grigia che penzola tra le scapole da rugbista. E poi oggi fra i piedi, a intasargli casa con convenevoli e manfrine, non ci vorrebbe neppure sua madre, figurarsi un perfetto sconosciuto che gli sta pure un po' sull'anima.

«Ci metto un attimo, intanto ingoiati tre di queste» apre un cassetto Calabrò, e gli lancia un flaconcino anonimo, colmo per metà di capsule farinose e oblunghe.

Jules le annusa circospetto. Bah, sanno di trementina e non ci pensa proprio a inglobarsi della roba che non sa neppu…

«Allora, le hai prese? Che hai, non ti fidi? Guarda che sarò anche medico dei morti, ma sempre medico sono. Tre. Intere. Con un sorso d'acqua. Le bottigliette nuove sono là. E non fare finta perché me ne accorgo.»

Orlando gli si para davanti con i pugni sui fianchi e gli punta addosso quegli occhi alieni che gli fanno pure un po' senso.

Rosset prende fiato e le butta giù, una a una, con la lingua che gli si fodera di un vago sentore di detersivo agli agrumi per niente rassicurante.

Se sopravvive a oggi ha ottime possibilità di ritenersi annoverato honoris causa negli highlander, sospira mesto Jules, con un micidiale, e vagamente inquietante, rigurgito all'incenso – incenso?! – che gli strina la gola per uscirgli dai buchi del naso.

25

Jules apre gli occhi.

Sente le sinapsi cozzare pigre in un limbo fatto di ovatta e sogni sconnessi.

Un profumo che smuoverebbe i sassi gli scatena un terremoto di succhi gastrici, facendolo riemergere da un sonno malato e denso.

Profumo di cibo? In casa sua?

Si tira su sui gomiti.

È nel suo letto, mummificato nel piumone, e non ha la più pallida idea di che ore siano e di quanto abbia dormito.

Si passa una mano sulla faccia, in bocca ancora un vago retrogusto di messa solenne. Sbatte gli occhi. E come diavolo gli è venuta in mente questa associazione? Ah, ragiona cincischiando la lingua contro il palato, saranno quelle maledette pastiglie al sapore d'incenso misto a detersivo. Bah, se non altro è ancora vivo, sospira srotolandosi dal piumone e accorgendosi di aver sudato come un maiale, porca vacca.

Afferra la sveglia: le lancette segnano le sette e venti. Sarà mattino o sera? Dalle persiane filtra la luce gialla dei lampioni, ma non fa testo, a dicembre il sole sorge tardi… quindi?

Jules butta giù i piedi e resta seduto sul materasso, si sente come se qualcuno lo avesse smembrato pezzo pezzo per poi assemblarlo a casaccio, così come gli veniva, braccia dove stavano i piedi, ginocchia al posto delle orecchie, testa infilata nel… niente, si sente destrutturato e bon, inspira esausto.

Uh, certo che questo profumino, però, quanto a risollevare il morale ha le capacità taumaturgiche di un montacarichi, constata sollevandosi a rilento per raggiungere la porta della stanza.

«Ma che diav…» esclama con il mento in caduta libera sullo sterno. Perché la sua essenzialissima cucina è invasa dai vapori sprigionati da una pentola che borbotta placida sui fornelli, da un Calabrò che ingombra tutto lo spazio utile sbattendo qualcosa in una fondina e da Professor Moriarty, ammottato come un pollo accanto al lavello, che muove nell'aria le vibrisse con gli occhi socchiusi e manifesto tripudio dei sensi.

«Ah, finalmente, che bella dormita ti facesti, eh! Due ore secche. Ti sto preparando la minestra con *badduzzi*. Come ti senti?»

«Uno schifo, grazie. Minestra con che?»

«*Badduzzi*, polpette, vedi?» Orlando cala il cucchiaio a pescare una palletta rosata e bitorzoluta. «Il must di mia nonna quando si era malati: una minestra saporita, calda e nutriente, fatta con la carne e pure le uova, le ho sbattute qui con il pecorino e ora ce le butto dentro…» spiega versando il contenuto della fondina nella pentola, con il gesto fluido di chi è abituato a muoversi tra i fornelli.

«E la carne dove l'avresti trovata, scusa?» si informa titubante Rosset, che non ricordava di averne in casa, ma magari Calabrò l'ha stanata dal congelatore, senza immaginare che in casa sua certi reperti rischiano di risalire come minimo al cenozoico.

«Sono sceso un attimo a fare la spesa» lo rassicura Orlando, lanciandogli un'occhiata eloquente. «Il tuo frigorifero è una landa triste e desolata, lo sai, vero, ispettore? Ci stava solo una coltura di penicillina vagamente riconducibile a formaggio, una bottiglia aperta di Pinot bianco e forse qualche lichene. Ah, le banane non vanno tenute in frigo, sappilo.» Apre il cesto della spazzatura ed estrae uno svirgolo scuro dall'aspetto disgustoso. «Anche ad attrezzatura, ispettore, via... almeno un minimo sindacale: paletta, mestolo, schiumarola» enuncia alzando perentorio le dita «poi un coltello come Dio comanda, ah, una grattugia seria, che questo trabiccolo rotante fa ridere i polli. Ma tu come accidenti ti nutri di solito?»

Rosset fa un vago cenno con la mano ossuta, a specificare che se lui avesse tempo mangerebbe pure, ma gli manca l'estro e soprattutto la voglia. Quando rientra è tanto stanco che disseppellisce dai pensili qualcosa da sgranocchiare e stop. Tranne quando viene suo figlio Alberto, che però ultimamente non abbozza più ingollando in silenzio la sua pessima carbonara o la sua polenta istantanea intonacata con la fonduta in scatola ma pretende di andare a cenare fuori costringendolo a snervanti peregrinazioni alla ricerca di un locale "giusto", a cui Jules non si oppone solo per amor paterno. Questo suo essere così poco gastronomico-dipendente, in un immaginario collettivo costellato di fior di investigatori bongustai – vedi Montalbano, Nero Wolfe, Pepe Carvalho, Maigret – gli ha sempre destabilizzato un po' l'autostima, ma non ci può fare niente.

C'è da dire che se si trova davanti a un signor piatto sa riconoscerlo e apprezzarlo, ma se ha da fare è capace di ricordarsi che deve nutrirsi solo quando è prossimo allo stramazzo.

«Siediti che è pronto» gli ordina Calabrò, scucchiaiandogli nel piatto una broda gialla e delle tonde polpettine assediate da una pastina dalla forma strana, con un profumo tanto appetitoso da deflagrargli la voragine nello stomaco che, a parte due canestrelli da Alma, non ha più riempito da stamattina.

Orlando sminuzza anche una polpetta nella ciotola di Professor Moriarty, che si prodiga in uno strusciamento-avvolgi-tibia così ardente e partecipe da smottare in Jules un repentino sbotto di gelosia.

«Mentre mangiamo possiamo continuare il nostro discorso sull'amico che avete trovato nell'incendio o sei come Montalbano che si devono muovere le ganasce e basta?» ridacchia Orlando, sbirciandolo con quei suoi occhi azzurro-alieno.

Rosset lo guarda, cercando di capire se lo sta prendendo in giro, ché forse pure Calabrò allaccia la passione culinaria alle capacità investigative, quindi in virtù di un semplice sillogismo ai suoi occhi è diventato una specie di incapace, ecco.

«Parliamo, parliamo...» sventola la mano ossuta Jules, che non sa ancora come inquadrare 'sto dottore, elemento borderline, tra la presenza molesta e il buon samaritano.

«Perché vedi» mastica Orlando, riempiendosi il bicchiere con un Nero d'Avola – pure il vino rosso ha comprato, nota Rosset, e che vino! – dal rubino perfetto «come già ti dicevo secondo me il corpo si trovava già lì, quando è scoppiato l'incendio. E non si è bruciato del tutto solo perché le fiamme in quel punto sono state soffocate da della terra, magari un vaso, cadutaci sopra. Fortuna o sfortuna, chissà, ma questo abbiamo. È che le condizioni in cui è stato trovato non mi permettono di sapere se c'era carne o solo pelle attaccata alle ossa, capisci? Anche nei pezzi che ho ricongiunto...»

Rosset posa il cucchiaio. Va bene che gli ha detto che si può parlare, eh, ma... «Dobbiamo proprio gingillarci intorno al cadavere mentre mangiamo, scusa?» sbuffa infatti, con un velo di fastidio.

«Eh, anatomopatologo sono» allarga le braccia Calabrò «se ti chiedo se possiamo discutere del caso cosa pensi, che chiacchieriamo di polpo alla luciana? È chiaro che l'argomento è il cadavere, no?»

In effetti, ondeggia la testa Rosset, per poi bloccarsi subito: un male fotonico, fronte che pulsa... movimento oscillatorio niente, guai!, se lo deve ricordare.

«Ci sarebbe sempre il bomb carbon» continua quindi Orlando, scodellando ancora minestra nelle fondine di entrambi «ma è un'indagine di laboratorio costosa assai, più che altro viene adoperata per verificare se la morte è avvenuta in epoca recente o antica, nel qual caso diventa di competenza archeologica. Che magari, dato il luogo in cui l'abbiamo ritrovato, il nostro amico poteva essere la reliquia di qualche santo... Sai, no, quelle strane faccende per cui ci sono in giro dodici dita di san Giovanni Battista – tutti indici, tra l'altro – per non parlare del numero imprecisato di prepuzi di Gesù. Ma dalla presenza di otturazioni ai denti direi che di cosa più recente si tratta. Ti dicevo appunto del bomb carbon: in pratica rivela se un individuo è vissuto prima, durante o dopo i test delle armi nucleari con una precisione decennale, e illustra, con una precisione decennale, quando è vissuto e morto. Mi spiego meglio, ché ti vedo già fumare le orecchie. Tutti gli organismi viventi assimilano radiocarbonio dall'atmosfera, mi segui?, e i due livelli sono idealmente simili. Però la proliferazione dei test nucleari, dai primi anni Cinquanta fino al 1963, ha immesso nell'atmosfera un'elevata quantità di radiocarbonio artificiale, chiamato "bomb carbon", con un incremento pari circa al 100% rispetto ai valori antecedenti il 1950. Le cose sono cambiate con l'accordo del 1963 tra Stati Uniti e Unione Sovietica, che ha messo fine alle sperimentazioni nucleari al di sopra della superficie terrestre e, grazie all'assorbimento da parte di oceani e sistemi biologici, il livello globale del radiocarbonio si è gradualmente ridotto.» Calabrò versa il Nero d'Avola a colmare il suo bicchiere e quello di Rosset. «Questo ci permette di stabilire una datazione dei reperti biologici: per esempio sappiamo che negli anni Settanta i livelli di radiocarbonio erano più elevati che negli anni Novanta, e lo stesso vale per chi è morto in quel periodo.»

«E si potrebbe capire se il tizio in questione è morto per esempio... nel 1972?» domanda secco Rosset, che a stomaco pieno e corroborato dal Nero d'Avola le sinapsi paiono muoversi con maggior cognizione di causa.

«Ah, questo tuo indirizzarti su un anno preciso mi fa dedurre che tu abbia in mano qualcosa di tangibile, una pista insomma» inclina la testa Calabrò scandagliandolo con le sue inquietanti iridi al laser.

«Mah, non la chiamerei proprio una pista» sospira Rosset «un brandello di qualcosa, forse: un Radici scomparso misteriosamente nell'aprile del 1972. Si è parlato di connessione con le Brigate Rosse, poi c'è stata un'ipotesi di rapimento mai confermata, questo Rodolfo Radici era un tipo alquanto scomodo per una famiglia come quella, intrallazzata con preti e congregazioni cattoliche. Si è valutato anche l'espatrio tattico e tenuto nascosto, giusto per toglierselo dai piedi. Ma chissà, magari poi hanno optato per una soluzione, come dire, più definitiva, ecco. Anche se sinceramente mi sembra una congettura un po' forzata e azzardata persino per chi, come la famiglia Radici, tiene a preservare una facciata di irreprensibile perfezione.»

«Mi dispiace, ispettore, questo tipo di indagine di laboratorio non permette di conoscere l'età dell'individuo e neppure l'anno esatto della sua morte, è strutturata per andare di decade in decade, capisci?»

«Sì. Tutto piuttosto vago, quindi» deduce Rosset.

«Piuttosto, sì. E poi noi qui abbiamo in prevalenza ossa che sono state sottoposte a temperature elevate e la loro parte proteica è degradata o inesistente. In più le ossa in generale hanno un loro ciclo vitale indipendente e non smettono di assimilare carbonio dall'atmosfera fino alla loro "morte": esiste quindi un periodo di transizione di circa trent'anni per le ossa umane e più breve per quelle animali.»

«È un modo erudito per dirmi che siamo nella merda?» espira Rosset, passando le mani sulla faccia.

«Abbastanza, sì» ammette Calabrò, svuotando il bicchiere.

«Fantastico» sbuffa Jules, digerendo minestra di *badduzzi* mista a resina. «Ma si può sapere cosa diavolo c'era nelle pastiglie che mi hai dato? Mi pare di avere un turibolo a fumarmi incenso nello stomaco»

«Olio di melaleuca, un antimicrobico che rafforza le difese immunitarie in condizioni ambientali avverse. Lo so, a volte propone un sentore di trementina, ma te ne farai una ragione. E poi ci sono anche i semi di pompelmo, protettivi delle mucose e battericida ad ampio spettro, e solo di quelli patogeni. Ti ho messo il flacone in bagno, ne prendi altre tre stasera e due domattina. Poi se non migliori vai dal medico e ti fai segnare il tuo bell'antibiotico, che con 'ste faccende non si scherza. Vabbè. Ora levo il disturbo, tu devi riposare» si alza Calabrò, grattando la nuca a Professor Moriarty, acciambellato come un pitone a digerire la cena.

Poi afferra la giacca e apre la porta.

«Orlando?» lo blocca Rosset «è che io ho un carattere un po' così, eh, ma... insomma, grazie, ecco.»

Calabrò alza una delle sue zampone pelose a mo' di saluto e chiude la porta.

Jules resta lì, nei suoi sfiati interni alla melaleuca e con la vaga sensazione che Elsa, riguardo a Calabrò, abbia abbastanza colto nel segno.

26

Carlo Messi: "Ognuno sta solo sul cuor della terra / trafitto da un raggio di sole: / ed è subito sera." Non so perché, ma il buon Quasimodo stasera mi pareva calzasse bene. Citazione dotta per stanarti ovunque tu sia.

Alma: Scusa. Hai ragione. Far presente che quella di oggi è stata una giornata fecale non basta ad assolvermi, credo. Ma è stata DAVVERO una giornata fecale, con tanto di inguardabile albero di Natale isoscele.

Carlo Messi: Ti assolvo per la giornataccia, ma non per il resto. Anche se non mi offendo.

Alma: Quale resto?

Carlo Messi: Davvero vuoi che te lo dica? Secondo me è sufficiente quello stanarti dei due messaggi precedenti, dai.

Alma: Non devi prenderla come un fatto personale, non sei tu, davvero. Sono io che... ma sono migliorata, eh, forse non ancora abbastanza da... ma lo sai che mi sento una deficiente a scrivere qui sopra come se fossimo due adolescenti? E poi sono lentissima, il correttore prende possesso dei miei pensieri cambiando le parole come garba a lui e...

Il cellulare di Alma squilla e lei risponde subito, più per paura di svegliare qualcuno che per frenesia amorosa.

«Così è decisamente meglio» ride Carlo «ma il mio amor proprio non era sicuro di reggere l'ennesimo tuo scansare le telefonate. Con il messaggio potevo sempre raccontarmi che forse non l'avevi letto o che ti era sfuggito.»

«Sono pessima, lo so...» sospira Alma, che lo pensa davvero.

«Oh, ma nemmeno tanto, dai. Per dire che sono qui comodo, con il conforto di due cuscini, un plaid e due dita di Porto: i presupposti giusti per ascoltare con il dovuto spirito il resoconto dettagliato di una giornata fecale in perfetto Boero style. Quindi, se non ti dispiace...»

Che poi una volta che Messi le scalza il guscio tutto si fa semplice e rassicurante, gustoso perfino, ammette Alma iniziando a raccontare.

«Ma l'hai fatta almeno una fotografia all'albero isoscele?» ride Carlo.

«No, guarda, tu non hai idea di cos'era...» ora ride anche Alma «l'ispirazione di partenza era buona, eh, ma non ho valutato bene le possibili commistioni in corso d'opera. Insomma: un effetto finale disgustosamente inenarrabile, un albero costipato a strisce dai miei figli.»

«Mi sei mancata» l'ammutolisce a tradimento lui.

«Davvero?» articola Alma, che volendo poteva partorire qualcosa di meglio, ma le è uscito solo questo stupido avverbio e ormai è fatta.

«Mah, avrei preferito un semplice e banale "anche tu", eh!» sospira melodrammatico Carlo Messi «ma lo prendo come un dato oggettivo di incredula gioia in risposta al mio sentimento di mancanza. Non c'è male, dai, facciamo progressi» sorride Carlo.

Cioè, Alma non può vederlo, ma è certa che lui abbia sorriso con quel modo tutto suo di alzare l'angolo destro delle labbra mentre inclina la testa di lato. Le piace come sorride Carlo, lo fa senza chiasso, con eleganza, senza affettazione o calcolo, un po' come è lui insomma.

E viene da sorridere anche a lei.

Carlo le domanda di Marta e Alma gli è grata anche solo per averglielo chiesto. Perché dopo la scoperta delle fatiche scolastiche di sua figlia, Alma non si era data per vinta e aveva scavato, trivellato e tampinato alla ricerca di risposte, scontrandosi in tiepide valutazioni di "stanchezze", "emotività", "insicurezze" che a lei convincevano sì, ma non del tutto. E Carlo l'aveva ascoltata, prendendo in mano le sue paure e il suo senso di impotenza senza liquidarle con una semplice frase di conforto e fissandole un appuntamento con una sua amica psicologa del centro neuropsichiatrico, "perché non si sa mai". E bingo. Le insegnanti avevano ragione, Marta non è dislessica o discalculica, però le manca quella che si definisce "memoria di lavoro". Alma non immaginava che esistessero così tante memorie!

Oddio, veramente che la memoria sia una piovra a più tentacoli, a volte molesti, a intriderti la materia cerebrale, ne aveva già sentore, eh, però la faccenda che riguardava Marta le era del tutto nuova. In pratica Marta non ha gli strumenti per collegare i vari pezzi, da qui la sua fatica sfiancante nello studio delle lezioni, a comprendere i problemi di matematica, a perdersi nelle spiegazioni, e ora Alma capisce anche l'odio che sua figlia nutre per la lettura, che regalarle un libro le dà lo stesso piacere di un calcio nelle gengive, semplicemente perché Marta, non riuscendo ad annodare la storia capitolo per capitolo, a leggere si annoia a morte.

C'è di buono che l'irritante scrupolosità del cervello, la stessa che vorresti estirparti ogni volta che ti presenta il conto delle tue elucubrazioni, non lascia mai nulla al caso: è stato sufficiente cambiare metodo d'approccio, con schemi pensati ad hoc, che le altre memorie di Marta, sollecitate dalla suddetta scrupolosità cerebrale a livelli di Guinness a tappare le falle, hanno fatto il resto. Insomma, ora tutto fila più o meno liscio, non che sia una pacchia, ma lo si fa con l'umore più sereno.

E ad Alma fa piacere che Carlo se ne ricordi.

Poi la telefonata prende una piega più leggera. Dopo una breve disquisizione sulle reciproche letture serali e commenti poco lusinghieri riguardanti le recenti elezioni oltreoceano, si salutano in un susseguirsi di "metti giù tu, no prima tu", che di colpo la inchioda.

Ecco, lo sapeva.

Si è sbirciata dal "di fuori" e ha visto una robusta quarantenne mulatta in pigiama, con un libro aperto sulle gambe, il cellulare incollato all'orecchio, che tuba con un maturo dentista, di indubbio fascino e cultura, come se avesse l'età dei suoi figli. E si sente subito impiastricciata da una melassa di colloso romanticismo che non le appartiene. E che le fa venire pure il nervoso.

È che certe cose che facevi a vent'anni vissute ora a quaranta... bah, le sembrano goffe e sfasate, quasi ridicole.

Che poi l'innamoramento è sempre ridicolo, ragiona distrattamente Alma, a qualunque età e in qualsiasi contesto, specialmente se lo si osserva da fuori. Bisognerebbe avere il candore della prima volta, essere capaci di non sdoppiarsi, abbandonandosi alla pienezza del momento senza rifletterci troppo sopra. Mah, forse bisognerebbe anche essere nati con una testa diversa e aver letto meno romanzi russi.

Alma posa il telefono e resta lì, a fissare il muro senza vederlo, con i pensieri che si sfaldano in mille tragitti diversi come se passassero attraverso un colino.

Afferra il romanzo che ha sulle gambe, legge qualche riga, poi sbuffa, infila il segnalibro tra le pagine e lo posa sul comodino. Bello, eh, per carità, ma troppo rarefatto e lento, per come si ritrova la testa stasera.

No, per resettare i pensieri stasera le serve dell'altro, qualcosa che la trascini altrove e possibilmente un altrove lieve e imprevedibile.

Alma sguscia da sotto il piumone e cammina scalza fino alla libreria. Scava tra i ripiani con i libri messi in doppie e triple file, fruga ancora, e finalmente lo trova.

Sì, lui è perfetto.

Con un brivido di freddo si intrufola nel letto tiepido, lasciandosi ripulire le inquietudini da un sempiterno e impagabile *A che punto è la notte*.

27

Jules si lascia ancora galleggiare nella nebbia sudata di questo risveglio che non l'ha ancora svegliato del tutto.

Sa che è mattino, che deve alzarsi, ma il cervello pare essersi trasformato in una poltiglia gommosa, del tutto inabile a imprimere una spinta a questo insieme di ossa e muscoli ben decisi a restarsene a letto. Forse per sempre.

Niente da fare, non ha neppure la forza di sollevare una palpebra per capire che ore sono.

È ancora sfatto da una notte collosa e costipata di sogni strani e tortuosi, con il felino che gli premeva contro il coccige irradiando calore come una stufetta. Ovviamente, in orario antelucano, suddetto felino si è prodigato in ampie e creative azioni di disturbo, di cui Rosset ha vagamente percepito l'entità senza avere però forza e spinta emotiva per indagare in maniera più approfondita.

Però deve dire che è la prima notte, dopo una settimana da tregenda, che non è stato sconquassato un minuto sì e l'altro anche da un attacco di tosse o da uno starnuto violento. Merito della minestra di Calabrò o delle sue pastiglie al retrogusto d'incenso? Mah. Certo che da lì a dire che sta bene, insomma... si sente ancora stretto nella morsa di questa influenza che non lo molla. Però a quanto pare il delirio febbricitante gli ha prodotto strane associazioni mentali, che forse non sono poi così balzane, anzi!

Ora, senza arrivare alle discutibili tecniche di sollecitazione adottate dal buon Holmes, deve ammettere che il cervello stuzzicato da pungoli esterni inconsueti sa regalare visioni periferiche di tutto rispetto.

E nell'ordine sono:

1. Setacciare il laboratorio e il magazzino della *Radici & Figli* alla ricerca di un qualcosa – qualsiasi cosa! – che confermi o smonti le sue congetture a ritenere il corpo legato al 1972.

2. Perché il corpo potrebbe essere di Rodolfo Radici o anche di qualcuno che lui ha fatto fuori nel 1972, anno della sua scomparsa, e quindi vai alla casella ESPATRIO TATTICO DEL SUDDETTO A SALVAGUARDIA DEL BUON NOME DELLA FAMIGLIA, con tutte le diramazioni del caso. Ipotesi da verificare. Magari proprio da quel dipendente ora in pensione, com'è che si chiamava? Ah, Arturo Rimassa, la "memoria storica" della *Radici*, come l'ha definito Leonardo.

3. Cercare la vedova di Rodolfo Radici. Non sa perché si è così incaponito su 'sto povero Rodolfo, ma per ora è l'unica falla in una famiglia altrimenti perfetta. Troppo perfetta.

4. Scappatina da don Andrea Bacigalupo a sondare sulle varie comunità religiose e rapporti prelati\Radici, nonché sua versione dei fatti dell'epoca.

5. Scappatina dalla Mavi portandosi possibilmente dietro la Fabiani.

6. Trascinare Alma alla *Radici* a frugare tutto il frugabile e spremerla sul pied-à-terre di Antonio Radici. Perché, se le sue visioni periferiche da febbre han visto giusto, il busillis sta tutto lì.

Ah, no, c'è anche il merdaio della scritta, come ha potuto dimenticarselo?

7. Domandare a don Andrea lumi e opinioni pure su quella maledetta scritta inneggiante al crollo dell'Occidente, trovata sul muro esterno della *Radici*.

Che poi, di tutti, il punto 6 sarà quello più faticoso e dolente, già lo sa, ché Alma ha messo su degli aculei, ultimamente, che gli spigoli di Jules in confronto sono i ponfi morbidosi di una capitonné.

Questo per dire che dovrebbe proprio alzarsi da questa palude di piume per concretizzare le intuizioni, prima che scappino via o sia troppo tardi.

Può una sola notte trasformare un corpo in un conglomerato granitico, dove ogni cellula di colpo pesa più di una palla di cannone?

Evidentemente sì, sbuffa Rosset, che non ha neppure aperto gli occhi e si sente già come se avesse pedalato tutta la Milano-Sanremo.

Accende la luce e solleva una palpebra.

Le sette e dieci.

Con uno sforzo titanico si mette seduto.

Porca vacca, inspira afferrandosi al bordo del materasso: invece di avere le chiappe posate sulla confortante immobilità del suo letto, gli pare proprio di trovarsi sull'ondeggiante e tremendo gommone dove quest'estate l'aveva stivato Solari.

Al solo pensiero sente ancora salirgli il panico insieme alla nausea.

Si sporge a sbirciare oltre la porta della camera.

Professor Moriarty lo sta fissando dalla cucina con l'indolente distacco di chi ha ben altre priorità. Tipo la colazione, per fare un esempio.

Jules, solo a formulare il pensiero di tutti i gesti necessari a preparare due colazioni, di cui una felina, si sente morire. Infila le ciabatte, trascina i piedi – avrebbe quasi preferito strisciare sui gomiti – fino al bagno per ingoiarsi le due pastiglie di Calabrò e rendersi presentabile. Professor Moriarty gli dinoccola dietro e si piazza sul bordo del lavandino, fissandolo con uno sguardo pregno di accuse e stoica rassegnazione. Il compendio del biasimo, insomma.

«Guarda che non ho mica detto che non ti do da mangiare, eh» alza gli occhi al cielo Rosset «potrò prima radermi in pace e farmi uno straccio di doccia? E poi, come direbbe l'Alfonsina, "la pazienza è la virtù dei forti", sappilo. Quindi ti metti il cuore in pace e mi fai il santo favore di aspettare un attimo, ti spiace?»

Professor Moriarty inclina appena la testa e lo guarda per un lungo istante con le pupille larghe, colme di quella che pare benevola indulgenza. Poi si raddrizza placido e con noncuranti colpetti di zampa sfranta a terra il coperchio del rasoio, la saponetta, il portasapone, il bicchiere con lo spazzolino, l'asciugamano… osservando ogni schianto con il genuino stupore di un "oh, ma che strano, è caduto!".

Jules sospira, posa il rasoio e arranca remissivo verso la cucina. La sua vita è già un costante campo di battaglia: con Clelia, con l'ottuso burocratese del vice questore, con le priorità di suo figlio, con le permalosità di Solari, con l'ostruzionismo di Alma, con l'affilata puntigliosità della Fabiani, con i casi che deve sbrogliare, con la Guerini che va a Toronto, con un cadavere bruciato, con un giornalista che monta su un polverone da una maledetta scritta che non avrebbe notato nessuno, battaglia con tutti quelli con cui ha a che fare… anche il felino no. Per dire che non ce la può fare, ecco, ammette riempiendo la ciotola di Professor Moriarty con una copiosa razione di crocchette agnello e mirtillo nero.

* * *

«Sì, la voce è un po' meglio, in effetti» ammette Rosset incastrando il cellulare tra bavero e orecchio per allacciarsi le pedule «cosa mi dici, allora, riguardo il vostro sopralluogo di ieri?»

«Come supponevo la scritta è stata fatta molto di recente» va subito al punto Sara Fabiani, con la puntigliosa cura che la contraddistingue «non presenta abrasioni, il colore mantiene la sua patina brillante e avvicinando il naso si percepisce ancora l'odore di diluente al nitro che caratterizza le pitture spray. Ciò non toglie che può essere stata realizzata l'altro ieri come una settimana fa. Confermo che il punto dove si trova è alquanto defilato e se lo scopo era quello intimidatorio... be', il messaggio arriva senza dubbio a insetti, lumache, roditori, lucertole... e forse anche a qualche cane, ma solo se di piccola taglia. Per dire che devi proprio andare a cercarlo, ecco.»

«Non trovi anche tu che la faccenda non abbia molto senso?» opina Rosset.

«Infatti. Solo che...» Sara fa un sospiro e tace.

«Che?» incalza Rosset, che se c'è una cosa che proprio lo manda in bestia sono le frasi troncate a metà e di cui bisogna presumere la conclusione.

«Niente, il vice questore dice che queste faccende sono di competenza della DIGOS e che se ci sono i presupposti, o anche solo l'odore, di possibili azioni jihadiste, dobbiamo comunicarlo al più presto. Ah, ha pure detto che lei è, cito testualmente, un "presuntuoso incompetente" che non si è neppure degnato di fornirgli uno straccio di resoconto, che di questa scritta minatoria è venuto a sapere da Facebook e dai giornali di stamattina, che è da ieri pomeriggio che tenta di mettersi in contatto con lei inutilmente e che se non si presenta al suo cospetto entro stamattina...»

«Eh, se non lo faccio? Dai, Sara, non ti ci mettere anche tu, dimmelo e basta!» abbaia snervato Rosset.

«Non ho finito la frase perché non l'ha fatto neppure il vice questore Carlo Maria Castelli. Ha mollato lì la minaccia lasciando a libera interpretazione, ma dal tono le assicuro che l'intimidazione preludeva ripercussioni che, fossi in lei, non prenderei alla leggera. Ma dico io, ispettore» sospira la Fabiani «che le costa dargli ogni tanto quello che chiede? O perlomeno fargli credere che lo sta facendo o che lo farà? Ho capito che Carlo Maria Castelli non le va a genio, che secondo lei è troppo attento a non scontrarsi con questo o quello, o troppo occupato ad apparire con lustro e onori, non è mai operativo sul campo… ma è sempre un suo superiore a cui deve rendere conto. E non c'è niente che indisponga un superiore quanto il non essere considerato, e il più delle volte bellamente scavalcato, da un suo sottoposto. Queste sono le basi di una educata e serena convivenza lavorativa, ispettore. Lo sa, vero? No, perché a volte mi pare proprio che lei, di tutto ciò che riguarda i rapporti sociali, sia completamente digiuno, sa?»

«Ma che gli dico, secondo te?» sbuffa Rosset, ché Sara ha ragione, maledettamente ragione.

«Semplicemente quello che è: la scritta c'è, ma la sua posizione fa sì che si inquadri in un contesto ambiguo e per questo non avalla del tutto l'idea del messaggio intimidatorio.»

«Stiamo parlando di una scritta in arabo che inneggia alla caduta dell'Occidente, trovata sul muro perimetrale di un'azienda che vende oggetti per il culto cristiano. No, dico, Sara, hai presente Castelli? E secondo te è sufficiente dirgli che, per come è inserita, la scritta risulta intimidatoria solo per le formiche e i pechinesi? Maddai, figurati! Quello parte in tromba con la DIGOS e siamo fottuti, credimi.»

«*Toc toc*, ispettore, Castelli *sa* della scritta araba. E come lo sa lui lo sanno anche le migliaia di persone che hanno visitato quella testata online e che hanno letto i giornali di stamattina. Quindi la bomba è già scoppiata, non possiamo più disinnescarla ma solo renderla il meno offensiva possibile. Ah, ho scoperto a chi corrispondono le iniziali S.L. con cui si è firmato il nostro cacciatore di scoop, anzi, la nostra cacciatrice, perché si tratta di una donna: Silvia Luni, trentadue anni, laureata in scienze della comunicazione, gavetta da blogger, poi cronista "mondana" di un trimestrale locale. Con il suo passaggio a questa testata online di informazione ha coronato il sogno di occuparsi di "nera". È una che sa il fatto suo, ispettore, perché il suo articolo imbecca e sollecita le deduzioni che ognuno di noi ha fatto davanti alle immagini di questa scritta araba, senza mai prendere posizione o scrivere nero su bianco qualcosa che avvalorasse il tutto. Insomma, ha ottenuto l'effetto voluto senza dire niente che potesse comprometterla. Non possiamo accusarla di nulla, ecco, neppure di aver diffuso immagini relative al luogo del delitto, dato che ha immortalato il muro esterno e retrostante l'ingresso dove è avvenuto l'incendio. Nemmeno si vede che si tratta del muro di cinta della *Radici & Figli*, poiché non compaiono nessuna insegna e nessun numero civico ma solo la semplice didascalia riferita all'articolo, però il lettore fa automaticamente il suo due più due, fomentato forse dal clima generale di paura e diffidenza su cui ha giocato alla grande. Per dire che 'sta Luni è brava, opportunista e carogna magari, ma brava.»

«Brava pure tu, Sara, un panzer, eh!, ma la migliore» si complimenta sincero Rosset, ché la Fabiani secondo lui ha tutti i numeri per scalare le gerarchie, ammesso che si riesca a scalarle con i meriti e non solo grazie alle amicizie giuste, ma chissà, forse le cose ora sono un po' cambiate. «Ah, bisognerà un po' parlarci con 'sta Silvia Luni, che dici?»

«Sì, io parlo con la Luni, ma lei però ispettore mi va dal vice questore Castelli» baratta subdola Sara.

«Sono stato dal nuovo anatomopatologo, quello che sostituisce la Guerini» cambia discorso Rosset «dice che secondo lui le ossa bruciacchiate che abbiamo trovato alla *Radici* non appartengono a un corpo morto di recente...»

«Ah, quindi pensa che fosse là da prima, prima dell'incendio intendo?»

«Mah, più di quarant'anni fa era sparito uno dei Radici, Rodolfo, mai più trovato, e tutto fu messo abbastanza a tacere dalla famiglia e pure da chi all'epoca aveva indagato sul caso, DIGOS compresa.»

«Pensa che il corpo appartenga a lui? Uno di famiglia quindi... Ma perché si trovava occultato nel suo stesso magazzino, scusi? È possibile che in tutti questi anni nessuno lo abbia mai scoperto? Voglio dire, in quarant'anni ne sarà passata di gente lì dentro, no? Perché non era mica sepolto in un campo, ispettore, lì sono tutte mattonelle di graniglia e scaffali colmi di aggeggi liturgici, candelabri, tonache, crocifissi, santi, madonne... Uno un cadavere, per quanto cerchi di nasconderlo, lo vede e soprattutto lo sente, se lo immagina che puzza?» opina giustamente la Fabiani.

«È questo che mi dico, capisci? Se di corpo vetusto si parla, era lì prima o ce l'hanno portato, inscenando l'incendio e tutto per farcelo ritrovare? Oppure era lì da quaranta e passa anni, o da vent'anni o da due mesi, e l'incendio ha solo permesso che venisse alla luce, altrimenti sarebbe rimasto negli anfratti della *Radici* in saecula saeculorum, polvere eri e polvere ritornerai, senza che nessuno scoprisse nulla? Che poi, pare che i Radici vogliano venderla, l'azienda, pensa un po' che casino per i nuovi proprietari, eh: pacchetto completo di aggeggi sacri e reliquia sconosciuta...»

«Non sapevo che volessero vendere, la *Radici & Figli* è quasi un'istituzione qui a Chiavari. Quanto al resto, ogni opzione è possibile, ma ribadisco: che siano quarant'anni, venti o solo due mesi, un cadavere in decomposizione non passa inosservato. A meno che...» medita silenziosa la Fabiani.

«Eh, a meno che *cosa*?» sbuffa Rosset.

«Nei pressi dei resti umani quelli del laboratorio hanno trovato delle specie di borchie metalliche...»

«Pensi a un baule o a una cassa?» afferra rapido Rosset.

«Esatto, se l'avessero sigillato da qualche parte, forse... la puzza, intendo. Ma come è possibile che nel tempo, poco o tanto che sia, a nessuno sia venuto in mente di aprire il baule o cassa che fosse?»

«Già. Tolto il caso in cui tu faccia in modo che non possa aprirsi, tipo con un lucchetto o qualcosa del genere. Niente, devo andare là e poi di nuovo dai Radici. E vorrei che venissi anche tu, ho bisogno di un punto di vista, come dire, femminile, ecco. E non fraintendermi subito, eh, lo dico nell'accezione più positiva del termine» precisa rapido Rosset, consapevole dell'avversione ai pregiudizi sessisti della Fabiani.

«Appena finisco di controllare gli alibi dei dipendenti della *Radici* la raggiungo lì. E non si dimentichi del vice questore» non demorde Sara.

«*Mgrfh*» bofonchia Rosset, che il suo agente scelto in certi frangenti gli pare uno di quei sputa moniti alla "ricordati fratello che devi morire".

28

«Ma secondo te, uno che si sposa con una che ha già dei figli» butta lì Maria, scansando un ciuffo di sedano che sporge dal sacchetto della signora che hanno appena superato «a questi figli nuovi che si ritrova allegati alla moglie nuova, lui gli vuole bene come gli vorrebbe un papà vero o se li tiene solo perché se li deve tenere per forza, che altrimenti la moglie nuova ci resta male o non lo sposa affatto?»

Alma si blocca in mezzo ai portici. Marta e Maria stamattina entrano a scuola un'ora dopo, combinazione oggi lei deve pulire l'appartamento dei Ratto che si trova proprio in una traversa di Carruggio Dritto e fare un pezzo di strada insieme le era parsa una buona idea per una chiacchierata corroborata da una colazione fuori casa che per le gemelle è come fare un rave, tanto lo trovano underground. Certo quando ha avuto questa bella pensata non immaginava il tipo di piega che avrebbe preso la conversazione, eh.

Alma sospira. Da quando ha intrapreso questo preludio di relazione con Carlo Messi – perché sporadici incontri, covoni, suoi, di remore e timori e copiose telefonate non possono definirsi "relazione" – lei si sente pervasa da un sottile e tenace senso di colpa. Per cosa e verso chi non le è chiaro, ma la lascia pregna di una cedevole ineluttabilità che la fa sentire molto Gertrude manzoniana, ecco. Che poi la monaca di Monza ne aveva ben d'onde, se vogliamo, mentre lei? Cos'è che la fa sentire a disagio in una situazione che in fondo non ha nulla di peccaminoso o indecoroso o...

«Ma', perché ti sei fermata?»

Marta e Maria la fissano perplesse, con gli occhi larghi e i ricci che svolazzano da sotto il cappello.

«Niente» scrolla le spalle Alma, riprendendo a camminare «ma perché mi fai questa domanda, scusa?»

«Così, mi interessa» sputa secca Maria, con l'imprinting dell'impazienza trasmesso per via paterna dai geni dell'Alfonsina.

«Penso che se due persone decidono di formare una nuova famiglia è perché si amano e amano anche i figli reciproci, non sono decisioni che si prendono alla leggera, credo, no?» risponde Alma, cercando di trasmettere con il tono convinto una sicurezza che invece le manca, perché basta guardarsi in giro per rendersi conto che le cose non sempre vanno come il buon senso suggerirebbe.

«San Giuseppe ha fatto così, infatti» annuisce Marta con un'occhiata eloquente di "te l'avevo detto" rivolta alla sorella «però lui era santo e come figlio aveva Gesù, quindi ci pareva un po' fuori gara, capisci?»

«C'entra la mamma della vostra compagna di scuola, quella che si è sposata sabato scorso?» sonda Alma, che non si è dimenticata di ciò che le ha raccontato la suocera due sere fa, anche perché da lì sono partite congetture che le hanno arrotolato i pensieri tutta la notte.

«Rebecca ha raccontato che il nuovo marito di sua mamma ha detto che se vuole può chiamarlo papà» annuisce Marta.

«Rebecca ce l'ha già un papà, si chiama Flavio» sputa secca Maria.

«Sì, ma non vive più con loro, invece il nuovo papà sì, tutti i giorni. È lui che la porta a scuola, è lui che mangia con lei e sua mamma, è lui che si siede con lei e sua mamma sul divano a guardare la tv, è lui che viene a prenderla a hip hop e a vedere i saggi...

insomma, fa più il papà del papà vero. Anche se...» Marta si zittisce di colpo e incolla lo sguardo alle scarpe, attenta a non intersecare le linee di fuga delle mattonelle.

«Anche se?» domanda sottovoce Alma, che teme di conoscere la risposta e vorrebbe tanto, ma proprio tanto, non doverla ascoltare dalla bocca di sua figlia.

«Niente» la spiazza invece Marta, lasciandole un buco più profondo che se avesse spiegato.

Maria le guarda. «Be', è un po' come la faccenda dei polli, no?» e muove in aria la mano a sviscerare il concetto.

«Polli?» stringe gli occhi Alma, la mattinata non sta prendendo per niente una bella piega.

«I polli, sì. Sai quella cosa che dicono sempre mentre parlano delle statistiche?» delucida pratica Maria. «Ce lo ha raccontato la prof di matematica l'altro giorno: quando si dice che le persone hanno un pollo e mezzo a testa, in realtà c'è chi non ne ha nessuno e chi invece ne ha anche più di due. Qui è uguale: Rebecca ha due padri e noi nessuno, ma statisticamente ogni famiglia ha un papà. Esattamente come con i polli, quindi.»

Decisamente una pessima piega, espira Alma, la giornata è appena cominciata e mancano solo due settimane per rotolare inesorabilmente verso il Natale.

Le squilla il cellulare.

È Jules Rosset.

La ciliegina sulla torta, insomma.

29

«Vuole un caffè, Jules?» Don Andrea si pulisce le mani su uno straccio che a Rosset pare quasi più macchiato di quello imbevuto di cera e trementina che il prete ha appena posato sulla panca di legno.

«No grazie, don Andrea, sto aspettando Alma. E poi qui si sta bene, c'è un buon odore e il tepore giusto.» Jules raccoglie dal sedile di paglia un cellulare rotto a cui manca qualche tasto, come la bocca di un vecchio sdentato, e incastra il corpo lungo nella seggiola della piccola sacrestia: non fosse per quel quadretto con una Madonna dal mantello blu e lo sguardo serio, unico simbolo a tradire il luogo, gli parrebbe di trovarsi nel tinello di sua nonna a Gimillan, quando da bambino l'aspettava per andare a messa. Una cosa tipo mille anni fa, sospira mesto.

«È riuscito a convincerla anche questa volta, quindi» ridacchia don Andrea a labbra strette per non far cadere il sigaro.

«Bah, convinta non direi proprio, sa com'è Alma. Diciamo piuttosto che ho giocato sporco, come al solito» ammette Jules.

«È che Alma cerca di prendere la vita dal bordo, nella speranza di scansare i guai, come se entrarci dentro con tutti i piedi le desse un margine minore di fuga» allarga le braccia don Bacigalupo «ma non lo fa mica per sé, vuole solo proteggere chi ama. Certi terremoti lasciano detriti che non riesci a scalzare neppure ricostruendoci intorno.»

«Parla del suo ex marito, quello che si è rifatto una famiglia in Australia?» Jules passa la mano sul mento, pensieroso. Non ha mai parlato di questo con Alma, eppure hanno raggiunto un livello di confidenza tale che... ma questo resta un nocciolo duro su cui lei ogni volta sorvola con una battuta al vetriolo o con una scrollata di spalle.

«Sì. Ma non credo che abbia rimpianti» scuote la testa don Andrea «però ovviamente pensa ai figli, ché la faccenda è forse più dura da far digerire ora che prima, quando erano piccoli. Da bambini si ingoiano i dolori con lo stesso ineluttabile fatalismo con cui accetti che Pollicino trami l'inganno così che l'Orco per sbaglio sbrani le proprie figlie anziché lui e i suoi fratelli, o prima ancora, se vogliamo restare sulla stessa favola, che dei genitori scelgano deliberatamente di mollare i figli in mezzo al bosco, in pratica abbandonandoli a morte certa, perché non ce n'è abbastanza per sfamarsi tutti quanti. Capisce che...» Don Andrea fa una smorfia eloquente e infila il sigaro tra le labbra.

«Be', quanto a genitori che mandano i figli incontro a morte certa, voi però siete maestri, eh» alza un sopracciglio Rosset, lanciando un'occhiata verso la porta, da dove si intravede il crocifisso dell'abside.

«In effetti sì» ammette don Bacigalupo con una risatina «anche se è più complicato di come sembra. Diciamo che in questo caso il Figlio con la sua vita ci ha fornito una specie di segno, lasciandoci liberi di interpretarlo, perché ci ama troppo per prevaricare. Ed è per lo stesso motivo che ci permette di dubitare, ci dà la possibilità di credere o non credere, insomma. Ma non penso che lei stamattina sia passato di qui per una diatriba filosofica sul catechismo, o sbaglio? C'entra per caso quella scritta che avete trovato sul muro della *Radici*?»

Rosset fa uno dei suoi sorrisini storti, tanto lo sa che finisce sempre così: il momento prima 'sto prete è lì che rumina il suo toscano spento come una placida mucca d'alpeggio e l'istante dopo... *zac*, gli legge attraverso, manco lui fosse una stupida lastra di plexiglass. Ormai non se la prende neppure più.

«Anche, ma non solo. Diciamo che un po' di "Radici story" da un punto di vista clericale mi farebbe comodo, ecco.»

«Mah, non è che con me casca bene, eh, io sui Radici so quello che...»

«Non mi dica anche lei "quello che sanno tutti" perché son due giorni che me lo ripete chiunque interpello su questa accidenti di famiglia. Non-è-possibile-che-nessuno-sappia-niente. Porca vacca!» alza la voce Rosset, sconquassato dai colpi di tosse.

«Uh, vedo che questa faccenda l'ha leggermente indispettito» evince con un filo di sarcasmo don Andrea «ma perché si ostina a voler scavare nella *Radici*? Magari non c'è davvero niente di torbido da portare a galla. O, se qualcosa c'è, come mai pensa che si ricolleghi a quanto è accaduto in queste ore?»

«Perché non ho in mano quasi nulla, e di quel quasi ho solo un debole, debolissimo atomo. Si ricorda qualcosa di Rodolfo Radici?»

Don Andrea fa passare il sigaro da una parte all'altra della bocca, come a seguire il filo dei pensieri. «Mi ricordo, sì. Avevo vent'anni, vivevo nel seminario vescovile e frequentavo il primo anno di teologia. Vittorio Radici veniva spesso lì, in curia era praticamente di casa, si servivano sempre e solo da lui. Dopo la scomparsa di suo figlio Rodolfo le visite del cavalier Vittorio si erano fatte ancora più frequenti, restava a lungo con il vescovo e padre De Bartolomeis, l'allora rettore del seminario, ma fino a pochi anni prima diplomatico vescovile in Vaticano. Sono state dette tante cose sulla vicenda di Rodolfo, ma cosa sia accaduto realmente non si è mai saputo.»

«Neppure sotto forma di congettura o indiscrezione? Fra di voi nell'ambito ecclesiastico, intendo... quelle di stampa e forze dell'ordine già le so» trivella Rosset.

«No, Jules, mi dispiace» scuote la testa don Andrea «ero solo un ragazzo, figlio di contadini della Fontanabuona, se anche erano state fatte delle indiscrezioni... be', non venivano certo a raccontarle a me o agli altri ragazzi come me che erano lì. L'unica cosa che posso dirle è che padre De Bartolomeis era anche la guida spirituale di una nutrita e potentissima organizzazione cattolica, che ancora oggi mantiene una rete autorevole e capillare in tutta Europa e in ogni ambito...» Don Andrea lo guarda, lasciando a lui le deduzioni.

«Ah. Quindi se volessi trovare un appoggio del genere sarebbe un buon punto di partenza. O anche se volessi far sparire qualcuno, eh, o insabbiare una faccenda, o convincere la stampa e chissà, pure gli inquirenti...» butta lì pensieroso Jules. «Immagino che di loro non sia rimasto ancora in vita nessuno?»

«No, padre De Bartolomeis era più o meno coetaneo del cavalier Vittorio, sono morti a distanza di poco uno dall'altro, nei primi anni Ottanta. Il vescovo invece era già anziano all'epoca della scomparsa di Rodolfo, mi pare che sia morto poco tempo dopo. Per cui se un segreto c'era, è sepolto con loro.»

«Mah, forse...» stringe gli occhi Jules, giocherellando distrattamente con il vetusto Nokia sdentato che ha tenuto in mano «però qualsiasi segreto condiviso, anche se ben celato, lascia sempre una scia. Il problema è scovarla, questa benedetta scia. Vabbè, passiamo alla seconda scottante faccenda: la scritta in arabo che abbiamo trovato sul retro della *Radici & Figli*. Sia io che il mio agente scelto riteniamo che il luogo dove è stata rinvenuta... be', diciamo che quella porzione di muro non è la scelta più felice per chi decide di utilizzare la parete esterna di un'azienda di arte sacra come propaganda del proprio credo, ecco. In pratica è talmente infrattata che è a uso e consumo della fauna animale che non supera i trenta centimetri di altezza. Ma resta pur sempre una frase dagli echi sovversivi, perché "Vai giù Occidente" desta una certa inquietudine sia a me, che la devo catalogare e gestire, sia al vice questore già con il codice rosso inserito da ieri. Vengo al punto: so che qui c'è una comunità musulmana, don Andrea, lei cosa pensa?»

Don Bacigalupo posa il sigaro e porta la sua stazza possente fino alla piccola finestra che dà sul retro della canonica.

«Cosa penso... Penso che il non voler conoscere è a volte il delitto più abbietto. Vede, Jules, quella delle religioni è stata sempre una delle faccende più spinose da che l'umanità ha concepito la presenza di un Qualcosa di più grande. Nessuna religione spinge alla violenza, quella di Allah compresa. È l'uomo stesso che...» don Andrea si volta a guardarlo «insomma, anche noi, i cristiani intendo, non è che ne usciamo tanto bene, eh, guarda le Crociate per esempio, o la Santa Inquisizione. Questo per dire che la storia è piena di eccidi e strategie di potere camuffati da battaglie in nome di un dio che non ha nulla a che fare con Dio. Se invece di asserragliarci nelle nostre roccaforti ascoltando solo ciò che gli altri vogliono farci sentire, provassimo a conoscere ciò che demonizziamo o rifiutiamo... be', ci renderemmo conto che siamo tutti legati a un unico Dio, tutti. Che lo chiamiamo Padre, Allah, Jhwh... la radice è comune per tutti. È straordinario, Jules, sono come i raggi di una bicicletta che convergono in un unico Centro. Una meravigliosa perfezione. Che quasi nessuno conosce. È l'ignoranza che ci rende deboli, sempre, e rende forte chi ci vuole tenere nell'ignoranza. La storia continua a ripetersi, possibile che il passato non ci abbia insegnato nulla?»

«Lo so, il male cola da ogni parte» ammette Rosset «e non c'è mostro peggiore di un male di cui non afferriamo i contorni. Per questo devo sapere.»

«Mi ha telefonato ieri sera Abdel Fattah, l'imam della comunità islamica qui del Tigullio» si appoggia alla panca don Andrea «sono spaventati e preoccupati. Se gli vuoi parlare ti porto da lui anche subito, fremono per capire e spiegare come stanno le cose. Sono loro le prime vittime di tutto questo, Jules: chi si trova additato e rifiutato solo per semplice appartenenza a un qualcosa che non gli appartiene affatto. Come se tu dicessi che tutti i tedeschi sono dei nazisti in virtù di ciò che è avvenuto in Germania durante la Seconda guerra mondiale, capisci la follia?»

«Sì, sono d'accordo, ma vediamo anche la follia di un susseguirsi di violenza che si lega a queste falangi estreme, che molto probabilmente nulla hanno a che fare con la religione, come dice lei, ma ci sono. E io devo vagliarle tutte, capisce?» sospira Rosset, che sa quanta saggezza e verità ci siano nelle parole di don Andrea, ma sa anche che la follia non è fatta di saggezza e tantomeno di verità.

Per questo fa tanta paura.

E per questo deve togliersi ogni dubbio su questa stramaledetta scritta prima che ci metta le mani il vice questore, porca di quella vacca.

30

Didier spinge il grosso carrello affollato di cipressi nani e vasi di agrifoglio, cercando di raccapezzarsi tra il reticolo di sentieri che forma l'intricata mappa di questa gigantesca serra. Chiude gli occhi e dilata le narici, respirando l'aria umida delle piante e della terra bagnata, con un tiepido languore che si allarga tra le costole a inondargli il petto fino a raggiungere ogni arto, falange, muscolo, molecola del corpo. Perché Didier oggi sente di *essere*, finalmente.

Lo ha sempre stupito il potere che hanno gli eventi di plasmare le vite, come se davvero ciò che ti succede potesse incidere i suoi percorsi su di te, ignorando ogni tua personale idea di felicità. Che strano, in fondo sono solo fatti, cose che ti accadono intorno, mica dentro. Eppure hanno la forza di modificarti, nel bene e nel male, anche se tu non vuoi.

E poi ci sono gli altri.

Sì, ragiona Didier cominciando a sistemare i vasi nei loro alloggi di cemento, con le persone è diverso, perché ogni incontro ti entra dentro, non resta mai fuori. Il marabutto Lisimba lo ripeteva sempre che l'altro è ricchezza, è un portatore di cultura, di storie e di possibilità. E lui nella sua breve vita ne ha fatti tanti di incontri, nel bene e nel male, ma quelli nel bene hanno piantato le loro radici in lui e le loro fronde lo hanno vegliato e protetto quando gli eventi cercavano di inciderlo con i loro solchi di male.

Didier alza gli occhi e riconosce da lontano la grande testa del signor Giampiero, vede il suo corpo da ulivo nodoso muoversi tra le piante, vede la testa voltarsi, vede quegli occhi da mangusta infilarsi nei suoi e restarci per un po', come se ci si trovassero bene.

Poi la testa del signor Giampiero fa un movimento su e giù, come a dire che andrà tutto come deve, e riprende a trafficare tra le kenthie.

Didier rimane ancora fermo, a trattenersi addosso quell'intuizione di felicità.

Perché ormai lo ha capito, la felicità è come un fiore che sboccia o un germoglio che si schiude: non serve a nulla inseguirla e cercarla, semplicemente perché è sempre lì, intorno a te. Basta solo accorgersi che c'è.

31

Jules rallenta e scala la marcia, la salita si inerpica ancora per qualche metro e termina nel piccolo spiazzo dove si apre l'ampia cancellata della *Radici & Figli*.

«Non capisco per quale accidenti di motivo mi hai portata qui e cosa diavolo ti aspetti da me» sbuffa Alma, con le braccia incrociate e l'espressione torva di chi vorrebbe essere ovunque tranne che lì.

«Be', tanto per cominciare faresti bene a descrivermi per filo e per segno il pied-à-terre di Antonio Radici, luogo in cui, per ovvie burocrazie investigative, non posso mettere il naso ma che grazie a te mi si aprirà davanti come la ricostruzione virtuale dei Musei Vaticani. Quindi se vuoi puoi già iniziare.»

«Capisco che non sai da che parte girarti, eh, capisco anche che startene lì con le mani in mano ad aspettare i risultati di chi invece è preposto a raccogliere e vivisezionare indizi ti rughi, posso anche capire la tua ostinata caparbietà da montanaro valdostano che non molla l'osso a costo di diventare asfissiante e inopportuno» snocciola Alma, mantenendo lo sguardo fisso al parabrezza «ma non vedo come possa esserti utile lo sviscerare di questi tre anni di pulizie nel monolocale di via Ravaschieri del giovane Radici. Credimi, non c'è niente di particolare.»

«E tu dimmelo lo stesso, tanto sono due giorni che affastello dettagli nella speranza di trovarci dentro un appiglio e non ho ancora scovato un tubo, quindi "cosa inutile in più" o "cosa inutile in meno" poco cambia» sventola la mano ossuta Jules, con l'ennesimo rigurgito ai vapori d'incenso che sfiata dai buchi del naso.

«Se un giovane e alquanto ricco rampollo dell'alta borghesia, che vive in una casa con torretta, bovindo, parco di eucalipti secolari e più stanze del Louvre, decide di comprarsi un pied-à-terre di trenta metri quadri distribuiti intorno al più grande letto matrimoniale mai visto... be', direi che c'è poco da dedurre o da decifrare, no?» obietta Alma, alzando eloquentemente il sopracciglio.

«Uno scannatoio, quindi» evince rapido Rosset, che ci aveva visto giusto allora riguardo al fascino maledetto del più giovane dei Radici «perché la villa è divisa in modo che la signora Mavi, Leonardo e Antonio abbiano un appartamento per uno, perciò è evidente che Antonio volesse farsi le cose sue senza passare sotto al naso di madre, fratello e servitù... E se certe faccende le vuoi tenere private, be', o sei un viveur galantuomo o pascoli dove non devi. Quale delle due?»

«Non ti entra proprio in testa, eh?» alza gli occhi al cielo Alma «io non sono una veggente e neppure la fata Morgana, pulisco case e bon. Quindi cosa vuoi che ne sappia? Posso solo dirti che di donne per questo pied-à-terre di via Ravaschieri ne sono transitate un po', un bel po', in effetti. Posso dirti il colore dei loro capelli, se mettevano poco o tanto profumo, se erano da performance tranquille o scatenate, se tornavano o se erano incontri da una botta e via. Stop. Non conosco i loro nomi né le loro facce, tantomeno il loro stato civile. Certo, come a te anche a me viene da pensare a incontri clandestini da non sbandierare troppo. Considerando che Antonio non mi pare il tipo da preoccuparsi di salvaguardare la virtù di chi frequenta, diciamo che lo ritengo più il tipo attento a schivare rappresaglie di mariti o fidanzati traditi. Con questo, restano mere congetture di una che, appunto, gli pulisce casa e bon.»

«Nessuna cosa che ti abbia colpito, niente su cui ti sia soffermata a ragionare, nulla che ti abbia incuriosito?» non demorde Jules, che non sa nemmeno lui cosa cerca o cosa spera di pescare, ma al punto in cui si trova tutto fa brodo.

«Te l'ho detto, niente» sbuffa Alma «a parte che ultimamente per il pied-à-terre del Radici junior transita la stessa donna da un po' e senza altre incursioni femminili. Ecco, se cercavi la cosa strana questa *è* una cosa strana, perché in tre anni non era mai successo. È accaduto che la stessa donna tornasse altre volte, ma mai in modo continuativo. Con questa bionda naturale è diverso: da quando ha iniziato a mettere piede lì, Antonio frequenta solo lei.»

«Da quanto?» si informa Jules, più per curiosità che per reale interesse.

«Tre mesi circa, settimana più, settimana meno.»

«Se la incrociassi per strada la riconosceresti?» butta lì Rosset, sganciandosi la cintura.

«Ma allora sei proprio un testone, eh!» si volta rabbiosa Alma, tanto che Jules fa un piccolo scarto di lato, nel timore che lei gli tiri contro qualcosa, tipo la borsa che ha sulle gambe, per esempio, corpo contundente dall'elevato peso specifico, come ha potuto constatare urtandola con la leva del cambio. «Ti ho detto che io 'ste tizie non-le-ho-mai-viste!» conclude secca, sigillandosi nel giaccone.

«Ho capito, ma che so, la potresti inquadrare dal profumo o da qualche particolare inconfondibile che hai trov...»

«Sai quanta gente compra lo stesso profumo?» lo interrompe Alma «o il medesimo detersivo, ammorbidente, dopobarba, deodorante? Questo per chiarire una volta per tutte che potrei fiutarla con cognizione di causa solo se avessi il naso di un bracco. Mi dispiace darti questa brutta notizia, Jules, ma sono solo Alma Boero, una colf quarantenne moderatamente stufa di perdere tempo, che non ha poteri paranormali o trascorsi radioattivi capaci di trasformarla in un supereroe e, a dirla tutta, che ne ha già abbastanza delle sue, di rogne, e vorrebbe tanto, ma proprio tanto, non aggiungerci pure quelle di un ispettore di polizia ostinato e cocciuto.»

«Madonnasanta, son tre giorni che appena apro bocca mordi come un furetto» espira Jules, aprendo la portiera «vabbè, lasciamo stare l'appartamento di Antonio Radici e annusamenti vari. Vieni giusto a dare un'occhiata a quel che resta del magazzino bruciato e poi non ti rompo più.»

Niente, scuote la testa Rosset, disincastrando le ginocchia ossute da sotto il volante, pare proprio che oggi siano tutti decisi ad abbandonarlo al suo amaro destino, dove lui, consunto dalla febbre e dilaniato dalla tosse, arranca solo e impavido paladino della giustizia, immolato a dipanare il nulla. Porca di quella vacca.

* * *

«È impressionante…» si guarda intorno Alma, cercando di non scontrare nulla in tutto quel rutilante oceano di ori, ampolle, calici, crocifissi e ammennicoli che riescono a risplendere nonostante la coltre di cenere e fuliggine. «E pensa cosa doveva essere prima dell'incendio… già così pare di entrare nel galeone di Willy l'Orbo.»

«Ma no» esclama divertito Jules «il tesoro del pirata Willy l'Orbo, ma dimmi te, non ti facevo una da *Goonies*, eh, o la tua è una citazione rubata ai figli?»

«Bisogna che la smetti di pensare a me come se fossi un'aliena o nata da un uovo di drago» sbuffa Alma. «Una volta per tutte: non sniffo prede, non leggo la palla di cristallo, non "vedo cose che voi umani", ho avuto un'infanzia pure io e tutto sommato abbastanza normale. Quindi sì, ho visto *I Goonies* come tutti i figli degli anni Ottanta cresciuti a Urrà Saiwa, Duran Duran e film di Spielberg. Non vedo perché stupirsi tanto» alza le spalle Alma, continuando a vagare tra gli scaffali metallici che hanno resistito al fuoco.

«Ci mancherebbe, figurati, è un piacere parlare con te senza che mi ringhi contro come un mastino» sorride storto Rosset «chissà perché mi ero fatto l'idea che l'Alma bambina nutrisse il suo spirito d'osservazione con, dunque…» annaspa Jules, che al momento non gli viene in mente nessun nome di altisonante cultura e peso… nel senso proprio del termine, pesante da digerire insomma.

«Ti conviene piantarla, perché mi ci vuole un attimo a fare dietrofront, infilare il cancello della *Radici & Figli* e tornarmene giù a piedi, tanto via san Pantaleo è qua sotto e la strada è tutta in discesa» alza un sopracciglio Alma, pronta a sgusciar via per davvero.

«Mi starai mica diventando permalosa come Solari? No, perché lui a suscettibilità fa già per quattro, se ti ci metti pure tu credo di non reggere all'urto. Se ti ho offesa ritiro tutto, anzi, d'ora in poi sto zitto e muto, così non sbaglio. Tu guardati in giro, registra, valuta e solo qualora ritenessi fosse il caso» indora la pillola Jules, con un immane sforzo di diplomazia «e se ti facesse piacere, mi rendi partecipe delle tue impressioni» espira stremato, ché tutto questo savoir-faire, a cui non è affatto abituato, lo disfa.

«Macché offesa, dai, solo non capisco cosa speri io possa trovare, considerando che questo posto è già stato sufficientemente setacciato dai tuoi uomini. Comunque, se vuoi che guardi, io guardo, ci mancherebbe» lo tranquillizza Alma, che in realtà non vede altro che scaffali anneriti, resti di vetrine infrante e un'immensa quantità di oggetti.

Anche se.

Incomincia a districarsi nel labirinto di corridoi creati dagli alti scaffali, come in una grande biblioteca, seguendo un filo che di colpo le appare in tutto il suo logico e ineguagliabile splendore: ogni cosa è sistemata con la studiata cura di un ricamo, un merletto di criterio mentale, un arazzo di armonica collocazione. Sì, ora è uno scempio, uno sfacelo di resti bruciacchiati, cumuli di cenere, pire di rovine e ombre nere di fuliggine, eppure la perfetta architettura di pensiero che organizza il magazzino risulta ancora chiara e lampante.

«Chi si occupava di questo posto?» domanda Alma da dietro un ripiano costipato di candelabri d'argento divelti e anneriti.

«Eh?» sbatte gli occhi Jules, preso in contropiede.

«Chi è il r-e-s-p-o-n-s-a-b-i-l-e del magazzino» scandisce Alma.

«Non saprei, mi pare che Leonardo mi abbia parlato di un certo Rimassa che ora però è in pensione; di vagliare i dipendenti della *Radici* si sta occupando la Fabiani con Pisu e Canessa, perché?»

«Perché chi tiene le fila di questo posto è un genio, ecco perché» delucida Alma. «Trasuda dedizione e amore da ogni anfratto. Nulla è lasciato al caso e conta che metà della roba è ridotta in cenere, quindi non sappiamo come aveva disposto i libri e i paramenti di stoffa, ma sono certa che anche lì fosse pura poesia.»

«Tu dici, eh...» si guarda intorno Jules, che tutto questo incanto non l'aveva proprio colto e, a dirla tutta, non lo afferra neppure adesso.

«Dico, sì. E uno che tiene un posto come questo, con la stessa venerazione che... che tu dedichi alla tua collezione di vinili, giusto per farti un esempio calzante, cosa ti fa pensare?»

«Che questo fantomatico genio dell'ordine ama alla follia il suo luogo di lavoro?» deduce pratico Rosset.

«Vedo che hai capito. Quindi mi verrebbe da pensare a una persona di una certa età, con poca o nessuna vita sociale, per non parlare di...»

«Cosa vorresti insinuare con questa deduzione, scusa?» la interrompe un po' risentito Jules «che io sarei un eremita disadattato solo perché riverso delle attenzioni particolari sui miei vinili invece di perdere tempo in giro per locali e vita notturna?»

«In un certo senso, ma qui siamo a fattori esponenziali a cui si aggiunge, come dicevo prima, la componente dell'età. Quand'è che sarebbe andato in pensione il magazziniere di cui mi parlavi? Perché secondo me qui è rimasto tutto come l'aveva organizzato lui, ci pensi che lavoro immane spostare tutto? E poi non avrebbe senso.»

«Due anni fa, mi pare. Tra l'altro Leonardo mi diceva che questo Arturo Rimassa è un po' la memoria storica della *Radici & Figli*, quindi volevo passare comunque a fargli visita. In via amichevole e solo se lui ha voglia di parlare con me, perché appigli per un interrogatorio in piena regola non ne ho. In realtà non ho appigli per un cavolo di niente, una faccenda così scivolosa e piallata da ogni possibile aggancio non mi era capitata mai» sospira Jules «ma secondo te, uno che cura così 'sto posto, potrebbe non essersi mai accorto di un cadavere infilato lì, in quell'angolo sotto la finestra, da anni?»

«Mah, non saprei, a naso direi proprio di no. Certo, questa parte mi sembra la più raffazzonata, come un magazzino nel magazzino, una sorta di refugium peccatorum della ditta, dove si ammucchia ciò che al momento non serve ma che non si butta perché potrebbe tornare utile. Dovevano esserci delle casse e dei bauli, tipo quelli lì che si sono salvati dalle fiamme...»

«Ci tenevano vecchie bolle di accompagnamento e poi stoppini e candele... ho l'elenco completo dai primi rilievi. Sì, in una di queste casse potrebbero averci infilato il corpo, in effetti, ci avevamo riflettuto anche con la Fabiani» ipotizza Jules «dove per fortuna – dell'assassino – e sfortuna – della polizia – è forse rimasto celato per anni, venendo fuori solo a causa dell'incendio. Oppure ce lo avevano portato solo di recente questo corpo, chissà, magari spostando le casse da un posto all'altro o... macchenneso, qui son solo mere congetture che non portano a niente. I resti del corpo non sono stati distrutti dal fuoco solo perché ci è finita sopra della terra, che ha parzialmente soffocato le fiamme in quel punto preciso, almeno così hanno detto i vigili del fuoco nel loro rapporto e così ha confermato l'anatomopatologo.» Jules alza gli occhi a sbirciare attraverso la finestrella orizzontale aperta a vasistas. «Vasi o piante da cui potrebbe provenire la terra io qui dentro non ne vedo, questa finestra però dà sul cortile retrostante la palazzina. La Fabiani mi diceva che hanno rilevato un sacco di impronte, ovviamente molto confuse. Sono quindici giorni che non piove, quindi possono essere roba vecchia di due settimane come tracce dell'altro ieri. C'era però della terra fresca accanto allo zoccolo sotto la finestrella in questione e, buttato in un angolo, l'involucro vuoto di un sacco di terriccio, di quelli che si comprano nei vivai. Sto aspettando di sapere se la terra trovata sul corpo corrisponde...»

«Questo vorrebbe dire che qualcuno ha versato la terra da fuori a dentro. Per cercare di spegnere il fuoco, dici?» domanda pensierosa Alma, che sente un leggero formicolio tra le ossa, come le succede quando si infila tra le pagine di un libro che la intrippa.

No! si riscuote immediatamente, lei non deve intripparsi nelle faccende di Rosset, mai. Altrimenti questo se la trascina dietro in ogni dove e per lei è finita. Per quanto possa sembrarle stuzzicante e affascinante perdersi nei setacci mentali di ipotesi, indizi e congetture, non fa per lei. Lei è già sufficientemente incasinata tra le cose sue, due coppie di gemelli e una suocera mezza sciancata sono già un bastevole malloppo emotivo da gestire, senza il bisogno di aggiungerci altro carico.

Certo, infilarsi in storie non sue è un po' la sua nemesi, e lo fa volente o nolente ogni volta che va a pulire la casa di qualcuno, però la faccenda resta circoscritta alle quattro mura della sua corteccia cerebrale e bon. Qui, se fa tanto di offrire un dito a Rosset, finisce che quello se la ingloba per intero e sai che ridere? Ecco, appunto. Quindi deve resettare tutto questo entusiasmo e frizzo d'emozione, prendere un bel respiro e pensare che sono qui da due ore e lei ha ancora spesa da fare e pranzo per sei da sfangare, altro che smanie da Jessica Fletcher.

«Ci ho pensato anch'io. Ma chi? E perché? Ti spiace se andiamo a vedere?» incalza Jules, che ha intravisto un varco nella scorza

Alma si avvicina e lo percepisce subito, come uno schiaffo in pieno viso.

Perché lei questo profumo lo conosce.

Lo conosce eccome.

Ma questo non vuol dire per forza *qualcosa*, ragiona scuotendo la testa come a scacciare un insetto molesto. Lo ha appena spiegato a Jules, no? Tutto quel disquisire su quanto sia impossibile riconoscere qualcuno semplicemente annusandolo, che chissà quanti comprano lo stesso profumo, ammorbidente, dopobarba e *blablabla*. Quindi il fatto che lei abbia appena inquadrato il profumo della moglie di Leonardo Radici non-vuol-dire-assolutamente-nulla, ecco. Inspira resettando collegamenti, pensieri e percezioni.

È solo una coincidenza. Certo che bionda è bionda, eh, questa Andreina... non riesce a impedirsi di rilevare Alma, brinata in un sorriso da paresi e che vorrebbe tanto lobotomizzarsi ogni memoria olfattiva e visiva, soprattutto quella che ora le sta deragliando i pensieri dove proprio non vorrebbe mai.

«Tu hai percepito qualcosa, lo vedo...» le sibila Jules vicino all'orecchio.

«Piantala di dire idiozie» sbuffa lei scrollandoselo di dosso. «Cosa vuoi che percepisca, non sono mica una rabdomante! Certe volte mi domando cosa diavolo ti passa per la testa» e incrocia le braccia, ben decisa a non fiatare.

«Sarei venuta a prendere una cosa che ho lasciato in macchina» spiega intanto Andreina ai due che la stanno fissando imbambolati «posso, no? Mi ha riferito mio marito che lei, ispettore, ieri ha detto che la mia auto è a posto, quindi...»

«Sì, in effetti non ha subìto danni» ammette Rosset «ma non può comunque portarsi via nulla, non per il momento almeno. Questo è il luogo delle indagini e, in realtà, lei non potrebbe neppure trovarsi qui. Quindi deve avere ancora un po' di pazienza, credo sarà questione di pochi giorni, l'avvisiamo noi.»

«Ah» la cosa pare contrariarla un po', ma poi scrolla le spalle «volevo solo prendere le chiavi di riserva della galleria, mi seccava lasciarle ancora qui nell'auto, ma se ve ne occupate voi... sono lì, vede, ispettore? Nel vano portaoggetti.» Andreina sfila il guantino di camoscio, forse per non sporcarlo di fuliggine, e allunga un dito verso il finestrino, scoprendo il polso.

Alma sbatte gli occhi, il respiro le si incastra nelle costole.

Non è possibile...

Eppure non ha dubbi, è proprio lui.

Sul braccio sottile di Andreina riluce quel bracciale fitto di micro perline di oro bianco, lo stesso che aveva dimenticato la famosa bionda naturale nel pied-à-terre di Antonio Radici. La bionda naturale che *ha* lo stesso profumo di Andreina, che *ha* gli stessi capelli biondi naturali di Andreina e che ora *ha* lo stesso bracciale di oro bianco di Andreina. E come dice sempre Jules, una coincidenza è una coincidenza, due coincidenze sono un indizio e tre coincidenze... be', secondo lui tre coincidenze sarebbero una prova.

Alma deglutisce e cerca invano di ingoiare ciò che le sue sinapsi stanno urlando da quando ha posato occhi e naso su Andreina: la bionda che da tre mesi si è installata nel pied-à-terre e nel cuore di Antonio Radici *è* Andreina.

Quindi che Antonio Radici ha una tresca con sua cognata, cioè la moglie di suo fratello Leonardo, o che Andreina tradisce il marito con il cognato, cioè il fratello di suo marito.

Niente, da qualsiasi prospettiva guardi la faccenda il concetto di base non cambia: è un merdaio e lei, Alma, c'è dentro fino al collo.

E che mancano solo due settimane prima che cali giù anche la mannaia del Natale l'ha già detto?

32

«Bene» espira Rosset, voltandosi verso Alma mentre Andreina fa inversione con la sua Smart e ingrana giù per la discesa «ora mi dici cosa accidenti hai visto. Perché tu *hai* visto qualcosa, quindi non stare a imbastirmi altre boiate su quello che non sei e non fai, vieni al punto e stop.»

«Ma niente...» prende tempo Alma, che in realtà non sa neppure quanto la scoperta di tradimenti e coppie scoppiate abbia a che fare con il caso su cui indaga Jules. In fondo cosa c'entra chi va a letto con chi in una faccenda di incendi, cadaveri carbonizzati e presunte rivendicazioni islamiche? Ecco, appunto, niente. Se il morto fosse legato a questa scoperta fedifraga capirebbe, ma a quanto pare gli interessati sono tutti vivi e vegeti... solo questo basterebbe a incasellare la sua identificazione tra quelle perfettamente inutili a sbrogliare il caso. Quindi perché farsi mettere in mezzo, eh? Che poi, con questo valdostano attaccato alla giugulare come un molosso, non fa più vita...

«Guarda che non ti do pace fino a che non sputi l'osso, quindi dimmi cosa c'è dietro questo tuo "niente"... son qui che aspetto» non demorde Rosset.

Ecco, come da copione appunto, sbuffa Alma alzando gli occhi al cielo.

«Ma niente, davvero...» Si passa la mano sulla faccia. Certe volte pensa che se avesse tre desideri a disposizione finirebbe per bruciarseli tutti per svaporarsi lontana dalle grinfie di Jules. «Insomma, poco fa si discuteva della tua richiesta, assurda!, di sguinzagliarmi come un bracco a riconoscere per strada le tipe che transitano per il pied-à-terre di Antonio Radici...»

«Aaah! Quindi stai ammettendo che la mia non era una richiesta poi così assurda» gongola carico di aspettative Rosset.

«No. La tua richiesta resta totalmente assurda» lo trancia Alma «sappilo. Ma a volte succede che... insomma, appena mi sono avvicinata ad Andreina ho riconosciuto il profumo dell'ospite che transita da un po' nel pied-à-terre del Radici junior. Non fare quella faccia, te l'ho detto: chiunque può avere quel profumo, lo adopera pure la compagna dell'avvocato a cui pulisco lo studio, e credimi, non è certo il tipo da frequentare l'antro di Antonio Radici.»

«Perché? Troppo bigotta?» si informa perplesso Jules.

«No, troppo che non le interessa l'articolo» delucida liscia Alma «l'avvocato è una donna. Sono due donne. Hai capito o devo spiegartelo meglio?»

Jules fa di no con la testa.

«Bene. Questo per ribadire che il profumo da solo non porta a nulla. Può essere una coincidenza, insomma. Però la donna che frequenta Antonio e che ha quel profumo è anche bionda. Molto bionda, in effetti» sospira Alma.

«Noooo...» allarga gli occhi Jules in un *tic toc* di sinapsi che sembra un concerto di nacchere «vuoi dire che la bionda che da tre mesi frequenta assiduamente il pied-à-terre di Antonio Radici è... nooooo» spalanca sempre di più gli occhi Jules.

«In realtà la quasi certezza me l'ha data il bracciale, quello che ho visto appena si è tolta il guanto. La bionda lo aveva dimenticato un po' di tempo fa da Antonio, è un gioiello molto particolare, inconfondibile direi. E come snoccioli sempre tu, una coincidenza è una coincidenza, due coincidenze sono un indizio e...»

«E tre coincidenze sono una prova, sì» annuisce Rosset «quindi la nostra Andreina si intrattiene in carnal convegno con il cognato...» ridacchia tra lo sconvolto e il divertito «però vedi, ora lo specchio liscio dello stagno Radici si è increspato. Al momento non so a che mi serve, eh, ma le cose smosse portano sempre carico di novità. Ma noooo, dai, ancora non ci credo» ridacchia scuotendo la testa «vabbè, vado fino a dietro la palazzina a guardare quella finestra da cui forse hanno buttato dentro la terra. Vieni?»

«No, ti aspetto qui.»

Alma si siede sul muretto della cancellata, è stanca. Stanca soprattutto di testa, ma stanca pure di ossa, muscoli, tendini, tutto sempre teso e proteso al fare, a non perdere mai un colpo, a essere sempre sul pezzo.

È stanca proprio come assioma, ecco.

Muove la punta della scarpa tra la ghiaia bianca, così regolare, smerigliata, né troppo grande né troppo piccola. Le scappa una risatina: è incredibile, i Radici sanno essere perfetti e di un'ineguagliabile eleganza pure nel pietrisco scelto a bordare le aiuole. Si china a prendere qualche pietra, facendola scorrere tra i polpastrelli. Sembra marmo triturato, così liscio e... ops, un 3? Alma lascia scivolare via tutte le pietrine e trattiene solo quel piccolo quadratino di plastica, con sopra un 3, appunto.

«Cosa hai trovato?» si avvicina Jules, sbucato dalla piana erbosa del retro.

«Sembra il tasto di un cellulare» gli mostra Alma, sul palmo aperto.

«Guarda, lì ce n'è un altro, un... 7» afferra con un fazzoletto di carta Rosset.

«Qui ce n'è un altro, raccoglilo tu.» Alma indica il quadratino nero, poco distante da dove hanno scovato i primi due.

«Un 3, un 7 e un 8… sembrano proprio i tasti di un cellulare, di quelli vecchi a saponetta» medita Jules scrutandoli nel fazzoletto di carta.

Zac.

Una piccola scossa lo attraversa dal coccige alla nuca.

Rosset la conosce, è quella che gli arriva quando scatta qualcosa nel suo cervello e lui non riesce ad agguantarla, porca vacca, e lo sa che è lì, eh, la sente. Ma la maledetta sguscia tra le volute cerebrali, fino a che non sopraggiungerà – chissà quando – qualcos'altro a stanarla.

E ogni volta a ripescarla impiega sempre di più.

Infila in tasca i numerini fasciati nel fazzoletto, ennesima traccia senza senso di questo caso senza un senso.

Fa un grosso sospiro e gli partono due colpi di tosse cavernosa, con i vapori delle pastiglie di Calabrò ad affacciarsi copiosi.

«Ma cos'è 'sto odore?» sventola le mani Alma, guardandolo storto «a colazione ti fai pane, burro, incenso e mirra? Non ti facevo così nella parte con lo spirito natalizio.»

«Ma no, è che Calabrò, l'anatomopatologo che sostituisce la Guerini, mi ha dato da prendere delle pastiglie di… vabbè, niente, è una storia lunga. Però forse sto un po' meglio. Credo. Non lo so» sbuffa Jules, che si trova la testa costipata di tessere di un puzzle che potrebbe essere tanto il London Bridge quanto un quadro di Picasso. Lui sa che in qualche modo si incastrano, deve solo trovare l'angolo da cui cominciare.

Che poi il problema sta tutto lì, nel bandolo che leghi i frammenti a creare un qualcosa che abbia capo e coda.

Rosset lancia una lunga occhiata al magazzino bruciato e al suo ordine aureo sviscerato dallo sguardo di Alma.

Che tutto nasca proprio da lì, dal cuore della *Radici*?

Chissà, forse Arturo Rimassa potrebbe davvero fornirgli la prospettiva giusta.

Forse.

33

«Quindi mi pare di capire che non è ancora passato dal vice questore Castelli» lo viviseziona la voce affilata della Fabiani, che a volte somiglia in maniera allarmante alla voce della sua coscienza, sospira Rosset, incastrando meglio il cellulare tra orecchio e spalla. A suon di fare cose mentre parla al telefono, finirà per inchiodarsi con una cervicale senza perdono, lo sente. «Eppure mi ero raccomandata, eh» continua a fustigarlo verbalmente la Fabiani «è già da ieri che Carlo Maria Castelli la cerca imbestialito e con un diavolo per capello. Ora altro che un diavolo, come minimo il vice questore avrà l'intera schiera dei Malebranche danteschi a scalpitargli tra le folte chiome e la bava alla bocca. Lo sa, vero?»

«Lo so, Sara, è che mi sono dilungato un po' alla *Radici* e... ah, però ho una novità!» cerca di riabilitarsi Rosset, poi lancia un'occhiata mesta verso l'ingresso del centro commerciale che ha davanti, posa su una panchina il pacco di focaccia, si siede e allunga le pedule verso il sole.

«Ho una novità anch'io, anzi due» lo spiazza secca la Fabiani «e anche abbastanza importanti. Riguardano la scritta araba trovata sul muro della *Radici*.»

«Sei andata a parlare con la Luni, la giornalista che ha fatto esplodere tutto l'ambaradan?» si raddrizza Rosset, che da stravaccato gli pare di essere cerebralmente meno recettivo.

«Anche, poi le dico, perché la questione importante è un'altra. Ma mi vuole raccontare prima la sua, di novità?»

«No no, dimmi...» lascia il passo Rosset, ché presunto attentato islamico batte tresca tra cognati più del sasso sulla forbice della morra cinese.

«La prima è che per una volta la sua anarchia è caduta a fagiolo. Per dire che è una fortuna che lei non sia ancora andato dal vice questore» cala a effetto la Fabiani.

«Ma se mi hai rivoltato come un calzino fino a poco fa!» gracchia abbastanza seccato Rosset.

«Per una volta che la sfanga non vuol dire che deve provarci sempre, questo è un caso su un milione. E ora le spiego la seconda novità che è il motivo per cui le è andata bene la prima. Sa che ieri sono salita alla *Radici & Figli* per studiarmi bene la scritta, facendo altre fotografie a distanza ravvicinata e da ogni lato. Dunque, come dicevamo la scritta è collocata in un luogo defilato e a una altezza non rilevante, tanto è vero che alcuni fili d'erba e parietarie particolarmente sviluppate coprivano alcuni punti anche nell'immagine che ha fatto il giro del web, la stessa che noi abbiamo mostrato al giovane Farouk, il marocchino in stato di fermo, si ricorda?»

«Come potrei dimenticare?» conferma Jules, che quel "Vai giù Occidente" ce l'ha stampato a fuoco in ogni anfratto cerebrale.

«Che è stata poi confermata anche dal mediatore culturale, sempre mostrando l'immagine fornita sul web dalla Luni. Fin qui ci siamo. Ieri però, prima di scattare le mie foto, ho ripulito bene la zona abbassando l'erba e le sterpaglie. E qui arriva la bomba. È pronto?»

«Sara, non so tu, ma io sono a pezzi. Non mi stare a fare rulli di tamburi e squilli di tromba, dimmi cosa hai trovato e ti assicuro che saprà impressionarmi come se ad annunciarlo ci fosse la banda.»

«Non era per creare suspense, ispettore, volevo solo sincerarmi che fosse mentalmente connesso» lo recide asciutta la Fabiani difensiva di Alma e ci pianta subito un piede, vedi mai che riesca a tenerlo aperto quanto serve.

Senza darle il tempo di rispondere supera il muro annerito, con le pedule che scricchiolano rapide sulla ghiaia, per imboccare il vialetto erboso che circonda la palazzina.

E a quel punto la vede: una bionda slanciata ed elegante che si avvicina alla Ford Station Wagon grigio scuro rimasta parcheggiata lì dalla sera dell'incendio.

«Cerca qualcosa?» la intercetta Rosset, che chiunque sia 'sta tipa non può certo lasciarla zampettare sul luogo delle indagini come se fosse al parco.

«Salve!» si avvicina la bionda su dei tacchi più alti di una chiave a tubo, nota con una certa stima Rosset: lui si sarebbe sfranto al suolo solo a ipotizzarlo, un passo su quei trampoli in mezzo alla ghiaia.

«Andreina Delucchi Riboli, moglie di Leonardo Radici» sorride spiccia lei.

«Ispettore Jules Rosset» ricambia sghembo lui, stringendo la manina guantata di camoscio rosso.

Un tipino particolare, rileva cauto Jules, dalla stretta decisa, zigomi scolpiti, occhi obliqui di un blu cupo da lago al disgelo e questa colata liscia di capelli di un biondo lunare quasi bianco. Bella? Mah, non saprebbe dire, forse bella "senza averne l'aria", come cantava il buon Guccini, con un fascino più da ninfa dei boschi lapponi che da caramellosa damina di Capodimonte.

Andreina inclina appena la testa, ma se è perplessa per tutto questo scrutare non lo dà a vedere e aspetta incurante i comodi di Rosset.

«Le presento Alma Boero, collabora con me a...» sventola la mano ossuta Jules, a comprendere tutto l'ambaradan visibile e invisibile che ruota intorno all'indagine in corso.

«perché la cosa non è di facile e immediata comprensione, eh, specialmente per telefono. Ora le invio le due immagini, quella della Luni e la mia. Si ricorda quel giochino della *Settimana Enigmistica*, "Trova le differenze"? Ecco, trovi le differenze, ispettore.»

Ma porca di quella vacca, soffia tra i denti Rosset, mentre armeggia sul cellulare per aprire e allargare le due immagini. Dimmi te se sfranto com'è deve pure mettersi a risolvere giochetti e rebus. Dunque: una ha i fili d'erba davanti e l'altra no, è evidente, ma questo gliel'aveva già preannunciato la Fabiani, e quindi? Perché gli sembrano proprio identiche. Jules muove l'indice a far scorrere prima una e poi l'altra. Niente, nessuna differenza.

«Vuole un aiutino?» lo pungola implacabile la Fabiani «prenda l'immagine della Luni e guardi al centro della frase, dove c'è quella specie di *J*, la vede?»

«Sì, veramente c'è proprio davanti un ramo di parietaria, però la vedo...» stringe gli occhi Jules.

«Ecco, ora la confronti con la mia immagine, quella senza corpi estranei di erba e vegetali vari.»

«Ah, vicino alla *J* c'è un baffetto...»

«Esatto, come una virgola rovesciata. Questo è fondamentale. Sono tornata dal mediatore culturale. Ora le mando altre due immagini, sono due frasi scritte a penna da lui. La prima viene tradotta "Vai giù Occidente", la seconda invece "Vai giù, occidente", proprio in virtù di quel baffetto o ricciolo attaccato alla *J*. In arabo le virgole vengono tracciate come un baffo rovesciato, per cui quella *è* una virgola. Una semplice virgola, che come insegnano a scuola ha il potere di capovolgere il senso completo di una frase. Non c'entra nulla con l'esplosione, ispettore, questa scritta tracciata sul muro della *Radici* è semplicemente...»

«... semplicemente un'indicazione!» esala basito Rosset «per questo sta lì, defilata e dimessa, non si tratta di una rivendicazione, ma indica banalmente di scendere a ovest, giù per le piane che stanno dietro alla *Radici*...»

«In realtà, come mi ha spiegato il mediatore culturale, Farouk non ha avuto tutti i torti a tradurcelo così: prima di tutto la virgola era nascosta dalla verzura, e poi mancano altri tre segni, una specie di *J* con un punto esclamativo, che starebbero per la nostra *a*, e che completerebbero così la frase con "Vai giù, a occidente"... scritta che ci avrebbe creato decisamente meno problemi. Però l'arabo si scrive da destra verso sinistra e, come avrà notato anche lei, a sinistra non c'è più spazio perché il muretto finisce, quindi si sono limitati alla virgola, anche se la frase in arabo risulta piuttosto incompleta. Chissà, magari inizialmente era solo un generico "vai giù", poi forse si sono accorti che non bastava e ci hanno voluto aggiungere la direzione, ma per mancanza di muro si sono limitati a schiaffarci solo una virgola...»

«Come mai, però, segnalare un'indicazione – in arabo, tra l'altro – proprio lì?» si gratta il mento Rosset. Questo resta un punto interrogativo importante, o per lo meno da definire prima di mettere una pietra sopra a 'sta fastidiosa rogna della scritta.

«Questo non so dirglielo, ispettore. Con questi nuovi dati alla mano, forse vale la pena fare un altro sopralluogo. Be', a parte questo, che ne dice della mia novità?»

Jules sorride, perché la Fabiani è una tosta tutta d'un pezzo che raramente cede ai sentimentalismi, ma lui lo sente pulsare nel timbro risoluto e nei resoconti schietti, tutto l'amor proprio trattenuto che scalpita nell'ego del suo agente scelto.

«Sei un genio, Sara, tenace come un montone, eh!, ma un genio» l'accontenta quindi, e lo pensa davvero «anche perché con questa tua novità hai scalzato l'ombra incombente di qualcosa di grosso che poteva sfuggirci di mano, hai evitato la rogna di vederci soffiare il caso dalla DIGOS solo per le remore investigative del vice questore e hai fatto sì che ora possiamo finalmente dedicarci solo alla *Radici*. Ecco, magari "solo" non è l'avverbio più appropriato per un caso scivoloso e inconsistente come questo, ma almeno possiamo concentrare le energie a sbrogliare questa matassa di indizi, fatta di tutto e di niente» sospira abbattuto.

«A proposito, non mi ha ancora detto la sua novità» cerca di tirarlo su la Fabiani, incassando con silenziosa classe i complimenti.

«Ah, già. Mah, rispetto alla tua bomba la mia novità pare più lo scoop di un paparazzo, però... hai presente l'ultima generazione dei "*& Figli*" della *Radici*?»

«Leonardo e Antonio, dice? Sì. Uno è sposato con la gallerista e l'altro invece...»

«Eh, l'altro invece, appunto» la interrompe Rosset «perché se la fa con la moglie del fratello, la suddetta gallerista.»

«Ah. Però» ridacchia la Fabiani «e lei come lo sa?»

«So. Da fonte collaudata e certissima» assicura Jules «quello che non so è cosa farmene di questa notizia, ecco. Anche se di tessera in tessera spero che mi si palesi presto uno sputo di immagine, mica una cosa galattica, mi basta un angolino con una parvenza di senso compiuto.»

«Con i dipendenti abbiamo praticamente finito, non sono poi molti in realtà, e a grandi linee direi che tutti quanti l'altro ieri sera, al momento dell'esplosione e quindi dell'incendio, hanno un alibi confermato. Tutti tranne uno, una certa...» rumore di fogli spostati «ecco, Orietta Pigalli, anni sessantasei e residente in via Paganini.»

«Che idea ti sei fatta?»

«L'idea che il suo "non alibi" è l'alibi più credibile: ha tre gatti, un trilione di centrini di pizzo e uno schermo al plasma. Ha detto che è stata tutta la sera incastonata nel divano, arrotolata nella sua coperta in mattonelle di lana multicolore, con i gatti a ronfarle contro le cosce, un bricco di fumante cioccolata calda a corroborarla mentre crochettava un centrotavola a stelle e fiocchi di neve per Natale, il tutto davanti a *Love Actually*. Per dire che secondo me nessun movente è abbastanza forte per spingere chicchessia ad abbandonare divano, cioccolata, gatti a ciambella e film strepitoso per uscire in una sera di dicembre spazzata da una libecciata da paura come quella dell'altro ieri. Non so lei, ispettore, ma io non lo farei mai.»

No, ammette Jules, neppure lui. A dirla tutta non sarebbe uscito neppure stamani e potesse si rintanerebbe anche subito dal suo felino, unica voce comune con l'elenco di comfort appena snocciolati dal suo agente scelto. Ah: «Com'è che si chiama il film?» chiede curioso, che in mancanza di divano, cioccolata, ferri da calza o chi per essi, forse sul fronte video può facilmente recuperare punti comfort.

«Non mi dica che davvero non ha mai visto *Love Actually*?» si stupisce la Fabiani.

«Dico. Perché? È una mancanza così tragica?» la prende subito sul personale Rosset, sconcertandosi da solo per la reazione. Sta a vedere che la permalosità di Solari è contagiosa come la sua presunta scarlattina.

«Mah, tragica magari no» tampona la Fabiani «però è un must. Bisogna proprio che le colmi un po' di lacune. Per dare più spunti di conversazione alla sua vita sociale, intendo.»

«*Mghrf*» grugnisce torvo Rosset. Notando che forse il contagio di Solari è più virulento di quanto immaginava.

«Tra l'altro, sempre se le interessa il mio modesto parere» continua la Fabiani «quel film contiene una delle dichiarazioni d'amore più strepitose di tutti i tempi. Glielo dico così, solo a titolo informativo, eh, nel caso avesse necessità di prendere spunto. Lungi da me addentrarmi sul personale, che sa quanto lo aborro, però se mai le capitasse di trovarsi in una situazione del genere... per dire che sarebbe meglio non affidarsi all'istinto, ecco. E soprattutto al *suo*, di istinto. Credo che ne convenga anche lei, no, ispettore?»

«Mi chiedo come caspita sia potuto accadere che dagli alibi dei dipendenti della *Radici* siamo finiti a parlare dei miei presunti approcci amorosi» espira Rosset «guarda che ho anch'io il mio lato sentimentale, non sono mica così disastroso, eh!»

La Fabiani si astiene in un eloquente e significativo silenzio.

«Vabbè, finiamola qui, è meglio» sospira rassegnato Jules.

Forse Sara ha ragione, come ha ragione Alma, del resto. Per non parlare poi di Clelia, che da brava ex moglie lo ha già vivisezionato quanto basta, sminuzzandogli il cuore come una *tartare* di manzo.

«Viene in ufficio? Perché sarà meglio disinnescare il vice questore sulla faccenda della scritta minatoria, prima che la cosa gli scappi di mano» lo riscuote la Fabiani.

«Volevo passare prima da un ex dipendente della *Radici*, sai quell'Arturo Rimassa, il magazziniere che è andato in pensione. Se c'è qualche segreto nascosto in quel magazzino, secondo Alma lui deve saperlo per forza, almeno a giudicare dalla proporzione aurea con cui sistemava ogni cosa, sempre a detta di Alma.»

«Ah, si è portato dietro la Boero anche stavolta quindi» fischia la Fabiani «e non voglio assolutamente sapere come è riuscito a convincerla, così se verrà accusato di ricatto ed estorsione non sarò costretta a testimoniare a suo sfavore. Ed ecco svelata anche la sua fonte ineccepibile riguardo alla tresca tra cognati.»

«Fa tante storie ma poi secondo me sotto sotto si diverte, dai...»

«Sì, come no» alza un sopracciglio la Fabiani, cioè, Jules non può vederla, ma è certissimo che lei lo abbia alzato.

«Me la porto dietro anche dal Rimassa. Cioè, lei non lo sa ancora, però verrà.»

«E come pensa di riuscirci, scusi? Anzi no, non lo voglio sapere. Che qui oltre al ricatto finisce che mi ci infila pure il rapimento, e preferisco restare nell'oblio» lo tarpa mordace la Fabiani.

«Uh, esagerata. Quando ho concluso dal Rimassa ti chiamo, così appena puoi mi raggiungi a casa Radici. Bene, ora devo solo far passare queste due ore e mezza in qualche modo. Dato che sono per Carasco, pensavo quasi di infilarmi qui al centro commerciale, giusto per scrollarmi di dosso un po' di fardello dei regali. Anche se, ora che mi trovo qua davanti, ecco...» valuta dubbioso Jules, visto che la musica in tintinnante jingle natalizio vomitata fuori a ogni apertura della porta a vetri gli ha già azzerato lo stimolo al sacrificio.

«Bella pensata, ma non vorrei trovarmi al posto delle commesse. Auguri, eh...» lo saluta caustica la Fabiani, mettendo giù.

Auguri 'sto par di ciaspole, sbuffa tra sé Jules, varcando la soglia dell'inferno.

34

Rosset si blocca frastornato. Quanto tempo è passato dall'ultima volta che ha fatto il suo ingresso in un centro commerciale? Non se lo ricorda. E comunque sempre troppo poco. Sbuffa. Fosse per lui non ci metterebbe piede a prescindere. Ma teme che da qui al venticinque non avrà molte altre occasioni per smaltire il grosso della zavorra emotiva orientamento\scelta\acquisto regalo. Fa vagare lo sguardo nella caotica e rutilante moltitudine di fastidiosi riverberi in carte lucide e nastri psichedelici, in un affastellarsi di rossi, verdi, oro dai bagliori stroboscopici così molesti che gli pare di avere i bulbi oculari trafitti come un puntaspilli. Metti che l'influenza ci stia mettendo del suo, eh, prova a giustificarsi Jules, ma la cacofonia di bambini urlanti, genitori urlanti per sedare i bambini urlanti, commessi urlanti per sovrastare gli urli degli urlanti, i *biup* dei lettori a barre delle casse, alberi di Natale di pezza con gli occhiali da sole che cantano (cantano?!) e ballano (ballano?!) *La Lambada* (no, dico, *La Lambada*!), gemere metallico di carrelli, lucine musicali in anarchia di tono e selezione musicale, tutto impastato a una torma di altri suoni indistinti, con un letale "*We wish you a Merry Christmas*" che cola giù dagli altoparlanti colmando ogni anfratto, gli sta facendo affiorare un vago istinto omicida.

Jules stringe i denti, calcola veloce le coordinate e sgomita in linea retta verso il reparto computer. Qui allunga la mano ossuta ad arraffare a caso un fastello di confezioni di pennette USB: un regalo utile, che non passa di moda, non scade, va su tutto, bisex, non se ne hanno mai abbastanza e non deve neppure incasinarsi tra i pacchetti che si scorda sempre per chi è e cosa contiene cosa, qui sono uguali per tutti e un pacchetto per l'altro va bene. Un po' impersonale, forse, ma perfetto.

L'anno scorso aveva deciso di regalare solo libri.

Un disastro.

Perché a lui piace regalare libri che ha amato e questo comporta che quasi mai la sua scelta cada sulle novità. Ma, come si sa, le librerie raramente riescono a tenersi dentro qualcosa che abbia più di un mese di vita, oberate come sono da tsunami di nuove uscite. Chiaro che lui, svegliandosi come di consueto il ventiquattro di dicembre con la folgorazione "porca vacca, i regali!", non abbia trovato neppure un titolo di quelli che avrebbe voluto e, per quanto il suo libraio sia ancora di quelli maiuscoli che sanno fare il loro mestiere, si è trovato costretto a scribacchiare su dei tristi fogli da fotocopia "Buono Libro" e titolo allegato, nella sua sghemba calligrafia tutta spigoli e punte, con l'umiliazione di scoprire poi che tre quarti di loro non aveva decodificato la sua scrittura a elettrocardiogramma finendo per comprarsi libri che Jules mai e poi mai avrebbe regalato in vita sua. Per dire che questa pensata delle pennette USB sarà senz'altro meno frustrante.

Rosset sente il suo livello di tolleranza a tutta questa babele natalizia farsi prossima allo zero. Stringe gli occhi e punta verso un lungo bancone allestito per l'occasione, dove una schiera di pivelli a contratto a tempo determinato sono schiavizzati a fare pacchetti. In rapide falcate dribbla tre tentativi di aggancio: una tizia che gli voleva affibbiare un set di addobbi natalizi in vetro soffiato a mano, il cui prezzo in offerta si aggira su per giù a tre pieni di benzina verde della sua vecchia e cara Citroën (senza contare che Professor Moriarty l'intero set lo avrebbe polverizzato all'istante); un'altra tizia che lo ha rincorso spruzzandogli un profumo di vattelapesca-chi e che ora gli sta appestando la manica del giaccone, porca vacca; infine un tizio vestito da cuoco che voleva fargli provare un qualcosa cotto alla brace, che a colpo d'occhio pareva uno dei cosciotti sbafati da Obelix, Asterix e tutti i Galli di Uderzo. Ecco, lì Jules ha avuto un attimo di cedimento, lo confessa, anche perché i due pezzetti di focaccia mangiati mezz'ora fa si sono svampati nel vuoto cosmico del suo stomaco come polvere di meteorite nella stratosfera. Però ha tenuto duro, arrivando così al cospetto del lungo tavolo, dove quattro tipe e un tipo, costretti a tenersi in testa un ridicolo cappellino con le corna da renna e lucine rosse intermittenti quasi equivoche, srotolano fogli di carta lucida da enormi bobine alle loro spalle, strappano pezzi di nastro adesivo e smatassano fiocchi grossi come dalie per incartare l'impossibile. Quattro tipe e un tipo che ora lo fissano, o meglio fissano le confezioni maledettamente piccole e dannatamente irregolari del suo covone di pennette USB con dirompente e mal celato odio.

Jules fa finta di non aver colto e si mette in coda, tutto sommato gli è andata bene, davanti ha solo un signore con una scatola gigante di Lego e una signora giovane con *Box Mocio Set* e relativo secchio in miniatura.

Cacchio.

Con che cuore una mamma – o zia, vicina di casa, cugina di terzo grado – può far trovare sotto l'albero un regalo che è l'emblema della schiavitù casalinga? Aberrante. A meno che non si tratti della nuova "amica" del papà, che magari non è stata proprio accolta con entusiasmo e vuole vendicarsi, prova a spiegarsi Jules. Aberrante comunque, e perversa anche la ditta produttrice che ha concepito una miniatura di spazzolone per lavar per terra come giocattolo, dai...

Jules sbircia oltre la spalla della signora, notando che la tipa con il cappello da renna che gli toccherebbe a breve di colpo rallenta ogni gesto, diventando il bradipo del pacchetto. Dato che a quanto pare vige la regola di approdare davanti al primo libero, la furbona ha deciso di tenersi occupata quel tanto da evitarsi lui e le sue maledette USB, facendolo slittare a qualcun altro. Ma le colleghe sono abbastanza scafate da intuire subito la fregatura, così una scappa in bagno, l'altra a ravanare sotto il bancone alla ricerca delle forbici (ma Jules è certo di averla vista nasconderle furtivamente nella tasca della divisa), la terza è evaporata bofonchiando di nastri e fiocchi "assolutamente da recuperare in magazzino prima dell'orda del pomeriggio". Così Jules slitta inesorabilmente davanti all'unico elemento maschile del gruppo, il solo a non aver afferrato in tempo l'ingranaggio diabolico che ora lo vede costretto a fasciare diciotto confezioni di pennette USB tutte curve, rientranze e angoli scaleni.

«Cazzo» esala infatti il ragazzo, guardandosi intorno senza capire come diavolo sia successo che 'sto tipo allampanato con il suo carico agghiacciante, partito dal lato opposto del tavolo, sia contro ogni logica approdato a lui.

«La strategia è femmina» lo erudisce placido Jules, mollando sul tavolo il bottino «e quando lo capisci è sempre troppo tardi. Sarebbero in tutto diciotto pacchetti. Puoi anche non metterci il fiocco» concede magnanimo, in un conato di pietà.

«Ah. Ok» sospira quello, iniziando a lottizzare il foglio di carta con flemma certosina, le corna da renna afflosciate sulla fronte.

Jules guarda quelle dita magre che tirano e lisciano per creare la piega da tagliare, i capelli un po' lunghi sotto le lucine intermittenti e le corna da renna, il naso dritto e le labbra che seguono i movimenti lenti e misurati delle mani. Gli pare un elfo della Terra di Mezzo.

«Sei assoldato solo per il Natale?» domanda senza che in realtà gli importi davvero, ma trova di una lentezza esasperante tutto 'sto suo misurare, valutare e segmentare di carta.

«Sì» sputa monosillabico l'elfo.

«Scusa se mi intrometto, eh, ma non sarebbe meglio prima controllare se il pezzo di carta è sufficiente a fasciare ogni pacchetto, invece di tagliarli tutti insieme in una volta? No, perché a occhio mi pare un po' piccolo...» si intromette Jules, che al pensiero di vederlo cominciare tutto da capo sente già tracimargli la bile.

L'elfo lo fissa per un lungo attimo, poi con imperturbabile calma finisce di ripartire anche il diciottesimo e ultimo pezzo di carta. Quindi afferra una confezione dal mucchio di Jules, la posa al centro del rettangolino lucido di abeti e agrifogli, inizia a ripiegarlo sigillando ogni angolo, curva, anfratto con un pezzo di nastro adesivo, rimbocca la parte superiore con l'ennesimo pezzo di nastro adesivo a sugellare la fine della laboriosa operazione e glielo spinge davanti.

Rosset afferra il pacchetto e lo rigira tra le mani: ha uno spesso e orrendo carapace di scotch trasparente, sì, ma la misura della carta è perfetta al millimetro.

«Ho sbagliato, scusa, in effetti la carta bastava. Ottimo senso dello spazio» ammette «ma come mai lavori qui? Voglio dire, non penso che tu abbia studiato per passare le tue giornate a...» sventola la mano, a comprendere carta, fiocchi, pacchi, cacofonia infernale e altoparlanti che ora sbrodolano un melenso "A Natale puoi".

«Mi sono laureato in ingegneria navale due anni e mezzo fa» risponde lui, continuando a rimboccare carta e a spiaccicare nastro adesivo «e, ovvio, non ho studiato per questo. Ma faccio anche questo. Come ho fatto tante altre cose, né meglio né peggio di questa.» Poi solleva una mano magra a sfiorare le corna da renna. «Certo, ci sono ruoli in cui mi sento più a mio agio di altri, ma ci si fa l'abitudine.»

«Vuoi dire che con una laurea in ingegneria navale da due anni e mezzo fai robe come questa?» sbatte gli occhi Jules, che conosce perfettamente il dramma, ma due anni e mezzo... no, dico, è un sacco di tempo.

«Shhhh, non gridi così» si guarda in giro l'elfo «per lavorare qua ho dovuto dichiarare il falso e dire che avevo solo il diploma di maturità scientifica, altrimenti sei troppo qualificato e non ti assume nessuno. Lei, per esempio, è laureata in storia» dice indicando col pollice una delle renne impacchettatrici «quello là che sta radunando i carrelli, invece, è architetto. Siamo in tantissimi. L'importante è tenere un profilo basso.» Poi alza la testa e lo fissa a occhi stretti, come colto da un dubbio atroce. «Oh, non è che lei è delle risorse umane?»

Jules fa cenno di no con la testa e sospira.

Che schifo di mondo, uno si fa un mazzo tanto a studiare – e l'elfo si *è* fatto un mazzo tanto a studiare, perché avrà sì e no venticinque o ventisei anni, quindi non si tratta certo di uno scansafatiche fuoricorso – per poi doversi ingoiare il sudato pezzo di carta della laurea altrimenti non trova neppure un merdoso lavoro da renna che impacchetta regali?

«Lascia stare qui, dai...» Jules arraffa le sue pennette USB, fasciate e non, e le scaraventa in un carrello abbandonato «hai fatto un ottimo lavoro, eh, ma di colpo mi sono ricordato di un impegno» mente spudorato, ché vederlo impelagato in 'sto martirio che gli ha inflitto lo fa star male.

Poi rolla veloce verso il bancone dei reclami.

«Chi è il responsabile qui?» abbaia risoluto, mostrando il tesserino da ispettore capo.

«Glielo chiamo subito» schizza veloce la brunetta occhialuta della reception.

Il tesserino ha la capacità evocativa di un teletrasporto, constata sempre con piacere Rosset. Infatti ecco materializzarsi il responsabile nella figura di un tipo atletico in completo elegante e scarpa sportiva... per "sdrammatizzare", come direbbero i modaioli, anche se a Jules sembra solo ridicolo: o sei sportivo o sei elegante, le commistioni ibride non fanno per lui. Testa piccola, chioma impomatata e un microscopico segno scuro sotto al labbro. Probabilmente è uno di quei pizzetti minimal che usano adesso, ma che a Jules sembra un insetto spiaccicato sul mento.

«Come possiamo aiutarla?» si protende untuoso. La testina però si muove a scatti, nervosa e tesa, con l'occhio impallato dal terrore insito al sopracitato mostrar di tesserino. Pare un piccione.

«Ha presente i ragazzi che impacchettano i regali con quegli orrendi cappelli con le corna da renna e lucine intermittenti?» sputa asciutto Rosset.

«Hanno rubato qualcosa? Si sono dimenticati di togliere il prezzo? Sono troppo lenti?» Poi lascia scivolare lo sguardo nel carrello di Jules, tra le confezioni sfasciate e quelle anche troppo fasciate. «Hanno fatto male i pacchetti, eh...» ritiene di aver intuito il piccione.

«No, non ha capito» soffia implacabile Rosset «non mi riferivo all'operato di quei ragazzi formidabili, ma a quell'orrendo coso con le corna di renna e luci rosse intermittenti che gli avete infilato in testa, che, oltre a essere di una bruttezza indicibile, è un affronto alla dignità della persona e al rispetto dei diritti umani, un'offesa al mondo animale – in special modo a cervidi e renne, appunto, comprese – e un oltraggio al buon gusto. Ricapitolando, le chiedo di provvedere quanto prima alla confisca e all'incenerimento dei suddetti copricapo.»

«Eh...?» tentenna costernato il piccione, inclinando la testina lucida, non proprio sicuro sicuro di aver capito bene.

«Gli-faccia-levare-quegli-orrendi-cappelli-a-renna» sillaba feroce Rosset.

«Sì, cioè, non vedo come lei...» gonfia il petto il piccione, cominciando a dubitare che 'sto ispettore possa dirgli come organizzare le sue strategie di marketing.

«Lo dico solo per lei, eh...» sibila mellifluo Rosset «sa, il vice questore è fervente animalista e dubito passerebbe sopra una faccenda del genere, io sarei costretto quindi a fare rapporto e lei rischierebbe forse un'ammenda. E pensi al danno di immagine, proprio sotto Natale tra l'altro, quando tutti sono più suscettibili e infarciti di buoni sentimenti» scuote la testa con velato rammarico «certo, se ora lei mi assicurasse di provvedere subito e di non ricaderci più... ecco, potrei uscire di qui e di colpo avere un vuoto di memoria, insomma dimenticare ciò che ho fatto e visto durante la mia pausa pranzo. Amnesia selettiva, credo che si chiami» cala giù carezzevole, con il suo sorriso sghembo.

Rosset può sentire chiaramente il *clic clac* dei conteggi pro e contro che si sommano rapidi dentro la testina impomatata del piccione.

«Sì, credo di poterlo fare. Subito. Aurora?» scatta la testina verso la brunetta occhialuta «chiami Gastaldi e gli dica di venire immediatamente giù, trattasi di urgenza prioritaria» quindi allunga una zampa curatissima verso Rosset «ispettore, la consideri cosa fatta. La ringrazio davvero e le auguro un felice Natale!» lo saluta il piccione, la testina ora rilassata, da catastrofe sventata.

Jules spinge il carrello con ineffabile tranquillità verso le casse, paga, poi lancia uno sguardo verso il lungo tavolo degli impacchettatori, dove un tizio robusto con la divisa del centro commerciale sta ammonticchiando i cappelli da renna per stivarli in un sacco nero dell'immondizia. Jules avrebbe preferito dargli fuoco in una pira purificatrice, ma va bene lo stesso. Ma ecco che l'elfo incrocia il suo sguardo. Si fissano per un lungo attimo, poi l'elfo porta la mano alla fronte, in segno di saluto e muto, ma sempiterno, ringraziamento. Jules sventola a sua volta la manona ossuta in un "per così poco, è stato un piacere, buona fortuna" omnicomprensivo, poi svolta a sinistra e si avvia verso l'uscita.

Nonostante si sia appena macchiato di abuso di potere, velate minacce, finta amnesia omertosa e tutte le balle snocciolate al piccione, si sente stranamente lieve, immacolato e persino un po' commosso. Quasi circonfuso da un non so che di buonismo natalizio che lo lascia un po' spiazzato, ecco.

Perché non è da lui.

Insomma, il Natale da anni gli tira fuori il peggio del peggio e gli scatena un compendio emotivo che neanche il Grinch e Scrooge messi insieme, invece adesso si sente benevolo e giulivo come un candido Clarence Angelo di Seconda Classe di Frank Capra.

È strano, molto strano, come trovarsi in una pelle che non è la propria.

Un bradisismo interno lo avvisa che lo stomaco gli sta tuonando tutto il suo vuoto disappunto, mentre nel naso gli sale un rigurgito di melaleuca.

Mah, vuoi vedere che tutto questo reflusso al vapore di incenso da rimembranze ecclesiastiche gli sta cambiando i connotati del DNA?

35

«Quindi nel magazzino della *Radici* non avete trovato nulla di particolare, neppure una *nêgia*, un niente di qualcosa?» la scandaglia rapace la suocera.

«No, Alfonsina. Proprio niente di niente» assicura Alma, appoggiando la testa sul palmo. È stanchissima.

Segue con gli occhi Luca, che rimbalza da una finestra all'altra come la pallina di un flipper in una specie di rito propiziatorio, un ballo di san Vito che lo assale quando freme nella speranza di veder calare il libeccio impietoso che gonfia il suo mare. Perché a infilarsi in canoa non lo fermano tuoni fulmini diluvi e cavallette, ma una mareggiata che ruggisce flutti e tronchi d'albero purtroppo sì. E lui scalpita e ribolle senza pace, manco gli mordesse la terra sotto i piedi se per un giorno non mette il suo guscio arancione a bagno, tipo le sirene migrate sulla terra, che devono periodicamente infilarsi in acqua per far tornare la coda al posto delle gambe altrimenti guai.

A volte Alma ha il sospetto che, invece di un convenzionale esemplare di *homo sapiens*, il suo utero abbia sputato fuori una sorta di *homo aquaticus* o un Luca-tonno, tanto suo figlio le pare impastato di mare e salsedine nei geni. Uh, eccolo infatti qua che ritorna a sbirciare la linea increspata di verde dell'orizzonte, sbuffa e rimbalza verso l'altra finestra, come se da un lato all'altro della casa e in un secondo e mezzo potesse arrivare Poseidone in persona a spianargli le acque, una smania che la sfianca anche solo a guardarlo.

Tanto è vero che riporta gli occhi sul piano di marmo del tavolo e li lascia lì.

«Vedrai che il valdostano non si dà per vinto» prevede grama come Cassandra l'Alfonsina, sturandola dalle sue elucubrazioni «figurati se non cercherà di infilarti da qualche altra parte per dissotterrare gli altarini dei Radici. Che poi avrà già provato a scucirti qualcosa riguardo al pied-à-terre del rampollo più giovane, immagino.»

«Con Rosset quanto a invadenza c'è poco da immaginarsi» sospira Alma «comunque sì. Che poi non è che ci fosse quel granché da scucirmi: un viavai di donne abbastanza deprecabile ma gestito con una certa discrezione. O almeno questo pensavo fino a stamattina...»

«Be'? Penserai mica di buttare lì il sasso e poi nascondere la mano, eh!» sporge la testina rapace l'Alfonsina «perché se hai intenzione di sigillarti come una cozza sappi che io non ho la pazienza di Giobbe e neppure tutto il suo tempo, per dire che non mi muovo di qui fino a che non sputi il rospo, cara mia.»

«Ma niente, da tre mesi Antonio Radici, invece del suo solito pascolare brado, si incontra esclusivamente con una donna, una bionda, sempre la stessa, la riconosco dal profumo che lascia, dalla lunghezza dei capelli... e altri particolari che non sto qui a spiegarle» taglia corto imbarazzata Alma «io ne ho preso atto e bon. Solo che stamattina è arrivata alla *Radici & Figli* la moglie di Leonardo, il fratello di Antonio. Molto profumata, molto bionda e...»

«... e molto la nuova fiamma di Antonio» sviscera rapida l'Alfonsina.

«Esatto» ammette Alma «ma questo non porta nulla alle indagini. Cosa vuole che c'entri con la faccenda dell'incendio, con il cadavere carbonizzato e con corollari di scritte e chissà cos'altro?»

«Non è detto, in fondo a volte "bisogna fare il pane con la farina che si ha"» chiosa placida l'Alfonsina «per dire che tutto può tornar utile, anche quello che a prima vista non sembra.»

«E comunque con Rosset ho fatto il mio: sono andata con lui alla *Radici* e gli ho pure allungato un gossip con i fiocchi su un vassoio d'argento, non vedo cos'altro potrebbe voler spremermi» chiude il discorso Alma, preparandosi a uscire, anche se darebbe un braccio – mah, forse anche qualche altro arto – per starsene arrotolata dentro un plaid con un libro. Queste maratone con Jules la sfiancano. Mica per l'investigazione in sé, ma per il suo costante torturarsi e dannarsi.

Da una parte vorrebbe continuare a strisciare nelle sue giornate come un lombrico nei suoi buchi di terra: protetta dagli eventi esterni, senza farsi notare e senza troppi scossoni. Dall'altra ogni terremoto di Jules Rosset le regala una scarica di vitalità che la illumina per giorni, procurandole una sorta di dipendenza quasi fisica.

Lo stesso vale per la frequentazione con Carlo Messi.

Così Alma si dibatte tra il desiderio di essere coinvolta e il rimpianto di essersi lasciata coinvolgere, la voglia di restare nell'ombra e la smania di buttarsi in una cosa che la faccia sentire viva: viva come Alma Boero Kouyatè, e non come madre di quattro figli o nuora dell'Alfonsina, o ex moglie di uno che ha messo migliaia di chilometri, due continenti e un oceano tra sé e loro.

E niente, tutto questo la sfinisce, perché tanto non ne esce: resta dilaniata e bon.

«Guarda che non c'è mica niente di male» la frugano gli occhietti da poiana dell'Alfonsina «a voler tirare un po' fuori la testa dal buco, intendo, a fare qualcosa che ti scrolli di dosso le ragnatele, a rispolverare gli ingranaggi della Alma di prima.»

Alma sbatte le palpebre e la fissa, muta.

«Credi che non lo sappia come ci si sente? Il fatto che ai tempi miei si dovesse mandar giù a prescindere non vuol mica dire che non si avessero certi rigurgiti di "vita", eh. E poi tu hai scelto di abbandonare un lavoro che ti piaceva, un mondo che ti piaceva, una casa che ti piaceva per adattarti a una situazione che a farsela piacere ci è voluto solo tutto il tuo coraggio. Non fare quella faccia! Certo che sei stata contenta di mollare tutto per stare con i tuoi figli e accudirli come volevi tu, ma ciò non toglie che se quel cretino di mio figlio non avesse buttato il carro all'aria per... vabbè, tanto è inutile, come si dice: "Quando una cosa è accaduta, poco vale lamentarsi". E tu infatti non ti sei lamentata, ti sei rimboccata le maniche e con loro tutti i tuoi sogni, e sei andata avanti. Ora è tempo che ti srotoli le maniche, sciogli i sogni e vivi un po' anche per te. E non parlo solo di quel valdostano montanaro che ci va giù come una ruspa, dico anche riguardo al resto, se capisci cosa intendo» lascia cadere liscia l'Alfonsina, alzando un sopracciglio eloquente a sviscerare il concetto.

Alma stringe le braccia al petto, sentendosi più nuda di Eva dopo la faccenda del serpente e di quella stramaledetta mela. Ora, non saprebbe dire se la suocera è il serpente che l'ha sobillata o la mela che le ha aperto gli occhi, ma adesso che l'Alfonsina le ha scucchiaiato fuori il nocciolo come da un avocado maturo, si sente quasi peggio di prima. Perché un conto è intuirlo, 'sto nocciolo, tenendolo però ben infilato giù, e un conto è vederselo lì: grosso, lucido, sfacciato, così inconfutabile che non puoi più far finta di niente o raccontarti che non esista. Insomma, fare lo struzzo è sì una cosa scema, infilare la testa sotto la sabbia non fa certo sparire ciò che non vorresti vedere e sapere, ma sa anche essere tremendamente confortante, ecco.

Peccato che in questo postprandiale di un banalissimo dodici dicembre, Alma si scopra di botto completamente destrutturata, sconfortata e spogliata del suo guscio come un paguro con lo sfratto.

E sotto il fuoco incrociato del Natale non è il massimo, diciamolo.

Le squilla il cellulare.

CARLO MESSI lampeggia imperativo sullo schermo, a rendere ufficiale quanto lei non sia affatto pronta "a vivere un po' anche per sé", come l'ha appena pungolata l'Alfonsina, ma anche quanto invece ne avrebbe voglia. Dilaniata, appunto.

E ogni squillo pare tirarla con egual forza da una parte e dall'altra, come in certe torture da segreta medievale. Così Alma lo mette silenzioso e lo fa scivolare nella forra profonda della sua borsa.

La strategia dello struzzo, in fondo, ha sempre il suo confortante perché.

Paolo sbuca dal bagno con le cuffiette alle orecchie e un ciondolare ritmico di arti, le dà un bacio rapido e si infila nella sua stanza.

Alma lancia ancora un'occhiata a Luca, che si è finalmente rassegnato al libeccio e si è messo a intagliare pensieroso uno dei suoi legnetti magri, rubati al mare. Anche se le pare forse più pensieroso del solito. Resta un po' lì a guardarlo, divisa tra il desiderio di entrare a scuotergli fuori i pensieri e il freno di non invadere i suoi silenzi e rispettare i suoi tempi. Sbuffa piano. Niente, a quanto pare è destinata allo strazio della lacerazione.

Mah, chissà cosa avrà mai fatto nelle sue vite passate per scontare un contrappasso così implacabilmente preciso. Non che si lamenti, eh, però... continua a pensare che un po' di "niente liscio" a stemperare gli affanni non le dispiacerebbe, ecco.

Si affaccia nella stanza delle gemelle, dove Marta sta costruendo qualcosa con il cartoncino e Maria sta leggendo...

«*Anna Karenina*?» esclama stupita Alma.

«Sì, la prof di italiano ha detto di leggere un libro durante le vacanze di Natale, mi porto avanti» spiega Maria senza sollevare gli occhi dal tomo.

«E te lo ha consigliato lei?» domanda perplessa Alma, ché per la prima media le pare una lettura di un certo "peso".

«Naaa. Ha detto che potevamo leggere quello che volevamo, esclusi: fumetti, finti libri di youtuber e tutto Geronimo Stilton.»

«E tu hai pensato bene di leggere *Anna Karenina*...» continua a fissarla perplessa Alma.

«Sì. L'ho trovato di là nella libreria. Dal titolo si capiva che la protagonista è una tizia russa, poi ho visto che anche l'autore era russo e quindi quando scriveva sapeva di cosa parlava. È una garanzia, no?» snocciola pratica Maria. «Poi la copertina è bella e il libro è vecchio, ma ha un buon odore.»

«Capisco che tutto questo possa essere un buon incentivo, ma ti piace anche ora che lo stai leggendo?»

«Mmh» annuisce Maria, piuttosto seccata da tutte queste interruzioni «sono arrivata a quando Anna va a Mosca da quel cretino di suo fratello Stiva. Hanno tutti dei cognomi impossibili, eh, ma io ho deciso che li salto, quindi va bene. Mi piace. Ho visto che il libro era tuo, sulla prima pagina c'è scritto ALMA BOERO 4°B. A te è piaciuto?»

«Moltissimo, anche se io la prima volta che l'ho letto facevo la quarta superiore e non la prima media, ma se ti piace va bene, figurati. Poi quando lo finisci ne parliamo, se vuoi» butta lì Alma, che già si aspetta una ventata di polemiche recriminazioni sul conte Vronskij e sul borghese Karenin e su fughe, scelte, treni... Mah, conoscendola, teme che Maria sarà spietata con il povero Lev.

Saluta l'Alfonsina, fa finta di non notare il sopracciglio impennato e gli occhietti da poiana della suocera stretti a infiocinarle la borsa dove ha messo a tacere il cellulare, aneliti di "vivere un po' per sé" e con loro Carlo Messi, chiude la porta e scende giù per via San Pantaleo, con il vento che le sbatte via gli ingorghi mentali, concentrando tutte le sue energie nel camminare attenta a dove mette i piedi e a scansare ciò che le svolazza intorno.

Bene.

Era quello che voleva, no? Un tranquillo pomeriggio di liscia e confortante routine.

Un colpo di clacson la fa trasalire.

Un altro.

Alma ha un vago sentore d'allarme alla base del collo, ma non ha la minima intenzione di farsi depredare dal suo pomeriggio da colf-punto-e-basta, quindi scrolla le spalle e tira dritto.

Un'auto grigio pallido accosta al marciapiede.

Alma allunga il passo.

L'auto la segue, con una manona ossuta che sventola fuori dal finestrino a farle cenno.

Alma fa finta di non vedere.

«Ehi, ma lo fai apposta o cosa?» gracchia la voce di Rosset, che ha inchiodato la sua Citroën e ora la sta rincorrendo con la sciarpa che gli si alza sulla nuca come una manica a vento.

«No, cosa stai facendo tu» lo fissa con i pugni piantati sui fianchi Alma «mi stai pedinando, per caso?»

«Ma figurati, dai, passavo di qui e...»

«Seee, passavi di qui... ma fammi il piacere» alza gli occhi al cielo Alma «via San Pantaleo è l'ultima frontiera prima del nulla, non ci si può capitare, infilarsi per di qua è una scelta voluta e deliberata. Quindi non mi prendere in giro.»

«E va bene, guarda, ti stavo aspettando, sei contenta? Speravo solo di riuscire a convincerti a venire con me dal Rimassa, tutto qui» allarga le braccia Jules, che con il vento in poppa a sbatacchiargli i calzoni sui trampoli ossuti, i capelli flosci sollevati dal cranio e la faccia spigolosa segata in due dal suo solito sorriso sghembo, pare lo spaventapasseri di Oz. Insomma, la situazione potrebbe anche avere dei risvolti esilaranti, scuote la testa Alma, non fosse che ora come ora vorrebbe vederlo sparire risucchiato dal ciclone della strega dell'Ovest.

Ma a gestire gli eventi qui è solo un normale vento di mare, che quindi non impedisce a questo valdostano di agguantarla per un gomito e stivarla in macchina.

Ma non si era detto che lei avrebbe trascorso un tranquillo pomeriggio di consueta routine? sbuffa torva Alma, agganciando la cintura. No, perché se guizzo di vita doveva essere, allora preferiva prenderselo con Carlo Messi, eh, non andando in giro a sturar storie di cadaveri con Rosset, porca di quella miseria.

«Guarda che fra mezz'ora devo essere in via Bancalari a pulire un ufficio» lo avvisa Alma, che al suo lavoro ci tiene e vorrebbe tenerselo stretto.

«Nessun problema» le sorride sghembo Rosset, ancora stranamente pervaso dal buon umore post-decurtamento-cappelli-da-renna al centro commerciale «una sbirciata delle tue ad Arturo Rimassa e alla sua dimora e stop. Per oggi, almeno...» precisa subdolo, parandosi per ogni evenienza.

Ecco, alza gli occhi al cielo Alma, il dramma con Jules Rosset in realtà è proprio questo: per quanto tu dica, pensi e faccia, non riesci mai a scrostartelo via del tutto. Mai.

36

Arturo Rimassa smette di rastrellare le poche foglie secche che hanno osato seguire il naturale corso delle stagioni, cadendo impudiche tra i filari del suo ordinatissimo orto, e osserva la strana coppia che ha davanti.

Strana davvero.

Lui è una *penolla* lunga e ossuta come un pioppo, lei una morbida dea della fertilità con due occhi da tigre in un profilo fiero sbozzato nel mogano. Bellissima.

«Gliel'ho detto, ispettore» scuote la testa Rimassa, appoggiando le mani una sull'altra sul manico del rastrello «non lavoro più alla *Radici & Figli* da due anni, quattro mesi e diciotto giorni. Sono in pensione.»

Arturo stringe le mascelle e fa sparire le labbra: da lui non uscirà niente. Lo ha promesso. Quell'avvocato Bellini è stato chiaro: se Rimassa varcasse ancora la soglia della *Radici* dopo la pensione, metterebbe in guai seri chi lo ha accolto a lavorare quando era ancora un ragazzo e che lo ha trattato per quasi sessant'anni come uno di famiglia. E lui, Arturo, è uno che non dimentica. Poi che Antonio lo faceva entrare a sistemare il magazzino ogni volta che Leonardo e il Bellini non c'erano è una cosa che deve restare fra loro due. Antonio non gli ha mai fatto storie né gli ha mai chiesto di mantenere il segreto, ma per Arturo questa fiducia vale più di un patto di sangue.

«Certo, signor Rimassa, lo so, ma io… noi» gli sorride sghembo il pioppo, sventolando la manona ossuta verso la dea nera che tiene lo sguardo da tigre posato tra i filari del suo orto «siamo qui solo per attingere al suo sapere sulla ditta. Mi ha detto Leonardo che lei "è la memoria storica" della *Radici* e… be', lei sarà a conoscenza di ciò che è accaduto alla *Radici & Figli* l'altra notte, no? Ecco, forse conoscere un po' più a fondo la storia della *Radici* potrebbe aiutare le indagini.»

La dea alza un sopracciglio e resta muta. Nera di pelle e ancora più nera di umore, eh!, nota con una punta di ironia Arturo.

«Ma cos'è che vorrebbe sapere di preciso?» concede Arturo, giusto per non insospettire il pioppo, che in fondo delle cose sue da quando è andato in pensione non gli ha mica chiesto nulla.

«Mah, tutto ciò che le viene in mente, signor Rimassa: aneddoti, il quotidiano in generale, ma anche del cavalier Vittorio, di Edoardo e, perché no, pure di Rodolfo…» lascia cadere con tiepida noncuranza il pioppo.

Arturo stringe gli occhi annegandoli nel reticolo fitto delle rughe.

Cosa diavolo c'entra Rodolfo adesso?

«Se lo ricorda, vero? Il fratello di Edoardo, quello che è sp…»

«Certo che me lo ricordo» lo interrompe secco Arturo «come se lo ricordano tutti qui. Ma non c'è molto da dire: Rodolfo era una testa calda, tutta un'altra pasta rispetto a suo fratello Edoardo e al cavalier Vittorio, Dio li abbia in gloria: loro erano persone di alta rettitudine morale e di buon cuore. Non che Rodolfo fosse cattivo, ma gli mancava la tempra solida dei Radici e così si lasciava trascinare dall'erba *gramma*, dalla malerba, e finiva per fare sempre le scelte sbagliate, a cominciare da quella *grimia* che si era pigliato per moglie…»

«*Grimia* vuol dire magra» spiega Alma in risposta allo sguardo vacuo di Jules «ma il dialetto genovese è infarcito di onomatopee e rimandi figurati. In questo caso la moglie di Rodolfo, oltre a essere oggettivamente magra, be', dal tono credo che il signor Rimassa intendesse dire...»

«Che era una donna secca, dispettosa, maligna e incontentabile» annuisce Arturo, che allora la dea parla ed è pure autoctona, a quanto pare. «Ricca, bionda e anche bella, eh» concede «a chi piace il genere acciuga, s'intende, ché Federica De Ferrari era *ciatta cumme 'na töa*» mima esplicativo Rimassa, passandosi ripetutamente la mano sulla camicia di flanella a piallarsi il petto. «A quei tempi lì usavano femmine senza curve, piatte come una tavola, e comunque per mettere in riga Rodolfo ci voleva altro che una sciacquetta viziata. Infatti poi si è visto com'è finita la faccenda, una gatta morta che ha *imbarlûgato*... sì, insomma, ha fatto perdere la testa anche a chi avrebbe fatto meglio a tenere il mortaretto in saccoccia. Chi dice donna dice danno, con rispetto dei presenti ovviamente» conclude Arturo rivolgendosi alla dea.

«Intende dire che Federica tradiva Rodolfo?» decripta con un certo acume il pioppo.

Arturo oscilla un po' la testa in un omertoso sì\no\forse.

«Ma lei che idea si era fatto, all'epoca, riguardo la sparizione di Rodolfo?» trivella molesto il pioppo.

«Senta, ispettore, se in quarant'anni nessuno ne è venuto a capo un motivo ci sarà, credo» lo fissa sempre a occhi stretti Arturo, mentre le raffiche impetuose del libeccio fanno sbattere i rami, schiacciano a terra le frasche e strapazzano il corpo ossuto di Rosset che comincia a sentirsi trafiggere le ossa dall'umido e si sconquassa in un concerto di tosse cavernosa e greve.

«Vuole che andiamo dentro?» fa strada Arturo, ché il pioppo gli pare maturo per lo stramazzo.

Jules fa di sì con la testa, grato del pensiero, domandandosi come quel vecchio possa starsene lì, indomito e incurante del vento gelido, in camicia di flanella e fruste braghe di fustagno.

Arturo posa il rastrello accanto a una piccola e ordinatissima rimessa, dove si intravede una Fiat Punto datata ma lucida e lustra come un gioiellino, scaffali stivati di attrezzi riposti con organizzazione accurata.

Alma lancia uno sguardo eloquente a Jules, che capta al volo e annuisce: la mano è la stessa. Anche la casa di Rimassa non è che la trasposizione in scala ridotta del rapporto aureo sviluppato nell'ordinata disposizione del magazzino Radici. Alma fa scivolare gli occhi su ogni ripiano, parete, tavolino, lavello, scolapiatti e credenza dalle ante in vetro che mostrano interni in inappuntabile armonia con il resto. Un filo che unisce tutto in un macramè di pieni e vuoti, una proporzione perfetta tra il tutto e la parte, tra la parte più grande e quella più piccola che si ripete all'infinito attraverso infinite suddivisioni, in un profondo senso di pace e di bellezza. Fa quasi impressione.

«Lei vive solo, signor Rimassa?» esce spontaneo a Rosset, che dubita possa esistere un altro essere umano disposto a mantenere – e a sopportare – "finché morte non ci separi" questa mania di sistemazione.

«Sì, solo. Mi son sempre bastato da me. E poi avevo la *Radici*, s'intende» sorride leggero Arturo con sguardo umido d'amante.

Alma allarga appena gli occhi infilandoli in quelli di Jules, ma non dice nulla e continua a guardarsi intorno.

Alle pareti dell'ingresso sono appese tre grandi fotografie incorniciate del magazzino della *Radici*.

«Me le hanno regalate i colleghi quando sono andato in pensione, insieme a un orologio d'oro» spiega Arturo al pioppo e alla dea che si sono fermati a guardarle «quel magazzino è stato la mia vita per quasi sessant'anni...»

«Quindi queste fotografie risalgono a...» si avvicina per osservare meglio Jules.

«Eh, a due anni fa: dalla pensione, appunto!» Proprio lungo e *lusco* come un pioppo, eh, scuote la testa Arturo. Se glielo ha appena detto? Ora si spiega come mai 'sto ispettore ha bisogno di rompere l'anima qui per sperare di andare avanti a scoprir qualcosa. Ma tanto da lui, Arturo Giovanbattista Rimassa, non esce niente: *bucca cuxia*. E sigilla le labbra tra i denti a rafforzare il concetto della bocca cucita.

«Ma lei, signor Rimassa, ci mette ancora mano nel magazzino della *Radici*?» lascia scivolare l'ispettore, con una vaghezza che non si abbina affatto allo sguardo, che di vago non ha proprio niente, anzi!, deglutisce rapido Arturo. Altro che pioppo lungo e *lusco*, questo è venuto qui già con le idee chiare. *Lusco* lui, Arturo, che ha mollato tranquillo gli ormeggi pensando di avere a che fare con un tonno che, tanto tonno, alla luce dei fatti, forse non è.

«Cosa intende con "ancora"?» assottiglia ancora di più gli occhi il Rimassa, soffocandoli nelle rughe e nei cespugli grigi delle sopracciglia.

«Se ogni tanto ci fa qualche capatina, anche se è in pensione, magari solo per nostalgia o per buttare un occhio perché tutto ciò su cui ha vegliato come un padre attento per anni non venga dissestato o pasticciato o...»

«No» lo interrompe secco Arturo «il Bellini ha detto che non ci posso andare. Questione di sicurezza.»

«Capisco. Certo che lo teneva proprio come un gioiello, eh, questo magazzino» sospira il pioppo con il naso appiccicato alla fotografia «dev'essere stato penoso per lei non potersene più curare, non seguirne l'evoluzione, lasciare in mano ad altri la conduzione di quello che era il suo regno, con il rischio che ne stravolgessero l'ordine, la sistemazione, la disposizione cromatica...»

Arturo avverte lo zigomo sinistro fremere come se avesse una cavalletta a saltargli sotto la pelle. Perché il pioppo gli ha appena letto nel cervello manco il suo cranio fosse di gelatina trasparente. E sentirsi scrutare la testa come in una colonscopia non è mai una bella sensazione. Che chissà cos'altro è andato a rivangare, per essere approdato qui, a colpo sicuro e senza colpo ferire.

«Ha presente l'ala est del magazzino? Quella dove non c'erano scaffali con le ante di vetro ma solo...» Rosset fa un gesto ampio con la manona ossuta, a spiegare senza dilungarsi.

«Certo che l'ho presente» lo guarda fisso Rimassa «ci si teneva ciò che non andava più ma che forse poteva servire ancora. Poi c'erano casse, *càntie*... sì, insomma, cassettoni e bauli... era l'unico posto dove lasciavo che si mettessero le cose un po' alla *sanfason*, alla carlona, ecco» snocciola parco.

«I bauli cosa contenevano?» molla liscio il pioppo.

Arturo arriccia i cespugli grigi delle sopracciglia e continua a fissarlo.

«Vecchie bolle d'accompagnamento, soprattutto, e anche altri documenti. Insomma, si stivavano tutti quei papiri che intasavano gli archivi ma che non si osava buttar via per timore che eventuali controlli retroattivi... sa com'è, no?»

«E come facevate a sapere cosa conteneva cosa?» sonda il pioppo.

«Dallo schedario dell'ufficio al piano superiore, che veniva aggiornato ogni volta specificando soggetto e luogo di stivaggio. Ogni contenitore aveva una sigla formata da lettere e numeri. Tutto facilmente verificabile» delucida preciso Rimassa.

«E lei come spiega, quindi, se tutto era così scientemente sistemato e facilmente verificabile, che abbiamo trovato i resti di un cadavere proprio lì, nell'ala est del magazzino?»

Arturo non fa una piega, non si stupisce, non sbatte neppure gli occhi, alza appena le spalle, poi l'indice nodoso con l'unghia sporca di terra verso la finestra.

«Due settimane fa è venuto giù un muretto a secco nelle piane che vede laggiù» indica la collina che freme per lo sventolare d'argento degli ulivi «e tra le radici rimaste scoperte hanno trovato lo scheletro di un'iguana, così almeno hanno detto quelli della forestale. Un'iguana, capisce? Pinaggia, il proprietario, manco sapeva che bestia fosse, ché lui più in là di galline, cani, conigli e qualche capra non ha mai avuto a che fare. Eppure nella sua terra c'era seppellita un'iguana. Le ossa vanno e vengono, ispettore, non è la prima volta e non sarà neppure l'ultima. Proprio come certi morti senza requie, che rispuntano sempre e sembrano non morire mai davvero. Come se nemmeno la morte riuscisse a regalargli un po' di pace.»

Il pioppo lo fissa per un lungo attimo, anche se Arturo si domanda se stia guardando proprio lui o piuttosto qualcosa che cerca di acchiappare oltre – o dentro – di lui e che forse gli sfugge. La dea nera tace, non che abbia brillato di conversazione neppure prima, ma ora tocca il gomito secco del pioppo e gli fa gli occhi come a dire *adescite*, svegliati.

«La salutiamo, signor Rimassa, grazie mille per il tempo che ci ha voluto dedicare e perdoni il disturbo» si riscuote l'ispettore stringendogli la mano «complimenti ancora: il magazzino della *Radici* tra le sue mani era un vero gioiello.»

La dea gli allunga anche la sua, ambrata e morbida, fa un sorriso a 'mo di bianchissimo saluto e si accoda al pioppo.

Arturo tiene aperta la porta perché non sbatta e li osserva tagliare il vento lungo il vialetto e lasciarsi inghiottire dall'auto parcheggiata oltre il cancello.

Una folata di libeccio fa oscillare il lampadario in un tintinnare giocondo di gocce di cristallo, Arturo aspetta che gli si posi sulla lingua quel sapore di terra umida e aria salata, poi chiude delicatamente e lascia il palmo ruvido appoggiato al legno liscio della porta.

Si sente di colpo stanco, ma di una stanchezza che non ha nulla a che vedere con la fatica fisica. È semplicemente stanco di stare qui.

Cioè, non qui riferito all'ingresso di casa sua, ma qui nel senso di *qui*, a questo mondo. Perché di colpo tutto pare essere senza un'utilità, uno scopo, una ragione che gli faccia venire la voglia di ringraziare Dio per un nuovo giorno aggiunto a questa vita.

Insomma è vecchio, ancora in forma, ha vissuto facendo quello che più amava... Ha qualche rimpianto, sì, ma non per le cose non fatte, bensì per altre che forse potevano essere sistemate in altro modo. Ma dicono che il fine giustifica i mezzi e a volte bisogna andarci giù decisi e veloci, per strappare un "meno peggio" che è già un traguardo. Quindi a ben vedere forse non ha neppure quel barlume di rimpianto lì.

Questo non toglie che potendo scegliere vorrebbe andare a dormire e non svegliarsi più, così, senza dare disturbo a nessuno e senza che qualcuno sollevi altre zolle da cui potrebbe uscire roba che... Insomma, certi ricordi, come certi morti, a dissotterrarli ammorbano e avvelenano, ora come allora.

Arturo posa anche lui lo sguardo sulle fotografie: sì, sarebbe davvero bello poter scegliere il momento in cui andarsene, come un sipario che si chiude sull'ultima memorabile esibizione di un vecchio attore, per lasciare il ricordo migliore, per non rovinare tutto sgretolando ciò che si è stati per una vita intera, perché poi va sempre a finire così, eh!, che l'ultima immagine che mostri è quella che ti resta appiccicata addosso.

Per l'eternità.

37

«Due anni 'sto par di ciaspole» ingrana la retro Jules per uscire dal parcheggio «dai, su, un magazzino del genere non può mantenere il medesimo e immutato ordine se a governarlo c'è un'altra testa, non lo pensi anche tu? In due anni sai quanta roba esce e quanta entra?»

«No, infatti, anche se a dirigere il magazzino i Radici avessero messo, come è logico, uno dei sottoposti di Rimassa, dubito che sarebbe possibile» ammette Alma. L'ordine mentale di Arturo Rimassa, questo suo modo di suddividere-collocare-disporre, è una cosa con cui si nasce, nessuno schema preconfezionato e nessuna logica che si possa imparare o studiare a tavolino. La percepisci quando te la trovi davanti, ma non sapresti ripeterla. Lo stesso Rimassa probabilmente lo fa senza quasi rendersene conto, con la medesima noncurante sistematicità con cui uno prepara la caffettiera o si fa la barba sempre allo stesso modo da una vita, e se cambia sequenza o attrezzo ha la sensazione che si sia disassato un equilibrio senza saper spiegare bene il perché. «Lui è uno che deve assecondare il suo immenso e assoluto desiderio di ordine. Sempre. Punto» chiosa Alma.

«Per non parlare di quel suo omertoso divagare sulle ossa e sull'iguana del vicino quando gli ho parlato del cadavere trovato alla *Radici*. Non ha battuto ciglio, immobile e impermeabile come un tronco di baobab. Quindi è ragionevole pensare che Arturo Rimassa, in realtà, alla *Radici* ci vada ancora eccome» ragiona Jules «ma a che titolo? E ci va di nascosto o con il beneplacito dei titolari? Anche se l'avvocato Bellini non mi pare uno che transige, per non parlare di Leonardo, che a naso mi sembra un maniaco del controllo che rasenta la paranoia...»

«Resta Antonio...» butta lì Alma, pentendosene subito.

«Antonio, dici? Mah, non mi ha dato l'idea di essere preso dall'azienda, secondo me non ci si fa vedere molto spesso, però cercherò di sondare anche lì. Già, perché ora io pensavo di andare a casa dei Radici e, cioè, non è che verrest...»

«No» lo recide secca Alma.

«Ma solo per...»

«N-o» scandisce gelida lei «dovevo essere a pulire lo studio di via Bancalari già un quarto d'ora fa. Da Rimassa ci sono venuta, abbiamo appurato ciò che ti premeva, ti ho appena confermato che la disposizione aurea del magazzino può essere solo opera di Rimassa e di nessun altro. Che poi non vedo quanto vice questori, giudici e procuratori possano tener conto delle opinioni di una colf, ma se sei contento tu. Però adesso mi molli qui che dev...»

Il cellulare di Alma squilla attutito dalle profondità della sua borsa, lei infila le mani a frugare e rapida lo tira fuori, ché con quattro figli e una suocera sciancata non si sa mai.

CARLO MESSI.

Il nome lampeggia perentorio e inequivocabile a ricordarle che lei è la bieca codarda che lo ha infilato nella gola profonda della sua borsa e non l'ha più richiamato. Anzi, tutta presa nel suo ruolo da pseudo Fletcher, se n'è pure bellamente scordata.

«Cosa diavolo ci fa Messi sul tuo cellulare?» gracchia stupito Rosset, sbandando pericolosamente sulla destra in un raspo lamentoso di marcia scalata al volo «e soprattutto com'è che ti sta chiamando?»

Alma si volta come se l'avesse morsa una biscia.

«Cosa fai, non ti basta più pedinarmi e infilarmi a forza nelle faccende tue, mi spii adesso?» sibila affilata.

«Ma cosa vuoi che spii, fammi il piacere: il tuo cellulare ha una suoneria che pare la sirena della contraerea» la guarda storto Jules «per non parlare del display, che CARLO MESSI lo hanno letto persino quelli del marciapiede di fronte. Il fatto è un altro: come mai Carlo Messi ti telefona?»

«Ma guarda che sei un bel tipo, eh!» si gira inviperita Alma, tendendo la cintura di sicurezza «si può sapere che ti frega di chi mi telefona, con chi parlo e chi vedo, scusa?»

«Ah, quindi è così, ti vedi con Carlo Messi» esclama asciutto Jules, che non capisce come mai la cosa lo irriti tanto, ma lo irrita tanto. Tantissimo.

«Era così per dire, il classico "faccio cose e vedo gente", e comunque restano fatti miei» sbuffa Alma.

«Per me puoi vedere chi ti pare, ci mancherebbe, ma conosco te e conosco lui, e nessuno dei due che si sia degnato di mettermi al corrente di niente. Manco lo sapevo che vi eravate incontrati di nuovo dopo la faccenda di Nestor ed Elena Koplas...»

«Fai l'offeso ora? Mi pareva che il permaloso delle locali forze di polizia fosse Solari» alza gli occhi al cielo Alma.

«Ti vedi con Messi o no?» glissa sul sarcasmo Rosset, restando sul pezzo con la consueta ostinazione da molosso.

«Ma cosa vorrebbe dire "ti vedi", Jules, mica abbiamo quindici anni, dai...»

«Ora cavilli pure? Cosa vuoi, che mi metta a fare la Crusca del filarino? Preferisci chiamarla relazione, flirt...» stringe gli occhi e la sbircia di sguincio «... amore?»

«Ma sei scemo?» si volta ancora di più Alma, con la cintura di sicurezza che cigola nello spasmo «se lo conosco da nemmeno sei mesi! Amore, ma fammi il piacere.»

«E allora dimmelo tu cos'è» continua a sbirciarla Jules, mettendo la freccia «e già che ci sei dimmi anche come mai non gli rispondi.»

Alma molla un sospiro greve e pianta gli occhi sul parabrezza, torva.

Saperlo, cos'è. Perché lei, a dirla tutta, non ci ha ancora capito niente. Neppure mettendosi lì a vivisezionare la faccenda con freddezza scientifica.

Carlo le piace, e tanto, davvero. Lo trova affascinante, arguto, spiritoso, gustosamente ironico, paziente, curioso, rispettoso dei suoi tempi e dei suoi spazi. Certo, Carlo è anche distratto, disordinato, un po' geloso e fin troppo perspicace, ma sono difetti che stemperano quella patina di lucida perfezione che alla lunga può diventare stucchevole. Ecco, già tutto questo condensato in un uomo solo ha del miracoloso, sufficiente a far capitolare qualsiasi donna pure se a esibirlo fosse uno con le fattezze poco avvenenti di un troll, ma Carlo Messi è anche piuttosto bello. Anzi, bello, ché certi avverbi vengono posti accanto agli aggettivi solo per pudica discrezione. E poi ha un buonissimo odore. Ritrovarselo addosso quando è sola le smuove uno struggimento misto a languore che non si era più palesato dagli anni delle superiori. Imbarazzante e inopportuno, quindi, come ogni cosa legata a quegli anni immondi in cui non tornerebbe mai, neppure per salvarsi la pelle.

E dall'altra parte c'è lei.

Lei, in quanto monolite granitico inscalfibile di puro e concentrato rifiuto a lasciarsi andare. Per non farsi ferire e per non ferire; per la fatica di ricominciare a fidarsi, a far progetti, a conoscersi, a scoprirsi; per il timore della delusione che non sia poi quel granché, che ne valga la pena. O per la paura di perdere il controllo, di farsi ingoiare dalla passione perdendo di vista il resto, dove "il resto" sono i suoi figli e la bolla d'amore doppio – perché deve saturare anche la parte del padre, visto che lui non lo fa – che cerca di tenere ben colma e salda, senza distrazioni o cedimenti.

Poi c'è anche da considerare la questione, non trascurabile, dell'*aspetto*. Cioè di questo corpo che non ha più il teso turgore di dieci anni fa, che si sente stupida e vanesia a pensarlo, ma è così. Sono dieci anni che non si spoglia davanti a un uomo, visto e considerato che il suo medico è una donna. Quindi sono dieci anni che non ha il riscontro dell'effetto del suo corpo nudo nello sguardo di un uomo. Non sa se sia ancora bella, desiderabile, seducente, accettabile... preferisce tenersi il dubbio che leggere la delusione o l'indifferenza che la farebbero percepire ancora meno donna di quanto si senta.

Perché è questo che le manca da tanto, troppo tempo: sentirsi una donna. Lei è mamma, nuora, amica, figlia, nipote, cugina, ex moglie... ma donna ha smesso di esserlo quando tutto il resto gliel'ha estirpato via per dare spazio alle priorità contingenti. Non se n'era mai accorta, poi Carlo l'ha guardata con quello sguardo lì e... gliel'ha sturata fuori così, senza preavviso e senza che lei sapesse più bene che farsene. E basta un niente a rispedirla negli abissi dell'oblio. Per dire che, ora che finalmente ha fatto capolino dopo tanto tempo, un po' le dispiacerebbe.

Ecco, tutto questo malloppo di variabili ha un peso specifico immane e letale che la schiaccia, le azzera ogni sicurezza, rendendola incapace di decifrare e dare un nome, o una parvenza di collocazione, a ciò che prova.

«Non lo so» risponde a Jules e alza le spalle.

«Eh?» la guarda lui, allibito «com'è possibile, scusa, o il "non lo so" era riferito al rifiuto di parlargli al telefono?»

«Una cosa è consequenziale all'altra: non sono in grado di capirmi e di capire cosa provo, quindi...» sbuffa Alma, a disagio come in quei sogni dove ti vedi girare in mutande per le vie del centro.

«Quindi non rispondi alle sue chiamate... Certo, mi pare davvero un'ottima soluzione alternativa. Comoda, soprattutto» dipana, con neppure troppo velato sarcasmo, Jules.

«Ma si può sapere cosa vuoi da me?»

«Io non voglio proprio niente» spegne il motore Jules «mi pareva che il problema fosse il cosa vuoi *tu*.»

Surreale. Alma proprio non si capacita di trovarsi lì, nell'abitacolo surriscaldato di una vecchia Citroën, con un poliziotto valdostano che le fa il terzo grado sulle sue esitazioni amorose... no, dico, ma si può?

«Ascolta, Jules, hai conosciuto Carlo, sai che è una persona piacevole con cui si sta volentieri. Molto volentieri. Troppo volentieri. Insomma, non so neppure perché sto qui a parlare con te di cosa faccio o non faccio quando non sono occupata a star dietro ai figli, al mio lavoro e a un ispettore che mi infila a forza nelle faccende sue. Quindi piantiamola qui che devo andare a pulire lo studio di via Bancalari.»

«Siamo già in via Bancalari» mostra Jules, puntando l'indice contro il parabrezza «e io volevo sol...»

CARLO MESSI esplode di nuovo sul display del cellulare di Alma, che squilla e vibra saltellandole sulle gambe.

Jules lo arpiona con le sue dita ossute, veloce come la lingua di un camaleonte.

«Salve, Carlo... sono Jules, sì... sono qui con Alma, gliela passo subito, eh» sorride storto agli occhi larghi e furiosi di lei «coglievo solo l'occasione per domandarle una cosa che riguarda l'indagine in corso: c'è qualche dentista qui nel Tigullio che per le otturazioni adopera la vecchia amalgama, sa, quella antecedente il 2001? ... ma certo, alle diciannove nel suo studio sarebbe perfetto, mi porto dietro i referti dell'anatomopatologo così le faccio vedere, grazie mille Carlo. Ecco, ora le passo Alma, che è qui che freme...»

Alma lo fissa con le mascelle serrate e uno sguardo così truce che a Jules pare di avvertire un certo calore misto a leggero crepitio, tipo le avvisaglie di una combustione per incenerimento.

«Ciao Carlo» sospira Alma, domandandosi se le darebbero delle attenuanti nel caso decidesse di seguire il suo impulso di stendere a borsate un ispettore di polizia invadente e indiscreto «... va bene. Alle otto e mezza, sì. A stasera, ciao» poi slaccia la cintura, apre la portiera e sibilando un «non mi cercare più. Per me sei morto» la chiude con un colpo secco e si fa inghiottire da un portone verde con le maniglie d'ottone.

Jules resta un attimo lì, indeciso se seguirla a chiarire e chiedere scusa o aspettare che le passi. È che a lui le discussioni e i chiarimenti proprio... insomma, di base lui rifugge da ogni discussione, da ogni chiarificazione, da qualsiasi cosa che possa generare nel suo interlocutore uno scompenso emotivo. Tendenzialmente è più per la filosofia del "prima o poi si aggiusta": aspetta paziente che i toni si smorzino, che il tempo stemperi la virulenza, che la memoria sfochi i contorni, per poi riprendere tutto come se non fosse successo niente. C'è da dire che come tattica non sempre funziona, eh, che c'è qualcuno a cui il tempo non affievolisce un tubo di niente e la cui maledetta memoria eidetica lascia immutata e rancorosa la rievocazione, e che quindi continua a essere arrabbiato con lui e ad aspettarsi cose. Ma Jules pensa anche che non essere amato da tutti – o essere odiato da molti – in fondo fa parte dell'ordine normale della vita, una specie di selezione naturale, ecco. Per cui se ne fa una ragione e stop.

Certo, con Alma è diverso.

Innanzitutto non ha idea di quanto potrebbe durarle l'arrabbiatura, ma per quanto possa essere breve non lo sarà mai abbastanza da permettergli di usarla nel caso Radici. E questo potrebbe essere un problema.

E poi ad Alma tiene molto e non vorrebbe proprio che facesse parte di quella cerchia che si autoelimina per selezione naturale.

Quindi?

Sbuffa.

Ma perché si è messo in mezzo? Da cretino, tra l'altro... Se Alma si fidanza con Messi non potrà continuare a portarsela dietro come gli pare, già adesso non è semplice, figurarsi da fidanzata\ impegnata a fare altro, con magari la testa fra le nuvole...

Ma si può essere più deficienti di così? Lei titubava e lui, a Messi, gliel'ha servita su un vassoio d'argento! Che poi non sa spiegarsi come mai, ma la cosa gli dà anche un po' fastidio. Un bel po', anzi. Ma non che sia geloso in *quel* senso. O forse sì.

Ci pensa su.

No, no, è solo geloso perché lui Alma l'ha vista per primo, perché con lei ci sta bene, perché è uno dei pochi amici che ha qui e perché non ha voglia di sentirsi a disagio solo per il fatto che lei deve rendere conto di lui al suo uomo. Cacchio, veniva così bene il fatto che fosse separata, la condizione ideale, e ora sente di aver rovinato tutto.

Merde de la vache putain.

38

«Certo che oggi hai proprio una faccia salubre e serena, eh, sputato identico a Nosferatu, però con i *cabbasisi* girati» lo accoglie Calabrò, scrutandolo da sopra gli occhiali posati sul naso.

Occhiali bordati di rosso acceso, da presbite modaiolo, registra con malcelata bile Rosset, che i *cabbasisi* ce li ha girati sul serio e non ne fa mistero.

«Allora? Come stai?» domanda Calabrò.

«Bene» cala laconico Jules, abbandonandosi sulla poltroncina di plastica in uno scricchiolare nefasto di giunture.

«"Bene" 'sta benemerita minchia» cala, un po' meno laconico, Calabrò «c'è solo da valutare se è il fisico ad aver preso il sopravvento sull'umore o viceversa.»

«Viceversa, credo. Fino a due ore fa stavo meglio, poi mi sono messo in mezzo a una faccenda che... vabbè» sospira mesto Rosset «ho fatto un casino. Colpa mia. Però devo dire che le tue pastiglie di melacosa lì...»

«Melaleuca» gli viene in aiuto Calabrò, posando la penna e piantandogli in faccia quei suoi occhi azzurro-alieno.

«Ecco, quella! Qualcosa hanno fatto, mi pare. Insomma, tossisco meno e non sento più scorrere lava bollente nello sterno ogni volta che respiro. Lo ritengo un salto di qualità non da poco. Certo, starsene fuori sbatacchiato dal vento umido, senza il conforto di una bevanda calda o di una tana tiepida, non aiuta. Ma ti ho interrotto, stavi scrivendo il referto del cadavere della *Radici*?» domanda Jules occhieggiando i fogli, senza riuscire ad astenersi dal rilevare che la scrittura tonda e disciplinata di Orlando Calabrò pare più da maestrina elementare del primo dopoguerra che da medico con zampone irsute, tatuaggio metal e coda grigia a penzolargli tra le scapole. Poi riflette che la sua è un'associazione mentale così intasata di luoghi comuni da autoinfliggersi un brivido di disgusto.

«Sì, Jules, grosso modo contiene tutto quello che ci siamo già detti e cioè che si tratta di un maschio caucasico, dai trentatré ai trentacinque anni, a giudicare dal suo insieme, ma senza alcuna certezza, perché come ti raccontavo ieri sera sulle ossa bruciate l'età non è verificabile neppure con indagini al radiocarbonio, per cui ti devi fidare solo della mia esperienza. Confermo che il nostro amico ha subìto una frattura decisamente importante allo sfenoide del cranio in età adulta, da inquadrare con ogni probabilità come causa della morte. Con frattura importante intendo che lo sfondamento è avvenuto in maniera assai decisa, con un corpo contundente di un certo spessore e peso, questo per circoscrivere il possibile aggressore – per quanto restiamo nella sfera della pura ipotesi – a qualcuno dotato di una certa forza fisica. Ecco, l'altra frattura invece, quella al piatto tibiale riportata in giovane età, potrebbe forse essere utile per risalire all'identità del morto insieme a quest'altra cosa che ora ti dico.» Orlando si alza e porta la sua mole da rugbista fino a un tavolo sormontato da una grossa lente con il braccio snodabile. «Ecco, guarda anche tu, questo è il ponte dentale del nostro amico. Vedi quel segno inciso in alto a destra?»

«Sembra una sigla...» mette meglio a fuoco Rosset «L... M?»

«Il tuo amico dentista l'hai mica sentito? Perché secondo me qui si potrebbe arrivare a qualcosa. Questo è un ponte che si faceva anni fa e che qualcuno potrebbe adoperare ancora adesso come passaggio provvisorio prima dell'impianto osseo vero e proprio... non so, mi sono fatto persuaso che si possa risalire al dentista che glielo ha messo in bocca. Ho cercato su Internet ma come sospettavo non è venuto fuori nulla, queste son faccende che si conoscono nell'ambiente, non so se mi spiego.»

«Lo vedo stasera» annuisce mesto Jules, punto dalla dolorosa associazione Carlo Messi-Alma.

«Perfetto. Ti ho messo tutte le foto nel referto, i risultati del laboratorio confermano che la composizione dell'amalgama è compatibile con quelle antecedenti al 2001. Resta da vedere se il nostro amico se l'è fatte prima del 2001 o se è paziente di un dentista molto –troppo – vecchia maniera. Se c'è qualche collega di questo tipo il tuo amico dentista lo sa, stanne pur certo. Però tu hai lo sguardo di uno che ha già le idee chiare su ciò che pensa di trovare... Sempre riferite al Rodolfo sparito nel 1972?» lo scandaglia Calabrò, penetrandolo con il suo azzurro alieno.

«Sì, in effetti è un bel po' che mi ronza» ammette Rosset, sfregandosi il mento con una mano, «ma il mio ronzio viene fulminato dal vice questore con lo schiacciamosche, se non glielo servo strutturato da inconfutabili e tangibili prove. Considerato poi che andrebbe a dissotterrare gli scheletri, e non è un modo di dire, di una delle famiglie della *noblesse* chiavarese che il Castelli venera quasi come se stesso. Anzi, devo subito andare da lui a dargli in pasto qualcosa per tenerlo buono, prima che mi sguinzagli contro le alte sfere. La faccenda della scritta araba pseudo-minatoria trovata sul muro della *Radici* lo ha messo in uno stato di totale agitazione che ho paura di trovarmi la DIGOS tra capo e collo senza neppure passare dal "via".»

«Ah, già, la famosa scritta...» ridacchia Calabrò «pure a me lo disse stamani al telefono, perché lo sai che ti ha cercato pure qui, vero? Matto era, ma l'ho tenuto buono, ché la parlantina non mi manca. Però anche tu, scusa se te lo dico eh, con questa tua linea d'azione che vive sullo scantonare e basta, non è che ti metti in buona luce. E poi mica devi andarci in vacanza, assieme al vice questore, basta solo allungare il brodo di quel poco che hai, dargli un po' di quello che vuole e lui non ti rompe più. Lo so che Castelli ha il terrore di pestare i calli a chi conta, ma di sicuro non è un cretino se è arrivato dove è arrivato, sa che vali e si fida di te. E se tu invece di andarci giù come una ruspa e di fare tutto di testa tua lo aggiornassi un po' come si deve sulle indagini, gli lasciassi il tempo di metabolizzare e capire dove vorresti andare a parare… Ma ai corsi per ispettore capo non vi han parlato dell'importanza dell'empatia? Che tu ce l'hai, eh, altrimenti queste intuizioni col cavolo che ti verrebbero così come cagare, però devi focalizzarla anche nei rapporti sociali. E, credimi, hai da lavorarci su assai. E non solo con il vice questore.»

Jules incassa e risponde con un vago oscillare di testa. Stesso cazziatone che gli ha fatto stamattina la Fabiani. Il bello è che lo sa, porca di quella vacca, ma invece di migliorare pare scivolare sempre più nella china dell'umor selvatico, in ogni campo. Guarda che cosa è riuscito a combinare poco fa con Alma, in soli quattro minuti netti!

«Bene, ora che ti ho fatto il predicozzo, non ci restare offeso e raccontami della scritta.»

«Una semplice virgola che ha cambiato il corso degli eventi: da un "Vai giù Occidente" a un "Vai giù, a occidente" di carattere più temperato.»

«Si tratta solo di un'indicazione, quindi, nessuna minaccia e nessun collegamento all'incendio e all'esplosione» scuote la testa Calabrò «vedi come la mente appiccica un senso tutto suo alle congetture? Scritta araba, abbinata al chiaro simbolo religioso cristiano di una *Radici* che esplode in un incendio, e per di più sotto Natale. Di questi tempi cosa ti aspettavi, ispettore, era un sillogismo inevitabile, no? Però questo non annulla il problema di aver trovato i resti di un cadavere alla *Radici*. Come è del tutto aleatoria la percezione del "peggio", eh? Ora il cadavere carbonizzato, che in tempi normali si presenterebbe come una bella rottura di minchia, diventa quasi un sospiro di sollievo rispetto a quello che poteva essere con il carico della scritta minatoria! Quindi hai deciso di scavare per avvalorare la tua ipotesi che si tratti del corpo di Rodolfo?»

«Guarda che è un'idea che mi è montata così, solo a seguire uno dei pochi fili, forse l'unico, che mi pareva potesse essere il bandolo di qualcosa. È un'ipotesi non supportata da alcuna prova e a pensarci bene risulta anche abbastanza campata in aria, ma chissà perché non riesco a togliermela dalla testa» sospira Jules. «Il corpo potrebbe essere di Rodolfo Radici come di qualcuno che lui ha fatto fuori in quel fatidico aprile 1972, da qui la sua scomparsa tattica a salvaguardia del buon nome della famiglia.»

«Quanti anni avrebbe avuto Rodolfo al momento della scomparsa?»

«Trentadue, due in meno di Edoardo.»

«Collimerebbe con l'età approssimativa che ho dedotto dall'analisi e pure con la faccenda delle otturazioni ai denti. Certo, restano ipotesi, ma perché non ne parli con il procuratore? Mi sembra una tipa di tutto rispetto e con le rotelle che girano come si deve, secondo me dovresti andare da lei...» butta lì Calabrò.

«La Ferrero sì, è in gamba, lo so, però preferisco setacciare ancora un po' la signora Radici e Messi, il dentista, giusto per non gettar la bomba e poi scoprire che invece è solo un'idea balzana senza costrutto e fondamento.»

«Qui c'è il fascicolo con tutto.» Orlando gli allunga il plico spesso di fogli e di fotografie. «Lo so, è un sacco di roba, è la contraddizione insita nel referto autoptico basato sul poco: meno elementi su cui lavorare disponi, più ne hai da ipotizzare, valutare, prevedere. Ah, c'è un'altra eventualità che non mi sento di escludere riguardo le possibili cause della morte, e cioè che a sfondare il cranio del nostro amico sia stato un qualcosa che gli è caduto addosso: un oggetto pesante, una trave, una statua di bronzo, un crocifisso...» Allarga le braccia in un'apertura alare da pterodattilo, a denudare tutta la sua impotenza. «Resta il fatto che, se anche fosse morto per un incidente, lì alla *Radici* nessuno lo ha reso noto, anzi, ce lo hanno seppellito. Insomma, da qualsiasi parte la guardi, questa storia sempre poco chiara rimane. Per il resto che dire: auguri!»

«*Mgrfh*» grugnisce affranto Jules.

«Ah, prendila anche domani la melaleuca e poi fammi sapere come stai, ché la faccia da Nosferatu non è esattamente quella che contavo di vederti dopo la dose da cavallo che ti ho fatto ingoiare tra ieri e oggi» lo squadra clinico Calabrò.

Eh, Nosferatu!, sbuffa Jules, vorrebbe vedere lui a girare come un indemoniato tutto il giorno: magazzino *Radici*, centro commerciale, Rimassa, poi qui a patologia, ora si infilerà nell'ufficio del vice questore, poi Villa Radici, poi il Messi, in un dentro e fuori, caldo freddo, vento e riscaldamento... altro che melaleuca!, un miracolo di Padre Pio gli ci vuole per guarire.

39

«E tu che ci fai qui?» Jules fissa il testone rosso e arruffato di Solari con un certo sgomento, ché non fosse per la mole massiccia del suo sovrintendente a ostruire tridimensionalmente l'ingresso del suo ufficio, penserebbe di trovarsi faccia a faccia con un'apparizione.

«E niente, tu non mi hai visto» sussurra guardingo Solari, cercando di occultarsi dietro l'attaccapanni.

«Ma cosa ci fa lui qui?» insiste Rosset, rivolgendosi ora alla Fabiani che scuote la testa e non commenta.

«È che non dovrei essere qui, mi hanno dato mutua fino al quattordici, ma...» Solari controlla il corridoio, chiude veloce la porta e si abbandona sulla sedia. «... ma non ne potevo più di stare sigillato in casa con i miei figli reclusi pure loro. Lo sai cosa diventano tre creature dai quattro agli undici anni dopo la detenzione costrittiva di un'intera settimana? No, non credo proprio che tu ne abbia idea, anzi, nessuno ne ha. O almeno io non l'avevo prima che si verificasse questa congiunzione astrale, o punizione divina, che li ha visti ammalarsi in quasi contemporanea e me con loro. Una roba da mordere i muri. E poi dovevo farvi vedere una cosa. Mia suocera ha l'intera raccolta della *Domenica del Corriere* dal 1946 al 1989, così mi sono fatto portare i numeri relativi all'epoca della scomparsa di Rodolfo Radici, e per tenere impegnato il figlio più grande l'ho messo a spulciare gli articoli. Ed è uscito qualcosa: in un numero del febbraio 1972 si parla di un furto alla *Radici* perpetrato da ignoti e con rocambolesca abilità, insomma la mette giù come se fosse una cosa alla *7 uomini d'oro*, una roba da film insomma.»

«Febbraio, dici?» stringe gli occhi Jules «e ad aprile Rodolfo sparisce…»

«Esatto. Poi ovviamente c'è tutta una serie di articoli che riguardano la sua scomparsa, la pista della lotta armata, l'ipotesi di rapimento, di fuga… per poi svaporare piano piano fino al completo silenzio e più nessun accenno alla faccenda. Esattamente come ti ha raccontato la suocera della Boero, lo so» ammette con una punta di fastidio Solari.

«Pensa che Rodolfo fosse implicato nel furto?» domanda la Fabiani.

«Perché rubare in casa propria? Era socio anche lui della *Radici & Figli*, insieme a Edoardo…» ragiona meditabondo Jules «a meno che per qualche motivo non avesse bisogno di liquidi e i suoi gli impedissero di fare man bassa nel patrimonio di famiglia. Si parla ancora del furto? Nel momento in cui Rodolfo scompare, intendo.»

«Niente, ci avevo pensato anch'io» scuote il testone Solari «nessun riferimento, neppure un velato accenno, però il giornalista che aveva redatto l'articolo sul furto da quel momento non compare più nella redazione del giornale…»

«Tipo rimosso in relazione all'articolo? Può essere. Tutto a tacere. Sempre. Troppo.»

«A proposito, mi auguro che lei invece abbia parlato con il vice questore Castelli…» lo guarda seria la Fabiani.

«Uscito ora dal suo ufficio» la spiazza Rosset «e sono stato anche molto garbato ed estremamente accomodante. Gli ho chiesto scusa, ho spiegato le motivazioni e argomentato le mie perplessità.»

«Ah, sono colpita. E lui?»

«Non saprei dire, era talmente su di giri per lo scampato pericolo di attacco ISIS in località Maxena che secondo me non ha sentito un accidenti di quello che dicevo. Ma non importa, ciò che conta è aver ottenuto così un lasciapassare per muoverci in autonomia fino a che non gli si smorza l'entusiasmo. Quindi sbrighiamoci. Del nuovo magazziniere che mi sai dire?»

«È molto giovane, "allievo" del Rimassa e impiegato part-time» spiega la Fabiani. «Nella parte del magazzino dove abbiamo trovato i resti in realtà non ci va mai nessuno, ogni cinque anni venivano portate lì le scartoffie che non ci si fidava a eliminare, se ne è sempre occupato il Rimassa, anche l'ultima volta, che risale però a circa tre anni fa, a detta delle segretarie. Tra l'altro ora la maggior parte di quei documenti ha un'archiviazione digitale, riducendo al minimo la suddetta produzione di scartoffie. Per dire che il nuovo magazziniere lì non ci è mai andato, neppure per curiosità, pare. È anche arrivato il referto dei vigili del fuoco, in sostanza non è stato possibile chiarire se si tratti di incendio doloso o colposo: il fuoco è partito vicino a uno scatolone che conteneva vecchie capsule a gas da inserire in candele votive cave. In pratica erano finte candele in plastica opalescente o in paraffina che facevano da guscio» mostra la Fabiani, schizzando veloce un disegno «in cui si inseriva una capsula a gas con lo stoppino. Le candele parevano vere ma non si scioglievano mai, bastava cambiare la capsula una volta terminato il gas. Questo evitava di macchiare le tovaglie dell'altare con la cera colata. Poi, per ovvi motivi di sicurezza, i candelotti a gas sono stati soppiantati da serbatoi cilindrici di vetro con stoppino, rimpinguati periodicamente con olio combustibile. Ma dato che in Liguria siamo famosi per il "*nu se caccia via ninte*", l'inossidabile "non si butta via niente", i candelotti a gas sono stati stivati in quella terra di nessuno dell'ala est del magazzino. Autocombustione? Dolo? Lì c'erano anche scatole di candele rotte e matasse di vecchi stoppini incerati, più i bauli ripieni delle sopracitate scartoffie... fato maldestro o calcolata premeditazione? Il botto dell'esplosione è stato provocato dal gas dei candelotti surriscaldati. Come avevamo ipotizzato, nonostante l'incendio sia partito da quell'ala, per poi invadere tutto il magazzino, qualcosa o qualcuno ha soffocato proprio lì le fiamme con della terra, prelevata da un sacco di terriccio trovato all'esterno, accanto alla finestrella aperta a vasistas. Insomma, siamo risaliti a candelotti, scartoffie, stoppini, e soprattutto al cadavere, solo in virtù di quella terra... e del tempismo dei vigili del fuoco, ovviamente.»

«Ipotizzando che il corpo sia davvero quello di Rodolfo, chi poteva avere interesse a ucciderlo e soprattutto a nasconderlo lì, per tutto questo tempo, per poi decidere di inscenare un incendio per far sparire ogni traccia? E perché proprio adesso?» Jules infila la mano tra il ciuffo che si affloscia pendulo sulla fronte. «No, voglio dire, non facevano prima a caricarselo fuori e a tumularlo tra le fasce che sono lì intorno? Se anche veniva dissotterrato da qualche bestia e le ossa tornavano alla luce, difficile pensare a Rodolfo, non vi pare? O gettarlo in mare, o mille altre opzioni che non fosse tenerlo lì, in un magazzino, alla mercé di chiunque. Perché in questo macchinoso progetto io leggo solo la ferma determinazione a nascondere. Nascondere a prescindere, come se le supposizioni e le maldicenze non si avvicinassero neppure lontanamente all'atroce verità, capite?»

«Un "meglio così che peggio"?» prova a dedurre Solari.

«Esatto. Ma da parte di chi? Da Rodolfo stesso che ha ucciso qualcuno che lo ricattava, e la famiglia ha pensato bene di fagocitarne il corpo alla *Radici* nel silenzio più totale e far sparire Rodolfo all'estero per evitare altri guai? Oppure qualcuno della famiglia stessa, che ha ritenuto più salutare eliminare una mina vagante come Rodolfo, che rischiava di comprometterne il buon nome nella società e nelle alte sfere ecclesiastiche? Ma anche in questo caso chi? Il fratello o il padre o la madre, in una trama da tragedia greca?»

«Mah, quasi quasi era meglio lasciare che la scritta araba minatoria facesse il suo corso e mollare alla DIGOS il compito di sfangare questo merdaio» scuote il testone Solari «perché non c'è niente di più immondo che andare a disseppellire segreti tumulati da più di quarant'anni con il beneplacito degli inquirenti e delle alte sfere ecclesiastiche. Per dire che è come cercare di sfondare un muro di gomma che ti rimbalza ogni volta al punto di partenza.»

«Dipende» stringe gli occhi Rosset «dipende...»

Perché lui ha due frecce al suo arco: la certezza che Arturo Rimassa custodisca più segreti di ciò che vuol far credere e l'evidenza che Antonio Radici conviva con un segreto decisamente scomodo e imprudente.

E poi ha la Mavi, ovvio.

40

Si avvicina alla finestra e la vede.

Sta camminando avanti e indietro sulla ghiaia del parco e controlla qualcosa sul cellulare. Di colpo il vento le fa scivolare una ciocca sugli occhi e lei con un gesto liscio se la passa dietro all'orecchio.

Lui per un attimo vorrebbe essere quelle dita, poter toccare quando vuole quei capelli biondi e sottili, lievi come le ali di una farfalla.

O forse lo vorrebbe solo perché sa che non può.

Antonio appoggia la fronte al vetro gelido. Si deve mettere in testa che qualcosa deve cambiare. Lui fra quattro mesi, quattro!, deve sposare Maddalena.

Ecco, già quell'ultimo "deve" che gli è uscito fuori invece di un più consono "vuole" sarebbe un valido argomento per una tesi in psicologia.

Continua a lasciare fronte e occhi incollati al vetro.

Andreina infila il cellulare dentro alla borsa e fa tre passi veloci a raggiungere la sua auto, con il vento che le incolla la gonna alle gambe.

Cazzo.

Deve. Fare. Qualcosa.

Ma in vita sua è sempre stato più bravo a "evitare di", l'iniziativa non fa parte del suo bagaglio genetico, ormai lo ha capito.

Forse aspetta solo che lo faccia Andreina.

O che a decidere siano gli eventi, tipo Maddalena che lo lascia dall'oggi al domani perché si innamora del suo insegnante di pilates. O Leonardo che scopre che razza di bastardo è suo fratello e gli spacca la faccia.

Ma alla fine non succede mai niente e lui lascia che le cose si srotolino in qualche modo da sé.

Una figurina asciutta e nervosa entra nel suo campo visivo.

È sua madre, che riesce a irritarlo già così, solo a guardarla a due piani e un poggiolo di distanza.

La Mavi zampetta rapida per raggiungere Andreina e dirle qualcosa, poi fa dietro front e mentre rientra in casa, chissà mossa da quale dio, destino o sciagura, alza lo sguardo.

E lo vede lì, con la fronte appiccicata al vetro e la faccia di uno che tutto vorrebbe fuorché essere visto lì.

La Mavi lo scruta per un attimo lungo come una morte per dissanguamento, poi abbassa la testa e sparisce su per la scalinata.

Antonio invece resta a guardare l'auto di Andreina che scivola lungo il viale fino a che non viene inghiottita dai rami frondosi degli eucalipti.

Niente.

Non gli resta che aspettare.

Cosa, non lo sa. Qualcosa sarebbe già abbastanza.

41

Il vento ha mollato così, di colpo, come se qualcuno avesse spento un interruttore, lasciando un cielo terso acquerellato di nuvole violette e sfilacci purpurei. Jules chiude la portiera e si ferma a guardare la striscia di mondo che gli si apre dall'alto della circonvallazione: la lastra scura del mare, il profilo netto del promontorio, il mosaico di tetti e facciate, il nastro dell'Aurelia con le luci tremolanti dei primi lampioni che cominciano ad accendersi, la collina segmentata dalle fasce chiare dei muretti e dall'argento degli ulivi... uno spettacolo, tutto pare lustro e brillante, come se il vento avesse spazzato via polvere e ripulito angoli meglio della più efficiente delle colf.

Jules sbatte gli occhi.

Merde.

Perché l'immagine di Alma lo infilza fulminea atterrandolo con una stoccata più affondo.

È che proprio gli dispiace, ecco. Al pensiero che si sia arrabbiata, di aver esagerato, di aver superato quel limite sottile che separa la confidenza dall'invadenza, insomma di aver incrinato, o ancor peggio rotto, la loro amicizia, gli monta un avvilimento che uffa, ma anche lei però, prendersela subito così! Lui in fondo ha solo agito di impulso, per salvarla da un'impasse evidente da cui lei non riusciva a uscire... o forse non voleva, gli sale ora il dubbio. E comunque lui ha sbagliato, su tutta linea. Ma perché mettersi in mezzo, porca vacca?, per darsi la zappa sui piedi tra l'altro, ché un'Alma fidanzata non è affatto una condizione pratica. Cretino, cretino, cretino. Il risultato è che ora ha un'Alma furiosa con lui e gettata, sempre da lui stesso medesimo – imbecille fino in fondo – tra le braccia di un affascinante e irresistibile Carlo Messi. Perché ammettiamolo, se Jules fosse una donna ci si fidanzerebbe pure lui con uno come Messi, Alma ha solo bisogno che le cadano le cataratte delle remore costrittive. Cosa che con ogni probabilità succederà in virtù della sua odierna inopportuna intromissione.

Insomma, si sente come se gli avessero scippato da sotto il naso la macchina perché ci ha lasciato le chiavi dentro.

E non è una bella sensazione.

Jules lascia ancora che lo sguardo vaghi al mare sempre più nero e al cielo sempre più viola, al ritaglio chiaro della villa dei Radici che, con le sue persiane rosse, il bovindo illuminato, la torretta con le lucine, pare il compendio scenico di ogni bigliettino illustrato di Natale, per non parlare del profumo del parco, che impregna l'aria di legno umido, pino ed eucalipto, in uno struggimento di nostalgico languore…

Si sta rammollendo.

Non va bene.

Anche perché alla luce dei fatti è biecamente dilaniato tra l'augurarsi un'Alma fidanzata e felice e lo sperare che la faccenda con Messi si smonti ancor prima di nascere, a ristabilire tutto esattamente com'era sei mesi fa. Ovviamente è ben consapevole di raccontarsi che per Alma lui vuole il meglio, quando in realtà quel che desidera ardentemente è che questo meglio si manifesti all'interno della seconda opzione e non della prima.

Quindi è inutile che faccia il sentimentale a sdilinquirsi in crepuscoli, cieli e profumi: è una carogna, punto.

E il rilevarlo lo abbatte ancora di più, sospira mentre bussa col batacchio di ottone di Villa Radici.

* * *

«*Sigvniora* arriva subito» lo introduce la matura valchiria, precedendolo lungo il salone con il suo minareto di boccoli che pare refrattario a qualsiasi oscillazione o forza gravitazionale.

«Grazie. Lei è Galina, vero?» attacca discorso Jules, producendosi in uno dei suoi sorrisi storti.

La matrona lo fissa per un attimo, probabilmente a valutare se sia opportuno dare confidenza a questa pertica ossuta e stazzonata dal ghigno sbilenco. Poi deve persuadersi che sì: per quanto poco rassicurante, si tratta pur sempre di un ispettore di polizia, quindi annuisce compunta.

«È da molto che lavora per la famiglia Radici?»

Galina inarca appena un sopracciglio, che trovi la domanda inopportuna è lampante. «Sì. Io dama di compagnia di *sigvniora* Mavi da molti anni» risponde quindi, asciutta.

«Per cui conosce bene anche Leonardo e Antonio» non si lascia smontare Jules, seguendola nello stesso salotto del giorno prima, quello con le poltroncine azzurre da Umpa Lumpa che lui sa di dover evitare, di default, costi quel che costi.

«Certo che conosco signorino Leonardo e signorino Antonio» esclama Galina, con il tono allibito che si riserva alle domande stupide «loro hanno appartamento qui in questa villa e scendono sempre da *sigvniora* Mavi. È famiglia molto stretta, unita, dove figli si preoccupano di genitori» ci tiene a evidenziare.

«Immagino, sì» sorride ancora più sghembo Jules. «Anche Andreina, la moglie di Leonardo… anche lei immagino sia molto unita a *tutti* i componenti della famiglia» calcando volontariamente su quel "tutti".

«Certo, anche *sigvniora* Andreina, ci manca» concede con magnanimo sussiego Galina.

Che Andreina le stia sull'anima è, pure in questo caso, lampante. Però Galina non pare aver colto la velata allusione racchiusa in quel "tutti" di Rosset, né sembra sulla difensiva come ci si aspetterebbe da lei se Jules avesse sfiorato un tasto dolente come un intorto amoroso tra cognati. Probabile che davvero nessuno sappia della tresca.

«Lei sa cos'è accaduto l'altro ieri notte alla *Radici & Figli*, vero?»

Il minareto di boccoli ha un inaspettato smottamento. «Mariaverginebenedetta, sì» si fa veloce il segno della croce Galina, lanciando gli occhi al cielo «fuoco, ossa, morti che tornano dall'aldilà... sono cose di Apocalisse» scuote costernata il minareto, con un altro rapido segno di croce «e loro famiglia così buona, così a timor di Dio. *Sigvniora* Mavi dice di no, ma questi sono segni che parlano!»

«E cosa direbbero secondo lei questi segni, Galina?»

«Che Dio combatterà con fuoco che scende da cielo a divorare esercito del Male e che morti non saranno più morti, ma si aprirà Libro della Vita dove sono scritti tutti secondo le loro opere e chi è giusto vivrà e chi non è giusto morirà di seconda morte e verrà gettato in stagno di fuoco. Capisce?» elenca sulle dita Galina.

«Veramente no» ammette Rosset, che tra morti primi e morti secondi si è un po' perso.

«Adesso non mi dica che si sta facendo convincere dalle fantasie apocalittiche di Galina, eh, ispettore!» lo apostrofa la signora Mavi, facendo il suo regale ingresso nel salotto.

Jules stringe la manina tesa, che oggi sfoggia una pietra verde grossa come un uovo di quaglia, forse uno smeraldo, ma preferisce restare nel dubbio.

«Galina è molto osservante e devota, ma prende tutto un po' troppo alla lettera. Certo, l'Apocalisse è una lettura visionaria di un certo fascino, tanto è vero che ci si è tuffato con sommo gusto anche Jung. Per dire che semmai è in buona compagnia, ispettore.» La signora Mavi blocca sul maglioncino il dondolare del suo mezzo chilo di ciondoli, gli fa il gesto di accomodarsi e si siede sul divano.

Jules si guarda in giro, la veste serale regala al salone un'atmosfera ancora più accogliente, e il notare che, per quanto ha potuto vedere, l'unica decorazione natalizia consiste nello spartito dell'*Oratorio di*

Natale di Bach e in una sobria ghirlanda di abete e bacche di pungitopo, posati sulla mensola del grande camino in pietra, be', innalza la sua stima per la padrona di casa al massimo punteggio.

«Ah, siamo in perfetto orario *tea time*» lo riscuote la Mavi, sbirciando l'orologino d'oro che le naviga intorno al polso, polso del diametro di un suo alluce, valuta a spanne Rosset. «O gradisce un aperitivo?» cala inaspettata, cogliendolo alla sprovvista.

«Un tè va benissimo» si contiene Jules. In realtà è da ieri che ha delle visioni tutte personali di floride pastorelle che gli riempiono tazze grosse come pitali di vin brulé a sturargli bronchi e sinapsi, chissà cosa ne penserebbe Jung.

«Altrimenti che ne dice di un qualcosa di caldo ma più corroborante di una melensa broda di acqua calda? Per il suo raffreddore, intendo, che non mi pare lo abbia ancora abbandonato» pare captargli i pensieri lei. «Galina fa un grog che resuscita i morti, giusto per restare in tema.»

Senza aspettare risposta fa un lieve cenno alla moldava, che tintinna un attimo tra le bottiglie del carrello dei liquori e trotta in cucina.

«Ha novità per me?» si mette comoda la signora Mavi, accavallando le gambette fasciate in morbido cachemire principe di Galles.

«Forse» non si sbilancia Jules, che con la Mavi l'interrogatorio diventa una partita a scacchi, ormai lo ha capito «comincio con il chiederle se la *Radici & Figli* trattava anche reliquie di santi.»

«Ah, quella delle reliquie è stata per anni la spada di Damocle di Edoardo» sbotta divertita la Mavi «un terreno sdrucciolevole e insidioso, da sempre. All'inizio, ma le parlo di secoli fa, era stato uno dei filoni più redditizi: ogni chiesa, dalla cattedrale alla pieve più sperduta, voleva la sua bella reliquia da esporre in bacheca e da portare in processione. Da qui un fiorire di prepuzi e cordoni ombelicali di Gesù, dita di santi, capelli di sante, ampolline di latte della Santa Vergine, non so quante calotte craniche del Battista, persino di lui da piccolo...

cioè, capisce? Gente che va a venerare il cranio bambino di un santo che è stato decapitato in età adulta, manco fosse un'idra. Sempre del Battista pare che abbiano fatto un conteggio dei suoi denti sparsi per le chiese di tutta Europa: ammonterebbero a circa 922, pensi lei. Per non parlare delle reliquie corporali della Vergine. Poi nel 1700 a qualcuno venne in mente che... ops!, ma la Madonna non era stata assunta in cielo con tutto l'ambaradan di carne e ossa? E poi ci sono le pietre con cui fu lapidato santo Stefano, e le monete che ricevette Giuda dal sinedrio in cambio di Gesù e il laccio con cui si impiccò, e tanti di quei frammenti della croce che mettendoli insieme si costruirebbe il ponte di Messina andata e ritorno. Alla fine il Concilio di Trento stabilì che l'autorizzazione fosse concessa solo in presenza di prove di autenticità. Gualtiero, il padre di mio suocero Vittorio, si riforniva da un monastero di clausura di monache domenicane, preposte a confezionare reliquie "ufficiali" autorizzate da una bolla papale. Pensi, ci sono tutte queste suorine che maneggiano e suddividono tibie, scapole, ossicini, pezzetti di stoffa, capelli, oggetti personali di santi e beati che sono custoditi nel monastero in attesa di trovare posto in preziosi reliquiari. Una sorta di caveau della santità! Poi le impacchettano con tanto di sigillo in ceralacca e li spediscono in tutto il mondo.»

«Be', se non altro si è messo un freno al proliferare di falsi...» prova a dire Rosset, abbastanza costernato, ché già Calabrò ne aveva fatto cenno ma la faccenda ora assume contorni che sembrano quasi comici.

«Macché» lo smonta subito la Mavi «"fatta la festa, gabbato lo santo", anche qui tanto per restare in tema. Come sempre accade, una volta messa una parvenza di regolamentazione è partita subito la truffa, infatti le reliquie venivano acquistate dalle ignare suorine con false attestazioni di vescovi e cardinali e poi rivendute su Internet, a prezzi esorbitanti, a volte smontando i reliquiari ufficiali e riutilizzando gli involucri per confezionarne di false, magari con ossa sbiancate di maiale che a quanto pare sono le più somiglianti a quelle umane. Ma sto divagando. Tutta questa digressione forse inutile e noiosa era per dirle che no, niente reliquie: Edoardo era contrario, poca sicurezza di autenticità e troppi rischi. Tra l'altro ora su eBay è disponibile un vasto campionario di reliquie per tutte le tasche: dai pochi euro per il santino con una piccolissima reliquia di san Massimiliano Kolbe a un pezzo del legno della croce di Cristo che costa come una vacanza alle Maldive. Non ne valeva la pena, insomma. Ci è rimasto qualche reliquario di buona fattura, ma come oggetto in sé, non corredato del suo santo ripieno. Ma lei con questa domanda voleva arrivare alla questione dei resti del corpo trovato nel nostro magazzino, vero, ispettore?»

«Anche, sì. O almeno volevo escludere ipotesi. Il referto dell'anatomopatologo inserisce il corpo in un contesto più recente dei santi medievali, forse compatibile con aureole conferite in questi ultimi cinquant'anni, ma se mi dice che il cavalier Edoardo non trattava il genere...» sventola la mano ossuta Jules ad archiviare l'opzione "cadavere da reliquia".

«Quindi sapete che il corpo non è roba di adesso» evince rapida la Mavi «avete anche idee riguardo all'identità?»

«Forse» concede parco Jules, che questo passare da investigata a investigatore pare un must della Mavi.

«Ah, e pensa di dirmelo o non può ancora sbottonarsi?»

Rosset la guarda: la signora è lì, con le gambette in principe di Galles mollemente incrociate, appoggiata al bracciolo a cincischiare i suoi etti di ciondoli, con la rilassata noncuranza di chi è un po' curiosa di sapere ma può benissimo continuare a vivere anche senza. Quindi decide di porre bando agli indugi e deflagra: «Cosa mi può raccontare di suo cognato Rodolfo?».

La Mavi alza impercettibilmente un sopracciglio e fa uno dei suoi sorrisetti.

«Mi domandavo quando me l'avrebbe chiesto, ce ne ha messo di tempo, eh! Ormai mi ero quasi convinta che sapesse stupirmi glissando con classe la faccenda.»

«Oh, allora mi dispiace se l'ho delusa» ribatte pacato Jules, sistemandosi meglio sulla poltrona, che non è quella azzurra da Umpa Lumpa di ieri ma a quanto pare le scelte di design dei Radici non sono pensate a contenere comodamente lui e i lunghi arti ossuti in genere.

«Uh, prima di dire così, vediamo dove ha intenzione di condurmi con questa domanda, sono più che certa che lei possa ancora stupirmi. Anzi, penso che questo fosse solo il bengala prima di sganciare la bomba vera. O sbaglio?» fa un altro sorrisetto dei suoi la Mavi. «Ah, ecco Galina con il nostro grog.»

La moldava allunga un vassoio d'argento tanto lustro che i bicchierini fumanti sembrano fluttuare sul disco galattico di Proxima Centauri.

In un ondeggiare di boccoli biondi, tovagliolini, ciotole di stuzzichini ammazza alcol e baluginare accecante di vassoi, finalmente Jules si vede piazzare davanti il suo grog a spandere tutto il suo speziato e ritemprante vigore. Poi Galina dà uno sguardo di insieme per controllare che tutto sia perfetto, fa inversione e marcia solenne fuori dal salotto. Portandosi appresso quel vassoio abbagliante, nota con sollievo Rosset.

«Cosa le dicevo? Da cavar fuori i morti» esclama la Mavi dopo aver ingollato un sorso generoso di grog. «Ecco, quanto a Rodolfo so per certo che saprà già quasi tutto: le sue intemperanze, i suoi trascorsi da viveur, il matrimonio con Federica, le presunte frequentazioni con nuclei di lotta armata... fino alla sua scomparsa nell'aprile del 1972.»

«Sì. Per questo io le chiedo: cosa mi può raccontare di Rodolfo?»

La Mavi lo guarda silenziosa, senza smettere di cincischiare i suoi ciondoli.

«Era un vanesio, galante, sconsiderato, geniale, adorabile bastardo. Gli volevo un bene che non sa. Come una sorella, sia chiaro, che ormonalmente parlando non mi smuoveva un'unghia. Radeva al suolo cuori come una ruspa in un campo di margherite e senza neppure mettersi d'impegno, così, solo facendo il cretino, cosa che peraltro, fare il cretino intendo, gli riusciva benissimo in ogni campo. Mio suocero non sapeva più come tappare falle e buchi, Rodolfo gli sfuggiva da ogni parte come un'anguilla, sempre a inseguire chissà cosa, e forse non lo sapeva bene neppure lui cosa. Ma non pensi a un superficiale viziato, Rodolfo era sì superficiale e forse anche viziato, ma aveva anche questa curiosità di vivere che gli impastava ogni atomo e lo spingeva sempre oltre. Troppo oltre.»

«Però lei e suo marito Edoardo siete partiti per Boston, nonostante le ricerche per ritrovare Rodolfo fossero appena cominciate...» fa notare Rosset.

«Cosa sarebbe cambiato se fossimo rimasti qui? In otto ore saremmo potuti tornare indietro, se necessario.»

«Infatti a tornare ci avete impiegato dieci anni» cala Jules, con un certo sarcasmo.

«Avevo Leonardo e Antonio piccoli, non aveva senso sballottarli in giro, e per cosa poi? Di Rodolfo non si sapeva più nulla» risponde secca la Mavi.

Troppo secca, rileva Jules.

«Mai più nulla, è vero. Non ci sono riusciti gli inquirenti di allora, non ci è riuscita la DIGOS, non ci è riuscito nessuno. Strano, non trova? Per uno in vista come Rodolfo intendo, figlio di Vittorio che aveva conoscenze in tutta Italia, in Europa e persino in Vaticano. Lo sapeva che la "pietosa richiesta" di "non torturare oltre la povera famiglia Radici con indagini che non portano a nulla" all'investigatore della DIGOS che aveva in mano il caso venne proprio da un alto prelato della curia vaticana?»

«Non lo sapevo, no» risponde sottovoce la Mavi, inchiodandogli in faccia quegli occhi grigioverdi che ora di colpo, dopo quarant'anni, sembrano mettere insieme i pezzi.

«Rodolfo si è mai rotto qualcosa?» la guarda a sua volta Rosset.

«Sì, aveva otto anni ed Edoardo dieci» risponde la Mavi senza far trapelare stupore per la domanda «filavano giù come dei matti con lo slittino, a Cervinia. Come al solito Rodolfo ha voluto infilarsi in un bosco a cercare il brivido del rischio. Hanno saltato un piccolo dosso e imbroccato una lunga lastra di ghiaccio. Li ha fermati un abete del diametro di un baobab. Rodolfo si è rotto una tibia, Edoardo un braccio. Calcolando che potevano fracassarsi l'osso del collo è andata di lusso.»

Poi si ferma e sbatte gli occhi, mollando il ciondolo a tintinnarle contro il petto da colibrì, afferra il bicchiere e manda giù un lungo sorso di grog.

«E ora mi dirà che il corpo che avete trovato mostrava una vecchia frattura alla tibia sinistra, vero?» sorride triste la Mavi.

Jules fa di sì con la testa.

«Mi vuole raccontare anche il resto?»

La Mavi beve ancora un sorso, posa il bicchiere e lascia scivolare lo sguardo sul secretaire di radica colmo di fotografie.

«Le ha guardate?» gli domanda.

«Sì, non bene però, o almeno non quanto avrei voluto» ammette Rosset.

«C'è una grande assente, in quel popolo di ricordi patinati» sospira la Mavi «Federica, la moglie di Rodolfo. È strano, ispettore, quanto sia inutile e falsa quella stupida frase, "lontano dagli occhi, lontano dal cuore", vero? Federica è stata estirpata con metodo e perizia da ogni immagine, fotografia, album di famiglia, parola, pensiero, persino vago accenno. Nonostante ciò, io Federica l'ho uncinata al cuore da quarant'anni.»

«Come mai?» la guarda perplesso Jules.

«Tanto per cominciare Federica quarant'anni fa è stata l'amante di Edoardo, ma questo non è che la punta – assai modesta, le assicuro – dell'immenso iceberg che si allarga negli abissi, ispettore. È pronto?»

Il grog continua a spandere il suo profumo di rum, arancia, chiodi di garofano e cannella. Ma c'è dell'altro, aspira Jules: anice stellato forse, e un tocco di cedro.

Sì, è vero, il grog di Galina è buono da far venire su i morti.

42

L'ha sentita chiudere la porta del bagno e rinfilarsi sotto alle coperte.

«Dormi?» gli aveva soffiato sulla nuca, inondandogli il collo con i capelli.

«No» aveva risposto lui. Poi le aveva afferrato una ciocca di quei capelli biondi e sottili, lievi come ali di farfalla, e se l'era avvolta tra le dita.

Lei aveva sporto il petto, facendo aderire i piccoli seni tondi alle sue scapole.

«Quando ti allontani mi arriva la consapevolezza che sei la moglie di mio fratello. Secca, come se andassi a sbattere contro un muro. Poi ti sento su di me e tutto si annacqua, i contorni della colpa si sfumano, tutto mi sembra possibile e plausibile» aveva continuato a giocare con i suoi capelli lui.

«E hai solo questo di senso di colpa?» aveva ridacchiato lei, appiccicandosi ancora di più.

Lui percepiva ogni centimetro del corpo di lei aderire contro il suo, le dita sottili che gli sfioravano le spalle con distratto calcolo, il suo profumo a colmargli i sensi.

Lo faceva impazzire.

Un piacere assoluto. Proibito. Animalesco.

Non sa come sia potuto succedere, non è da lui. Non è *mai* stato da lui. Eppure.

«Mi fai impazzire, lo sai?» gli aveva soffiato lei sulla nuca, agganciandogli i fianchi con le sue gambe sottili e lisce.

Lui aveva sentito il proprio corpo reagire immediatamente, mosso dal desiderio e dal trionfo di sentirsi desiderato.

«Se mi rendessi libera» gli aveva alitato sulla sua bocca lei, mentre gli si metteva a cavalcioni «faresti in modo di renderti libero anche tu?»

* * *

Ecco, lì per lì lui non aveva dato peso a quelle parole, anzi, a dire il vero non le aveva quasi udite. Più tardi avrebbe compreso l'ineffabile progetto racchiuso in quel "rendessi libera" e lo spietato baratto di quel "faresti in modo di renderti libero anche tu". Ma solo dopo, quando i giorni passavano e Rodolfo non si trovava e Federica stava acquattata come una vedova nera ad aspettare il suo pegno.

E il pegno ovviamente era lei: la Mavi.

«Edoardo era terrorizzato. Come in quel film di Hitchcock, *Delitto per delitto*, ha presente, ispettore?» spiega la Mavi. «Federica si era liberata di Rodolfo, ed Edoardo doveva liberarsi di me. In dieci minuti netti la vita della famiglia Radici era stata rimescolata e buttata in aria come bastoncini dello shangai. La loro, non la mia, io non sapevo ancora. Lo hanno cercato, Rodolfo, lo hanno cercato ovunque. Edoardo ha raccontato ogni cosa a mio suocero, che ha preso in mano la faccenda spremendo, minacciando, implorando Federica che li ha tacciati di essere dei pazzi visionari, chiudendosi in un minaccioso silenzio. Contro di lei non avevano altro che due frasi enigmatiche smozzicate durante quell'ultima notte di passione. E poi...» la Mavi tace e si avvicina alle alte finestre del bovindo «per loro era una vergogna inammissibile, una colata di abiezione, uno scandalo senza pari, una cloaca di infamia. Perché un rapporto quasi incestuoso tra cognati in certi ambienti è peggio dell'omicidio. Che poi, buon peso, c'era pure quello...»

La signora Mavi resta lì, davanti alla finestra affacciata sul parco, dove la sera ha inghiottito cieli purpurei e nuvole viola, lasciando una distesa di luci tra il nero delle fronde.

«Il buio e l'attesa molte volte hanno lo stesso colore, ci ha mai fatto caso, ispettore?» sospira piano. «Ma sto di nuovo divagando, mi scusi. Rodolfo continuava a non venir fuori, ma a quel punto era forse meglio così, o almeno secondo Vittorio, perché se le indagini avessero condotto a Federica e con lei fosse venuto fuori tutto l'incestuoso ambaradan fedifrago, sarebbe stato ben più drammatico che gestire un omicidio "normale". Paradossale, eh? Quindi a questo punto vennero bene i trascorsi borderline di Rodolfo, che convinsero con una certa soddisfazione inquirenti e stampa. Insomma, agli occhi del mondo che gravitava intorno alla *Radici* era più auspicabile un figlio freddato dalle Brigate Rosse o da qualche malavitoso che macchiarsi di scambio di coppia, sesso e omicidio in ambito familiare. Non che la vicenda non si sia portata comunque dietro strascichi, ma Vittorio aveva visto giusto: erano gli anni Settanta, epoca di fermento e contestazione, tutto sommato diventava quasi fisiologico che una famiglia come quella dei Radici, ammantata di impeccabile perbenismo, potesse suppurare fuori un tumore come Rodolfo. Tolto lui, dopo la catarsi del dolore e del lutto, tutto tornò come prima. Anzi, quasi meglio: i Radici, toccati dallo scandalo e dal dolore, parevano più umani e per questo più degni di stima e simpatia. Ma era tutta una farsa, c'era sempre Federica che aspettava la mia testa su un piatto d'argento, anche se Edoardo per la sua ex amante ormai provava solo odio feroce e ripugnante disgusto. Chissà, forse anche a lei tutto lo srotolarsi della faccenda aveva spento ogni ardore, ma non lo si poteva sapere. Così Vittorio aveva di nuovo preso in mano la situazione tramite i suoi contatti oltreoceano, e nel giro di due settimane Edoardo mi ha caricata insieme a lui su un aereo e siamo partiti. In quel maledetto aprile del 1972, tra le luci ovattate della *first class*, in otto ore di transoceanica senza turbolenze e in perfetto orario, ho appreso che mio marito mi aveva tradito, che mia cognata era un'assassina e che mio cognato era stato ucciso con il patto di avere in cambio la mia morte. Per dire che la versione di Rodolfo freddato dagli ex amici brigatisti l'avrei preferita pure io, ecco.»

Jules la guarda e non dice nulla. Perché in realtà è proprio rimasto senza parole.

Cioè, lui era quasi certo che il corpo risputato dalla *Radici* fosse di Rodolfo, quello che non si aspettava è tutto il corredo da tragedia greca cucito intorno.

«Si domanderà come ho fatto a restare con mio marito dopo quello che era successo, a farci due figli, a vivere come se niente fosse sapendo come la verità era stata taciuta, smontata e rimontata a salvare le apparenze, e poi a tornare qui» lo sbircia la Mavi, ma con curiosità, senza disagio.

Rosset fa un vago cenno con la mano ossuta. Eh, lo sa come si fa: si fa e basta.

«Infatti» annuisce la Mavi, che ha capito che lui ha capito «in realtà dovevamo stare via solo un po', per vedere che piega prendevano gli eventi. Ma io non riuscivo a sopportare l'idea di tornare, di fare finta di nulla ora che sapevo, di stare gomito a gomito con Federica vestita a lutto che giocava alla vedova inconsolabile. Che poi mica fingeva, era davvero inconsolabile e pure vedova, ma del *mio*, di marito, che l'aveva abbandonata senza rispettare i patti, scegliendo me invece che lei. Mi sono sempre chiesta cosa l'avesse spinta verso Edoardo, così lontano dal fascino dannato e irresistibile di Rodolfo. Federica era la sposa invidiata, colei che aveva preso al laccio lo scapolo conteso e ambito, all'annuncio del matrimonio si poteva sentire lo schianto dei cuori infranti e delle speranze deluse di mezza Italia e forse anche di qualcosina di più. Non che Edoardo fosse brutto, intendiamoci, ma...» la Mavi fa un gesto della manina a lasciar intendere tutto ciò che era e non era «chissà, forse Federica si era innamorata di Edoardo proprio per questo suo essere così solido, rassicurante, protettivo, prevedibile e a volte pure noioso, sì, di una noia mortale!, l'esatto opposto di Rodolfo insomma. Probabilmente ha visto in lui tutto ciò che Rodolfo non le avrebbe dato mai: la stabilità e l'esclusiva, perché per uno come Edoardo era già impensabile farsi l'amante, aver ceduto a questa sconsideratezza, e con la cognata per giunta!, aveva esaurito in un colpo solo tutto il suo equipaggiamento genetico relativo ai "colpi di testa". E Federica lo sapeva: se Edoardo diventava suo, lo sarebbe stato per sempre. Certezza che con Rodolfo aveva già perso ancora prima di sposarsi. Vittorio però non si dava per vinto, continuava a tampinare Federica, voleva sapere dove fosse il corpo del figlio, per dargli degna sepoltura, di nascosto, senza tirarla in mezzo perché anche per lui era meglio così. Ma Federica continuava a dargli del pazzo, e nemmeno sei mesi dopo aveva deciso di partire per un lungo viaggio intorno al mondo. Lì ha incontrato un maturo francese blasonato che se l'è sposata, portandola a vivere nel suo castello in Haute-Savoie, tra le Alpi e le caprette, come una Grace Kelly versione Heidi. Vittorio voleva che tornassimo, tutto pareva rientrato, nessuno parlava più di Rodolfo, nessun giornalista assediava più la tenuta dei Radici e con Federica castellana d'oltralpe pareva cessato ogni pericolo, se mai c'era stato. Ma io a Boston stavo bene: la sua aria provinciale, le strade di ciottoli, le case di mattoni così simili a quelle dell'Inghilterra delle mie vacanze-studio, quando ancora avevo la spensieratezza del "nulla-mi-turba-e-nulla-mi-scompone", filosofia che gli ultimi eventi avevano abbastanza destrutturato. Insomma, grazie a quella città, al suo perfetto impasto di passato e futuro, così davvero "*The Hub*", come amano definirla i bostoniani, stavo lentamente e con fatica ricomponendo i pezzi della mia vita. Amavo quella città, era proprio ciò di cui avevo bisogno, mi disintossicava, come se la cara vecchia Mavi della gioventù potesse tornare a respirare ancora. A volte ho pensato di restare là per sempre» la Mavi si stacca dalla finestra e torna a sedersi sul divano, in un dondolare di ciondoli «ma poi è morto mio suocero ed Edoardo, che aveva continuato a seguire la ditta e gli affari di famiglia da laggiù, a procurare nuovi oggetti e a impostare l'attuale import-export, mi ha domandato se me la sentivo di ritornare. Se non qui a Chiavari almeno in Italia. Ma io a quel punto ero pronta, è strano come i luoghi, il tempo, i figli, una lingua diversa, altre fatiche e altri pensieri abbiano la capacità di annacquare disgusto, rabbia e dolore, restituendoti buona parte di quello che eri prima. E prima di quanto tu pensassi.» Beve un altro sorso di grog ormai tiepido e fa una piccola smorfia. «Certo non è stato semplice, tornare qui è stato come se qualcuno di colpo mi premesse la mano sulla nuca a schiaffarmi la faccia nei ricordi, ma poi è passato anche quello. Vittorio era morto lasciando tutto in ordine perfetto, come in perfetto ordine aveva gestito la sua vita, la *Radici* e la tragedia di Rodolfo. Solo una cosa non gli era riuscita: seppellire suo figlio come avrebbe voluto, credo che per lui sia stato il dolore più grande.»

«Quindi non può essere stato Vittorio a nascondere il corpo di Rodolfo nella ditta» medita Jules, passando la manona sul mento.

«Assolutamente no, è stato il suo cruccio fino alla fine. Anche se, forse... cioè, se avesse trovato il corpo intendo, credo che sarebbe stato da lui dargli degna sepoltura lì, in quello che è sempre stato il cuore della *Radici*, da generazioni. Ma non è andata così, le assicuro che Vittorio è morto senza sapere dove fosse Rodolfo. Nessuno di noi lo ha mai saputo. Per un attimo avevamo anche sperato che fosse scappato da qualche parte, ma mio suocero sapeva chi sguinzagliare e come farlo nel modo più discreto possibile. E Rodolfo non era scappato. A dirci che fine poteva aver fatto avevamo solo la velata ma inequivocabile minaccia di Federica. Solo chi lo ha ucciso sapeva dove si trovava il corpo di Rodolfo, e da Federica non è mai uscita una parola» sbuffa con fastidio la Mavi, è evidente che alla cognata non perdoni soprattutto questo.

«E sua suocera?» si informa di botto Rosset, accorgendosi che nei resoconti di famiglia lei non compare mai.

«Mia suocera si era ammalata di Parkinson quando Edoardo e Rodolfo si erano da poco affacciati all'adolescenza, è morta che noi ci eravamo appena fidanzati. Era una donna dolcissima. Detto tra noi, sono contenta che non abbia dovuto vivere quello che poi è stato. Diciamo che Dio l'ha pensata bene a portarsela via prima, un atto di carità, considerando tutto quello che ha ritenuto di mandar dopo. Che poi forse Dio non c'entra mica niente, dubito che si sia preso la briga di infilare mio marito tra le cosce di Federica, quelle son scelte che fanno parte del famigerato libero arbitrio, fratello forbito del famoso detto "ognuno raccoglie quel che semina" o meglio "chi è causa del suo mal..."»

«Eh, "pianga se stesso"» continua mesto Rosset. Che la Mavi gli pare la versione agiata dell'Alfonsina lo ha già detto? «Be', è evidente che tutto quello che mi ha appena raccontato mi mette in una posizione particolare, lo capisce anche lei» sospira Jules, disincagliando gli arti dalla poltrona in uno scricchiolio sinistro «perché ora devo parlare con Federica e...»

«... e un bel niente, ispettore, di parlare con Federica se lo tolga dalla testa» sventola perentoria la manina la Mavi, che ha ripreso a gingillarsi con il mezzo chilo di ciondoli.

«Non crede che sia il caso di piantarla con la farsa del silenzio omertoso? Mi pare che ormai le cose abbiano preso una piega che...»

«Non si tratta di mantenere il silenzio, ispettore» lo interrompe liscia la Mavi «con Federica non ci può parlare e basta. A meno che non decida di portarle un mazzo di fiori al Charrière Neuve di Chambéry. Federica è morta nel 1985, proprio come la Grace di Monaco, anche se, invece di imboccare dritta la curva della provinciale per Montecarlo, lei si è scappottata giù da un tornante del Gran San Bernardo.»

«Oh. *Merde*» si risiede stremato Rosset.

Ma che diavolo di indagine è mai questa? Ogni volta che gli pare di avere in mano qualcosa, questa gli rotola via. Come cercare di chiudere un sacchetto bucato pieno di biglie, porca di quella vacca.

Ha un Radici che riemerge, cadavere, dopo quarant'anni. Un insabbiamento perpetrato con scrupolosa cura, un colpevole che nessuno cerca e nessuno denuncia e che nel frattempo muore. Che gli resta? Ha senso tirare su un merdaio di cose passate, scoperchiare tombe di silenzi, ripescare chi ha taciuto cose e chi ha fatto finta di non vederne altre... per cosa? Solo per amore di verità? Ma cos'è la verità, in fondo? Come si dice dalle sue parti, "quando si ha una mano piena di verità non è sempre saggio aprirla", perché si può sempre scegliere tra una bugia che fa vivere o una verità che fa morire. Ma lui non è Jules Rosset e basta, che può fare ciò che gli garba di più, lui è un ispettore di polizia, il cui lavoro è portare a galla la verità. Senza aggiungere vagheggiamenti filosofici. Punto.

Si passa una manona sulla faccia e sospira di nuovo.

«Ha bisogno di un altro grog, ispettore?» domanda pietosa la Mavi, che è quarant'anni che cavalca lo stesso drago.

43

«Oh, c'è pure la salamandra» sussurra la Mavi a Rosset, ma come sussurra lei, che la sentono anche dall'altro lato dei sei metri lineari di salone e forse anche in cucina. Infatti Leonardo fa quella cosa con gli occhi, tra il fulminarla all'istante e il trafiggerla con sguardo laser, mentre l'avvocato Bellini – la salamandra, appunto – se anche ha sentito si mantiene in un diplomatico far finta di niente.

Jules si alza, nel consueto disincagliarsi di arti che accompagna ogni suo contatto con le sedute di casa Radici, e stringe la mano a Leonardo, a Bellini e ad Antonio che sta entrando in quel momento.

«Ci sono novità, ispettore?» chiede con pacato entusiasmo l'avvocato, sistemandosi sulla poltroncina accanto a lui.

Jules si volta verso la Mavi in un muto "ma loro sanno la verità vera sullo zio Rodolfo e zia Federica con papà o...?"

"O" gli risponde chiaro e inequivocabile lo sguardo della Mavi, con un guizzo perentorio verso l'avvocato a specificare un "figuriamoci, poi, se ne parlo di fronte alla salamandra!" altrettanto inequivocabile.

«Forse» prende quindi tempo Rosset, che a quanto pare ha fatto di quell'avverbio il suo tormentone odierno.

«Innanzitutto avrei bisogno di sapere se Arturo Rimassa continua a lavorare o comunque a frequentare il magazzino della *Radici*.»

«No» esclama stupito l'avvocato Bellini e fa cenno di no con la testa un perplesso Leonardo.

Antonio tace.

Rosset lo guarda.

Antonio fa un sospiro a metà fra il "e va bene, sì, io lo sapevo" e il "vabbè, che problema c'è?".

«Lo hai fatto lavorare ancora da noi?» schizza su Leonardo. «E perché, scusa? Cazzo, o non ci sei mai o se ci sei fai dei casini!»

«Io avevo detto espressamente al signor Rimassa che no, assolutamente no, non poteva lavorare ancora alla *Radici* dopo la pensione» prende la parola il Bellini «lui avrebbe voluto, anche senza essere pagato» ridacchia faceto, come se trovasse la cosa davvero comica «ma non era possibile per tutte le questioni burocratiche che lei ben sa. Ora il Rimassa avrebbe gli estremi per una denuncia di effrazione e...»

«Ma mi faccia il piacere, avvocato, effrazione il Rimassa» esclama la Mavi alzando gli occhi al cielo «quell'uomo si farebbe levare la pelle per la *Radici* e lei lo sa e lo sa anche Leonardo. Il burocratese vi obnubila il cervello, a quanto pare. Sono stata io a dire ad Antonio, quando me ne ha parlato, che poteva farlo entrare. Arturo aveva solo bisogno di muoversi e respirare quello che era stato il suo mondo per quasi sessant'anni, possibile che non siate in grado di capirlo?»

«È vero?» stringe gli occhi Leonardo, fissando il fratello.

Antonio allarga le braccia. «Sì. Me lo ha chiesto e una volta sola, ma con uno sguardo e un'attesa che io... niente, non ce l'ho fatta a dirgli di no. Nostro padre stravedeva per Arturo e quando eravamo piccoli era lui che ci caricava sul muletto a fare il giro del magazzino, non ti ricordi? Tutto sapeva, ci insegnava i nomi, ce li faceva ripetere mano a mano che li vedevamo sugli scaffali: ampolla, patena, conopeo, piviale, pisside, turibolo e poi quello che ci dimenticavamo ogni volta...»

«L'analogion» sorride suo malgrado Leonardo, preso in contropiede dalla melassa della rievocazione.

«Ecco. Io non ce l'ho fatta. Arturo veniva alla *Radici* due volte la settimana, il martedì e il giovedì, quando...»

«Quando Stefano non c'è e io sono a Milano» finisce Leonardo, che non ci voleva un genio a capirlo.

Antonio alza appena le spalle a confermare.

«Ma perché le interessa del Rimassa, c'entra qualcosa con l'incendio e il corpo...? A proposito, del corpo si sa nulla?» si informa rapida la salamandra.

«Solo il responso dell'autopsia che pare collocare il corpo in un tempo non recentissimo.» Rosset sventola la manona ossuta a disperdere qualsiasi loro illazione su quei resti. «Quanto al Rimassa, nulla, semplice curiosità a confermare una sensazione di continuità con il passato, ecco. Invece vorrei sapere della vostra decisione di vendere la *Radici*, se posso.»

«Mah, c'è poco da dire. Ora non c'è più l'opulenza ecclesiastica di un tempo, le chiese hanno meno donazioni e non spendono più come una volta, e se anche potessero non lo farebbero: la Chiesa che si mostra e si veste in ori e splendori non incontra il gusto dei fedeli. Le cose stavano già cambiando da qualche anno, ma ora un Papa che si mostra con le scarpe fruste e sformate ha dato la sferzata finale. Non che non siamo d'accordo, anzi, è che a questo punto bisogna rivedere il tutto. È assurdo mantenere in vita un magazzino così con una richiesta che è scesa del 74%. Quindi diversifichiamo, c'è l'import-export creato da nostro padre che funziona benissimo, ma ha bisogno di appoggiarsi a un territorio che non sia questo. Abbiamo una base a Milano e una a Roma...» allarga le braccia Leonardo, che non vede cos'altro aggiungere.

«Capisco. E un'ultima cosa.» Jules sistema meglio le ginocchia, che così malamente incastrato gli pare che pure le sinapsi si grippino una con l'altra. «Riguarda l'auto di sua moglie: è normale che fosse lì l'altra sera?»

Leonardo fa un movimento vago con la testa. «Ultimamente sì, sarà neppure un mese che Andreina ha comprato la Smart. La sua Station la prende solo se deve caricare o portare quadri personalmente, e ormai non lo fa quasi più. L'altra settimana avevamo alcune consegne di poco conto per una piccola parrocchia dell'entroterra, la Station in quel caso era più comoda del furgone della ditta...»

«Benissimo. Un'ultima cosa ancora, si tratta di normale procedura, quindi interpretatela come tale, l'avvocato qui presente sa come funziona un'indagine di questo tipo. Avrei bisogno di sapere dove si trovava ciascuno di voi la sera del dieci dicembre dalle 21 alle 23.30, nel momento in cui è scoppiato l'incendio alla *Radici & Figli*.»

«Ma... pareva che si trattasse di incidente, no?» salta su il Bellini.

«Le indagini dei vigili del fuoco non sono riuscite a dare alcuna certezza né in un senso né nell'altro, quindi mi trovo costretto a vagliare tutte le ipotesi.»

«Io ero a cena a casa di amici, posso darle l'indirizzo se crede» risponde asciutto il Bellini.

«La ringrazio, sì. Lei, signor Leonardo?»

«A casa, avevo delle faccende da rivedere riguardo agli ordini della ditta, anche in virtù dell'idea di vendere. Ho cenato qui con mia madre, abbiamo parlato un po' e verso le nove e mezza sono salito in casa mia. E lì sono rimasto, collegato a Internet per buona parte della serata.»

«Solo?» si informa Jules, sbirciando Antonio che ha un leggero scarto, come se gli avessero scoppiato un palloncino in faccia.

«Solo, sì, mia moglie era al cinema. Ogni martedì ci sono delle proiezioni d'essai, io non le amo, ci va con le sue amiche, a volte anche da sola... ma se vuole chiedere a lei, mi pare che sia arrivata.» Leonardo si alza, armeggia con il cellulare, ci bofonchia dentro qualcosa e va ad aprire la porta.

Andreina entra nel salone lasciando una scia di freddo umido della sera misto al suo profumo. Incede leggera, forse un po' tesa a causa della presenza di Rosset, e lascia scivolare lo sguardo posandolo su tutti i presenti, uno a uno. Escluso Antonio.

Antonio invece fa un rapido movimento con gli occhi, come a imprimersela nelle retine, poi inchioda le pupille al tavolino e le lascia lì.

Jules li osserva e gli scappa un sorrisino storto.

La Mavi coglie il sorrisino storto di Jules che guarda Antonio che guarda Andreina che non guarda Antonio. Rosset la vede socchiudere le palpebre, mentre cincischia distratta con i suoi ciondoli, a legare insieme i pezzi in un *clic clac* di contatti, fino a quando il mezzo chilo di ciondoli le si sfranta sul petto. Perché la signora ha capito, eccome se ha capito!

«Ah, però» sbotta quasi divertita «è proprio vero che la mela non cade mai lontana dall'albero, eh!» e ridacchiando rivolge un'occhiata eloquente a Rosset.

«Ehm, sì, dunque...» annaspa Jules mentre disarticola le gambe per alzarsi a salutare Andreina, ché porca vacca la Mavi riesce sempre a smagliargli il filo dei pensieri! «Credo che suo marito le abbia già accennato che io avrei bis...»

«Certo, sì» lo anticipa lei, accomodandosi con grazia fluida sul divano «l'altro ieri sera ero al cinema *Mignon*, davano un film norvegese, un po' rarefatto ma piuttosto toccante» sorride lieve, accavallando le gambe e intrecciando le dita intorno al ginocchio... a nascondere il lieve tremore delle mani, secondo Jules, ma può essere solo una sua impressione.

«E lei, signor Antonio?»

Antonio è lì, con le pupille sempre inchiodate a quel tavolino e l'espressione di uno che vorrebbe tanto trovarsi in un angolino tranquillo, magari, che so, in Patagonia, a stordirsi di shottini.

«Niente di particolare. In giro» espira infine, alzando appena le spalle.

La Mavi alza un sopracciglio e molla uno dei suoi significativi sbuffetti.

«In giro. Più o meno dove?» sonda pacato Jules.

Antonio alza di nuovo le spalle. «In macchina, senza una meta precisa. Poi l'ho parcheggiata in piazza Verdi, ho fatto una passeggiata a piedi per il centro e sono tornato a casa prima delle undici.»

«Solo?» domanda noncurante Jules.

Andreina scavalla le gambe e incrocia le braccia.

Antonio stringe le sopracciglia, come a spremersi fuori le parole. «Solo, sì» sfiata alla fine, alzando ancora le spalle.

La Mavi rimbalza lo sguardo dal figlio alla moglie dell'altro figlio con l'espressione che doveva avere Schliemann quando portò alla luce le rovine della città di Troia.

«Bene, se è tutto tolgo il disturbo» sospira Jules, arrancandosi per l'ennesima volta da quella maledetta poltroncina «appena ci sono novità vi farò sapere, e se a voi venisse in mente qualcosa di utile che magari vi è sfuggito stasera...» e incrocia volutamente lo sguardo che Antonio ha appena schiodato dal ripiano del tavolino, dove è probabile abbia lasciato due incisioni profonde.

«Si vuole fermare a cena, ispettore?» infrange, come di consueto, l'impasse la Mavi.

Leonardo si gira di scatto e fa ancora quella cosa con gli occhi, anche se, più che fulminarla, questa volta pare volerla ridurre a pulviscolo siderale da soffiare su per il largo camino di pietra, verso l'infinito. E oltre.

«No, la ringrazio molto per l'invito, ma ho ancora delle cose da fare» alza la manona ossuta Jules, a salutare e soprattutto a tranquillizzare i presenti. Perché no, non ha affatto intenzione di condannarli alla sua presenza molesta anche a tavola.

E poi ha *davvero* una cosa da fare. Subito.

44

Didier rallenta a sbirciare i cancelli. L'ape borbotta facendogli vibrare le natiche. Ecco, deve essere questo, il signor Giampiero ha detto cancello verde, vialetto con gli oleandri e casa rossa con l'orto davanti.

Didier scende e scarica i sacchi di concime e quelli più piccoli dei semi. Si avvicina al cancello, si fa spazio tra le foglie, guarda tutto intorno. E sospira. Non c'è campanello. Il signor Giampiero ha detto di entrare, ché tanto il signor Rimassa lo sa che lui deve passare a quest'ora a portargli concime e semi dal vivaio, ma Didier era lì ad ascoltare ed è sicuro che il signor Giampiero non ha detto che Didier è nero, no, non lo ha proprio detto. Lo sa che il signor Giampiero lo ha fatto per gentilezza o forse perché per lui non fa davvero differenza e non ci pensa, ma il signor Giampiero non sa.

Didier sospira.

No, il signor Giampiero non sa che un nero che apre un cancello non sta *entrando*, un nero che apre un cancello e si infila in un cortile non suo si sta *intrufolando*. È diverso. Il signor Giampiero non sa che è tutto diverso.

Didier non sa come comportarsi, se non fa la consegna delude il signor Giampiero e se la fa…

«Ehi, sei qui per il concime?» si affaccia dall'altra parte del cancello un uomo anziano con la camicia scozzese e mani grosse come pale «eh, vieni dentro a prendere la carriola, vorrai mica portarteli tutti in spalla e far tre viaggi, 'spetta che ti aiuto» organizza sbrigativo, stringendogli la mano.

Didier fa un sorriso: il signor Rimassa pare non essersi neppure accorto che lui è nero e si sente un po' sciocco a non essere entrato come gli aveva detto di fare il signor Giampiero.

«Così, col buio, e tu che sei così nero – ché sei proprio nero nero, eh!, lasciatelo dire – mica ti avevo visto. È tanto che sei lì?» domanda il signor Rimassa prendendo la carriola da sotto una piccola pergola di legno.

Didier fa di no con la testa. E sì, il signor Rimassa si è accorto che lui è nero, ma in un modo che non gli dispiace, come una semplice constatazione insomma. Tipo le susine bianche e quelle scure, colore diverso ma sempre susine e tutte e due buone. Che è un modo saggio di vedere le cose, come gli ha insegnato il marabutto Lisimba.

«Ecco, prima di mettere i sacchi nella rimessa ti va un bicchiere di aranciata o dello sciroppo di amarena? Mi è venuto proprio bene quest'anno...» Il signor Rimassa pare ritenere che il suo sciroppo non permetta tentennamenti o rifiuti, non aspetta risposta e lo fa entrare in casa.

Didier è lì, seduto nella cucina ordinatissima del signor Rimassa, che si lava le mani, prende un alto bicchiere di vetro spesso, poi apre il frigo, stappa una bottiglia con il tappo a gancio e versa due dita di un rubino bellissimo, poi aggiunge l'acqua e glielo mette davanti.

«Com'è?» domanda con il tono di uno che sa già perfettamente che pare di sentirsi in bocca il sapore dell'estate e il respiro del paradiso.

«Buono, buonissimo» annuisce Didier, che vorrebbe dire molto di più, ma quando è emozionato gli vengono solo i suoni morbidi e gutturali del suo dialetto e stop.

«E certo che è buono, aspetta, te ne do una bottiglietta da portare a casa.» Poi si blocca, come colto da un dubbio. «Perché tu ce l'hai una casa, vero?»

Didier fa di sì con la testa. Ci stanno un po' stretti, a dire il vero, ma è una casa vera, con il bagno e due grandi finestre.

«Bene» si tranquillizza il signor Rimassa, avvolgendogli la bottiglietta in un foglio di carta di giornale. Poi ci pensa un po' su e prende un cestino da sopra la credenza, stende un altro foglio di giornale e ci fascia dentro sei uova, in un doppio strato di carta perché non si rompano. «Ti ci metto anche qualche pera, sono un po' ammaccate, me le ha fatte cadere questo vento maledetto ma sono buone. Non ci do niente sopra, eh, ci levi solo la polvere e le mangi con la buccia.»

Didier non sa cosa dire, continua ad annuire e basta.

«Certo che voi neri non si può dire che siate dei chiacchieroni, eh» ridacchia il signor Rimassa aprendo un sacchetto telato e disponendo con cura la mercanzia «anche oggi è venuto un ispettore di polizia a chiedermi della *Radici*, con una signora nera bellissima, una dea. Ma anche lei avrà detto tre parole in croce, che era pure di qui, parlava italiano e conosceva il genovese. Ma vabbè, che ti annoio, andiamo a mettere i sacchi dentro la rimessa, così se piove non mi si bagnano i semi.»

Il signor Rimassa apre il portellone e accende la luce.

«Ecco, puoi metterli lì di lato alla macchina» indica con la sua mano a pala, facendogli spazio.

Didier sbatte gli occhi nella luce e resta lì, davanti a quell'auto chiara con il parafango lustro e la targa immacolata, con una strana sensazione di dolore a frammentargli il petto.

Poi si volta a guardare il signor Rimassa, curvo sul sacchetto a metterci ancora qualcosa che ha preso dalla cucina.

E pensa che il cuore a volte racconta più degli occhi.

Ingoia un sospiro e comincia a scaricare i sacchi.

45

L'aria fredda e odorosa della sera lo avvolge appena Galina gli chiude la porta alle spalle. Jules inspira forte, come a ripulirsi da tutto il fastidio e il disgusto che gli sta intasando l'esofago. Ecco, forse ha inspirato un po' troppo forte, evince riemergendo dalla scarica di colpi di tosse che gli ha appena sconquassato lo sterno, però questo profumo bagnato di pini marittimi, eucalipti e muschio ha il potere di sedargli, almeno momentaneamente, il nervoso. Porca vacca, certo che è incredibile quante cose sanno venire fuori mentre cerchi qualcos'altro, scuote la testa Jules infilandosi in macchina.

E ora?

Be', intanto deve vedere se grazie a Messi riesce ad avere la conferma che il corpo sia inequivocabilmente di Rodolfo. E lì, poi… poi non lo sa.

Ché non va bene avere questi dubbi, ché il suo mestiere è un altro: prove, fatti e controprove che confermino i fatti. Da lì non si scappa. Eppure. Come mai questa decisione lo destabilizza tanto? Proprio lui, che ha sempre detestato l'ipocrita facciata di certi ambienti, "sepolcri imbiancati", come li chiamava il prete che gli faceva catechismo in quelli che sembrano mille anni fa. I Radici hanno coperto e mascherato una scomoda verità per quarant'anni, ma non da soli, sarebbe stato impossibile, quindi per loro si è messa in moto l'intera macchina a salvaguardare e proteggere… che cosa, il buon nome? L'irreprensibilità? Mah, non riesce a capirlo. Quarant'anni di silenzio che sarebbero stati pure un "per sempre", se non ci si fosse messo di mezzo il destino con le fiamme e con la terra a soffocare le fiamme, ammesso che non c'entrino le elucubrazioni apocalittiche di Galina in merito alle quali preferirebbe non pronunciarsi.

Niente, un ingorgo di pensieri da cui non riesce a uscire.

Jules ingrana la marcia e scricchiola sulla ghiaia oltre il viale di cipressi, con la meta precisa di via Bancalari.

* * *

«Ma allora è un vizio!» ringhia Alma trovandoselo davanti. «Stai rasentando lo stalking, sappilo. E poi mi pareva di averti detto che per me eri morto.»

«È che volevo solo chiederti scusa» la segue Jules, ché lei non ha neppure rallentato e sta imboccando spedita la traversa di Carruggio Dritto. «Ora, parlare e difendersi mentre si corrono i cento metri non mi è congeniale ma, se proprio devo, faccio anche questo» ansima tra i colpi di tosse Jules, che fatica a starle dietro.

«Senti» si blocca di colpo Alma, tanto che lui le finisce contro, frantumandosi una rotula contro la sua borsa «non so cosa ti sia preso. Siamo amici, sì, ma non ti devi permettere mai più, e ribadisco *mai più!*, di prendere iniziative di questo tipo. Sono stata chiara?»

«Cristallina» si affretta a confermare lui, massaggiandosi il ginocchio che non sarà mai più come prima, lo sente, ché le borse di Alma hanno una densità molecolare pari al piombo.

Alma lo guarda per un attimo, come a valutare la piena presa di coscienza del concetto. Poi riprende a camminare, meno spedita ma sempre più veloce di quanto Jules vorrebbe, considerando che ha mollato la macchina con le quattro frecce in doppia fila in piazza Madonna dell'Orto e che ha una rotula distrutta.

«Sono appena stato dai Radici» prova a farla rallentare «non immaginerai mai cosa è venuto fuori... davvero, una roba che nemmeno Euripide!»

«No, non immagino e neppure m'interessa, ma sono certa che me lo dirai comunque» sputa secca Alma, premendo con foga il pulsante per fare scattare il semaforo.

«Ma non avevamo fatto pace? Com'è che sei ancora arrabbiata?» domanda Jules, benedicendo il semaforo che gli fa riprendere fiato.

«Ho accettato le tue scuse. Stop. E comunque non ero arrabbiata, ero furiosa. Emozione che non ha ancora dato cenni di calo. Quindi regolati» sbuffa Alma, accanendosi sul pulsante che pare non collaborare, come se fosse in combutta con Rosset.

«Ma la notte del dieci, l'altro ieri sera, quando c'è stato l'incendio alla *Radici*, Antonio e Andreina erano insieme?» butta lì Jules. Furiosa per furiosa, tanto vale andarci giù secchi.

«Sei venuto per chiedermi scusa o perché volevi scucirmi informazioni?» lo guarda storto Alma, che ha deciso di fregarsene del semaforo e allunga il passo per attraversare senza farsi stendere.

«Per chiederti scusa, è ovvio» sbuffa Jules «solo che non pensavo che ci mettessi tanto a fartela passare, tutto lì.»

Alma si blocca di nuovo, ma questa volta Jules riesce a evitare miracolosamente lo scontro, anche se lo scarto gli fa perdere l'equilibrio e raspare le nocche sulla balaustra granulosa del ponte sul Rupinaro.

Ammesso che sopravviva a questa gara di resistenza con Alma, ne uscirà ridotto come Rocky dopo il match con Ivan Drago, sbuffa leccandosi le ferite.

«Ah, così sarei io la stramba» sibila lei con i pugni piantati sui fianchi «la bizzarra che si è arrabbiata perché un montanaro ossuto ha risposto al *suo* telefono a una *sua* telefonata, mettendola nella situazione antipatica di gestire una faccenda quando non era pronta a farlo.»

«Vabbè, scusa, pensavi di risolverla non rispondendogli fino a che non ti chiarivi le idee? Ora, sono cosciente di essere l'ultima persona della terra, e probabilmente dell'intero sistema solare, in diritto di dire la sua sulle faccende di coppia, ma sono strasicuro che non rispondere alle telefonate non sia una strategia che porta a dei risultati» prova a difendersi Jules, tenendosi a distanza di sicurezza.

«Lo so» ammette Alma riprendendo a camminare «ma oggi mi hai messo nella condizione di dover decidere, e io... niente, forse hai ragione tu, la tattica dello struzzo è davvero una scemenza. È che sta succedendo tutto troppo in fretta e io ho quasi dieci anni di corazza stratificata a rendermi impermeabile proprio a queste cose qui. E non si può pretendere di scrostarle così, a candelotti di dinamite e colpi di piccozza.»

«Ma non puoi accusarmi di essere stato devastante come un candelotto di dinamite, dai!, magari di esserci andato giù come una raspa o una carta vetrata 20 invece della leggiadra inutilità di una limetta da unghie, quello sì. Che poi non so neppure io cosa mi sia preso, davvero, senza contare che tutto mi si ritorcereb...» Poi si rende conto che temere che la felicità amorosa possa obnubilare le percezioni di Alma e complicare la sua libertà d'azione non è una cosa bella da dire, quindi sventola la mano per lasciare a libera interpretazione il resto. Non troppo, spera.

«Ho capito, a te dispiace esserti intromesso e a me dispiace di essermela presa così. Finiamola qua» sospira Alma, rallentando il passo, che forse era più arrabbiata con se stessa e con la situazione che con Jules. Cioè, a dire il vero due minuti fa lo avrebbe volentieri appeso alle luminarie dei portici, però il valdostano un po' ha ragione, non è evitando di rispondere a Carlo che le si chiariscono le nebulose affettive. È che l'idea di mettersi in gioco, di rendersi simpatica, di dover piacere insomma, le pare una cosa al di sopra delle sue forze. Quindi sta pensando seriamente di stra-sbattersene di tutto e di presentarsi stasera da Carlo così: sfranta da una giornata di lavoro, sfinita dai pensieri dei figli, nervosa per le intromissioni di un valdostano invadente e masticata dal Natale che incombe.

Nature, insomma, da lasciar fare alla selezione naturale il suo corso più ovvio.

Jules fa uno dei suoi sorrisi sghembi e le si affianca, camminando in silenzio e cercando di non pensare alla sua auto, abbandonata in doppia fila con le quattro frecce da circa venti minuti, in balìa degli eventi e della scrupolosissima polizia municipale, di cui uno degli esponenti più coscienziosi sta sfrecciando in bicicletta verso il centro proprio in questo momento.

«L'altro ieri sera Antonio e Andreina erano insieme, sì» lascia cadere Alma, senza preavviso.

«Ah» esclama Jules, che se lo sentiva ma non sperava più che Alma glielo confermasse. Poi, interpretando la condivisione della notizia come un calumet della pace, attacca a raccontarle le rivelazioni da tragedia greca della Mavi, di Edoardo e Federica, di Rodolfo che scompare in precisa concomitanza con le allusioni al "delitto per delitto" della moglie fedifraga, con Vittorio che gestisce la faccenda, e poi Boston, Federica che impalma il nobile francese per far la fine di una Grace Kelly d'oltralpe cappottata giù dai tornanti del Gran San Bernardo.

«Guarda che Arturo Rimassa un po' ci aveva messi sulla strada, eh!» gli fa notare Alma «hai presente tutto quel dire su Federica "una gatta morta che ha *imbarlûgato*", che lui – Edoardo, è chiaro, il marito della Mavi – "avrebbe fatto meglio a tenere il mortaretto in saccoccia" e "chi dice donna dice danno"?»

«Ah, mi ero fissato sulla sua descrizione e di quanto fosse secca e piatta come una tavola, mi sono perso i significati tra le righe» ammette Jules «quindi Rimassa sapeva.»

«Evidentemente sì. A quanto pare Arturo Rimassa è il vaso di Pandora della *Radici*» annuisce Alma, cercando di resettare l'immagine di un Rimassa che si scoperchia il cranio in un turbine di fantasmi, pissidi, tonache, vescovi, cardinali, bionde donne discinte, patene e candelabri. «E quindi hai un Antonio e un'Andreina che ricalcano gli Edoardo e Federica del passato – be', insomma, speriamo non proprio in tutto – e anche ora, come allora, nessuno si è accorto di nulla...»

«Veramente mi sa che da circa un'ora la Mavi ha preso coscienza della faccenda...» la sbircia Jules, che non ne va molto fiero.

«Vuoi dirmi che hai raccontato a Maria Vittoria Durazzo Longhi in Radici che ti ho riferito che sua nuora tradisce suo figlio con l'altro figlio? Ma sei scemo?» allarga gli occhi Alma, bloccandosi di nuovo.

«Ma va', figurati se le dico una cosa del genere, l'ha capito da sola. Cioè, io forse le ho messo in moto i contatti cerebrali in quella direzione, ma alle conclusioni ci è arrivata da sé» mette le mani avanti, in tutti i sensi, Jules.

«E come l'ha presa?»

«Mah, non saprei dirti, ha siglato l'epifania con un pertinente "la mela non cade mai lontano dall'albero", una risatina e stop. Tu come lo interpreteresti?»

«Che quella donna è un mito» ridacchia Alma, anche se non ci sarebbe molto da ridere, in effetti, ma la signora Mavi continua ad accumulare "punti stima". «Quanto al resto, siete sicuri sicuri che il corpo trovato alla *Radici* sia proprio quello di Rodolfo?»

«Abbastanza, ma non abbiamo ancora la certezza assoluta» riconosce Jules. «La Mavi ha confermato la frattura della tibia sinistra, che è già molto. Tra poco mi vedo con Messi per la questione delle otturazioni, conto che le certezze me le possa fornire lui.»

Alma ha un leggero irrigidimento al nome di Messi, però non dice niente e continua a camminare.

Jules tira un piccolo sospiro di sollievo, si era ripromesso di non nominare il dentista davanti ad Alma per il prossimo decennio, invece gli è scivolato fuori dopo neppure cinque minuti. Che deficiente. Però pare che non abbia avuto nefaste ripercussioni.

Per ora.

Si vedrà domani, al *the day after* dell'appuntamento-Alma-Messi-per-colpa-di-Jules, come andrà a finire davvero.

46

«Ci sarebbe da controllare l'alibi dell'avvocato Bellini e quello di Leonardo che dice di essere rimasto a lavorare in collegamento Internet con dei fornitori e… noooo.» Jules si avvicina alla sua auto che lampeggia le quattro frecce come un albero di Natale e sfila il foglietto rosa della multa dal tergicristallo.

«Cosa c'è, ispettore, si sente male?» si informa la Fabiani, senza neppure fingere una minima nota di preoccupazione nella voce.

«No, niente, me la sono alzata» sospira Rosset.

Sono quaranta minuti che ha mollato l'auto in doppia fila in pieno centro, con l'aggravante dell'orario delle "vasche" pomeridiane che conduce a una densità di popolazione al metro quadro pari a quella del Bangladesh. Essendo periodo natalizio questa densità raggiunge i livelli della Pinguinera di Punta Tombo durante la stagione degli amori. Per dire che gli va già bene che la sua Citroën non l'abbiano trascinata via con il carro attrezzi, ecco.

«Ora vado da Carlo Messi, il dentista, per quella questione delle otturazioni trovate in bocca al cadavere, sperando che ci confermino l'identità con una buona approssimazione.» Jules infila la multa in tasca e si accascia sul sedile, è stanchissimo.

«E la gallerista, la moglie di Leonardo e Antonio? Gli alibi sono a posto?» si informa la Fabiani.

«Hanno mentito entrambi fornendomi una l'alibi farlocco di un film d'essai e l'altro niente, nessun alibi, ha detto di aver girato senza meta tutta la sera. Per questo sono certo che loro con l'incendio non c'entrino.»

«Non la seguo.»

«Stavano insieme, lo supponevo e me lo ha confermato anche Alma» spiega Jules, che a suon di depennare indiziati in mano non gli è rimasto niente. «E il Rimassa ha davvero dei terreni sopra Maxena?»

«Sì, tre fasce di ulivi. Ha detto di essere andato su a controllare le reti per le olive, dato il vento che c'era ci è rimasto per un po', ma non si ricorda l'ora precisa.»

«Mah, 'sto caso ha sempre meno elementi, pare di andare in giro con un colabrodo» sbuffa Rosset.

«Be', dopo le ultime rivelazioni della signora Mavi, non direi» esclama la Fabiani «sembra la trama di un romanzo russo.»

«O di una soap» espira Jules, che non trova un parcheggio a morire e tra due minuti deve essere da Messi «e alla luce di ciò bisogna pescare anche qualcosa su Federica De Ferrari, il prima, il durante, il dopo... tutto lo scibile, insomma.»

«Percepisco un "non so che" nel suo tono, ispettore, o mi sbaglio?»

«No, cioè sì, forse. Non lo so, Sara, scoperchiare di nuovo tutto sarà estenuante, molesto e pesante, ma non è solo questo. C'è qualcos'altro in questa faccenda che mi sfugge, ma chissà perché mi pare che se non lo agguanto mi sarà fatale. Come se fosse lo scambio di un binario, capisci? Se non lo becco continuo sì la corsa, ma per arrivare alla stazione sbagliata. O magari no, è solo perché mi rompe da morire andare a dissotterrare segreti morti, sepolti e putrefatti. Vabbè, sono stanco, lasciamo perdere.»

«Ah, il vice questore ha appena finito la conferenza stampa riguardo alla famigerata scritta araba trovata sul muro della *Radici*.

Tra i giornalisti c'era anche l'autrice dell'articolo che ci ha creato tanti problemi, la Luni. Carlo Maria Castelli è stato diplomatico e persuasivo, ma non mi stupirei se dalla Luni uscisse dell'altro. Vedremo. Mi faccia sapere cosa salta fuori dall'incontro con il dentista.»

«Ma non vai a casa?»

«Sì, ma il mio cellulare ce l'ha, no?» chiude sbrigativa la Fabiani, che a quanto pare freme e non riesce ad aspettare domattina.

Male, scuote la testa Rosset, quando ti prende la scimmia dell'indagine è finita. La tua vita diventa la vita dei morti ammazzati e dei criminali. E non è bello. Non per una carina, giovane e con tutta la vita davanti come la Fabiani. Deve parlarle, appena tutto 'sto casino dei Radici è finito deve spiegarle, per disintossicarla prima che sia troppo tardi. E metterla davanti al fatto che corre il rischio di diventare come lui: potrebbe rivelarsi un buon "metadone", ne è certo.

* * *

«Credo di poterla aiutare, ispettore.» Carlo Messi si sfila gli occhiali e lo guarda, con la sua bella faccia aperta e gli occhi curiosi e divertiti.

E sì, ammette Jules, se fosse una donna troverebbe davvero irresistibile uno come Messi. Porca vacca. Ma come ha fatto a lanciargli tra le braccia Alma così, senza un minimo di lungimiranza o di perspicacia emotiva?

Sbuffa, piano. Ma come direbbe l'Alfonsina, "inutile piangere sul latte versato", quindi… «Ha trovato qualcosa per me?» chiede, sporgendosi sul referto che Messi ha sparpagliato sulla scrivania.

«La composizione dell'amalgama delle otturazioni è precedente al 2001, come giustamente aveva già fatto notare il suo anatomopatologo, e no, nessuno dei miei colleghi liguri l'ha più adoperata da allora. Ora, non posso assicurarle che qualche odontotecnico non esegua otturazioni sottobanco ancora con questo tipo di amalgama, ma lo escluderei in questo caso. Il ponte ha incisa quella sigla, "LM", che sta per Leopoldo Molinari, un famoso dentista di Genova, uno dei primi a effettuare gli impianti direttamente nell'osso con tecniche all'avanguardia e, all'epoca, costosissime. Questo era un ponte... come dire, di passaggio, ecco, nell'attesa preparatoria dell'impianto vero e proprio che affinò nel 1972. Sono denti giovani questi che mi ha mostrato, e di un uomo giovane che poteva permetterselo economicamente, e non so se è questo il caso...»

«È questo il caso» annuisce Jules.

«Bene, quindi è ragionevole pensare che quest'uomo sui trenta-trentacinque anni, abbiente e a conoscenza delle nuove tecniche di cui sopra, si sia rivolto al professore Leopoldo Molinari per avere un impianto osseo fisso con viti in titanio a distribuire al meglio le forze masticatorie e limitare problemi futuri legati a... be', non è il caso che mi dilunghi in dettagli che non le sarebbero di aiuto. Le basti sapere che essendo i primi lavori realizzati con queste tecniche innovative, certamente lo studio avrà tenuto documentazioni e radiografie. Il professor Molinari non esercita ovviamente più, ma il suo studio porta ancora il suo nome, con un'équipe che si era formata con lui e ancora prosegue le ricerche in questo campo. Se vuole le do tutti i recapiti e la metto in contatto con i colleghi del *Galliera* che hanno accesso al materiale in questione.»

«Fantastico, sì...» sbatte gli occhi Rosset, che se solo avesse immaginato che Messi gli avrebbe fornito una chiave così, e in dieci minuti, mannaggia, si sarebbe risparmiato un sacco di viaggi a vuoto e ore di ricerche.

«Poi, sempre a esperienza, dall'usura dei denti in ceramica del ponte, il giovane uomo in questione non ha avuto modo di usarlo molto. Questo per dirle, sempre per darle un lasso di tempo, che tra il ponte provvisorio e l'impianto definitivo non passa mai più di un anno, ma questo ponte avrà lavorato in bocca sì e no un mese. Quindi quest'uomo è morto un mese dopo averlo messo. Se dalla documentazione del professor Molinari risalirete alla data della messa in opera del ponte provvisorio, avrete anche orientativamente la data della morte.»

«Un mese dopo.»

«Circa, ma con una buona approssimazione» annuisce Messi, con la faccia soddisfatta e divertita di uno che ha risolto il cruciverba di Ennio Peres senza battere ciglio.

«Che dire, grazie» sorride sghembo Rosset, raccogliendo il referto di Calabrò e stringendogli la mano.

«E no, grazie a lei, ispettore» ricambia la stretta lui.

«A me, e perché?» arriccia le sopracciglia Jules, poi coglie lo sguardo sornione di Messi. «Ah. Già. Per oggi pomeriggio con Alma, intende. Si immagini. E buona serata» bofonchia mesto, poi imbocca le scale.

Ecco, vedersi affibbiare il ruolo di paraninfo era un'umiliazione che gli mancava.

Merde de la vache putain.

47

«Ispettore Rosset?»

Jules si volta torvo, pronto a scansare moleste intrusioni al suo già risicato tempo utile, e incrocia un viso aperto, carico di microscopiche lentiggini e due occhi immensi e cangianti, come il mare.

«Natalia?» sorride sghembo, riconoscendola subito.

«Fa strano incontrarsi qui... lontani dai ciottoli e dal mare intendo» ricambia il sorriso lei, stringendogli la mano e alzandosi in punta di piedi per salutarlo con due rapidi baci sulle guance, in un'intima violazione del suo spazio vitale che stranamente non gli dà fastidio, anzi.

«Già, è un bel po' che non riesco a farmi una passeggiata come si deve» ammette Jules «in effetti è un bel po' che non riesco a fare un sacco di cose... Ma lei, cioè tu, come va?» Poi si pente subito della domanda. Mai, m-a-i chiedere notizie sulla salute che potrebbero aprire voragini di pessime notizie e baratri di commiserazione che lui non è in grado di gestire e, a essere sincero, non ne ha neppure il fegato.

Aveva incontrato Natalia all'inizio dell'estate mentre, perso nei suoi pensieri, aveva, per la prima volta da quando era approdato qui in riviera, volontariamente immerso i piedi in mare. Orrendi piedi ossuti, bianchi come la pancia di un pesce, aveva poi notato con un certo imbarazzo, cercando di farli inghiottire dalla sabbia, mentre chiacchierava con Natalia. Era stato piacevole parlare con lei quella volta, e anche le altre volte che per caso o per una specie di appuntamento non dato ma quasi sperato si ritrovavano lì, a mettere a bagno le estremità e a raccontarsi... mah, non saprebbe dire neppure lui cosa. Mai faccende troppo personali, questo è sicuro, Natalia teneva sempre dei foulard coloratissimi a coprirle la testa, e pure lui, nella sua totale ottusa lentezza, aveva intuito il perché. Che combaciava anche con la predilezione di quegli orari strani dove la spiaggia si svuota e il sole morde di meno, che per lui era dettata dall'irritazione verso il caldo e la costipazione di corpi sudati, mentre per lei era sicuramente una scelta obbligata. Eppure in quelle poche frasi che si dicevano e in quei silenzi, sicuramente più numerosi e lunghi ma comunque pieni e goduti, Natalia straripava di serenità e gioia di vivere quasi contagiosa.

«Sto bene, sì» risponde lei, e si sfila il cappello di lana mostrandogli la fitta trama di ricci castani che le ricopre il cranio. «Cerco di non affezionarmici troppo, eh» ridacchia «ma passarci sopra la mano è divertentissimo.»

«Ah» annuisce laconico Jules, ché solo a un demente può uscire un monosillabo così insulso a commentare una faccenda simile, ma è anche la prima volta che Natalia fa cenno apertamente a qualcosa di così personale – come i capelli che non aveva e che ora ha, per esempio – e questo lo ha un po' spiazzato, ecco.

«Hai mai visto il mio negozio-laboratorio?» lo toglie d'impiccio lei – ché il turbamento doveva scorrergli in sovrimpressione come i sottotitoli del televideo – e lo spinge in una viuzza stretta lastricata di pietra, dove saluta un ragazzo arabo che sta sistemando delle cassette di frutta – meravigliosa – davanti alla sua bottega. Superano un antro profumato che ostenta un tripudio di dolci, cioccolata e coloratissimi macarons – mai visto prima, ma dove diavolo ha vissuto questi due anni? – e con un fiero "ta-daa!" Natalia lo infila nel suo negozio.

Che non sembra per niente un negozio.

Nell'accezione più entusiastica della negazione, perché è bellissimo.

Jules si guarda in giro: il pavimento di ardesia, il soffitto a travi di legno, mensole che sembrano assi da ponteggio con sopra degli oggetti strani di materiale altrettanto strano ma piacevoli da vedere, un vecchio baule sormontato da cuscini rivestiti con vecchie coperte militari e B.B. King che riempie i vuoti con una sublime *Why Do Things Happen to Me*.

«Ecco dove finiscono» esclama Jules sfiorando una lampada fatta mettendo insieme le pietre levigate e i legni, frutto dei bottini di Natalia sulla spiaggia.

«Sì, quasi tutto ciò che vedi qui è alla sua seconda – a volte anche terza o quarta! – vita. È che a volte le cose cambiano senza che tu possa far nulla, però poi scopri che si può fare tanto per cambiare il modo di vedere le cose. Così la Fine non è mai fine davvero: come in un cerchio, dove la fine è sempre l'inizio del giro successivo, dove la morte non è morte ma trasformazione e nuova vita… diversa, sì, ma vita. Non hai idea di quanto mi faccia sentire viva rubare queste cose alla morte» ride, con quei suoi occhi sfaccettati che sembrano spruzzare scintille.

«Già» sospira Jules sfiorando una radice accartocciata che ora è diventata un porta cd «è che a volte uno fa finire anche delle cose buone solo perché è un cretino egoista e non le coltiva abbastanza.»

«A volte le cose buone devono finire perché le cose migliori abbiano inizio.» Natalia sorride, poi lascia alla voce di Aretha Franklin il compito di sbrogliare i pensieri.

48

«Toh, ma guarda» ridacchia stupita l'Alfonsina «è proprio vero, eh, che la mela non cade mai lontana dall'albero!»

«La stessa cosa che ha commentato la signora Maria Vittoria» sospira Alma, posando la tazza bollente sul tavolo «solo che lei si riferiva alla tresca fra Antonio e Andreina, non a quella tra suo marito e Federica. Anche se, a ben vedere, scambiando l'ordine dei fattori il risultato non cambia.»

«Così è stata Federica a innescare tutto l'ambaradan... mah, non l'avrei proprio detto» scuote la sua testina da rapace l'Alfonsina «aveva sì la fronte alta e bombata, che a volte denota la predisposizione a trarre vantaggio dalle debolezze altrui, e il labbro inferiore sporgente di chi è portato al rancore e all'umore altalenante, ma da lì a pensarla perpetrare una macchinazione così efferata e tragica...»

«Considerando il merdaio che verrà alla luce con queste sue rivelazioni, be', dubito che la signora Maria Vittoria se lo sia inventato, ecco» evince pratica Alma, che a dir la verità avrebbe la testa tutta da un'altra parte e le perplessità lombrosiane della suocera ora la lasciano abbastanza indifferente.

«E tu, invece?» la scrutano quegli occhietti da poiana «quelle linee che ti stanno tagliando la fronte sono foriere di stati d'animo contrastanti e quella ruga verticale che ti arriccia le sopracciglia, poi...»

«"Poi" cosa? Non c'è proprio nessun "poi"» le interrompe brusca le letture Alma, passando il palmo sulla faccia a stirare e lisciare segni dove potrebbe insinuarsi ancora lo sguardo inquisitore dell'Alfonsina. Ci manca solo di sviscerare con la suocera il calvario emotivo che le toccherebbe se s'impelagasse sentimentalmente con un altro uomo.

«Un "poi" fatto di pensieri che non mi sembrano quelli di sempre, per dire che puoi tirare e spianare quanto vuoi, eh, ma se resta il pensiero il solco non va via, sappilo.» L'Alfonsina alza eloquente un sopracciglio e non aggiunge altro.

Ecco, sospira Alma, ora le dispiace di essere stata sgarbata, non voleva, è che… niente, ha ragione sua suocera: questi sono pensieri diversi dal solito e lei non è capace di dipanarli, di dar loro il giusto peso, e si sta facendo ingoiare da tutto questo stupido rimuginare che non porta a niente.

«I ragazzi hanno riportato indietro l'albero di Natale finto» cambia discorso l'Alfonsina, senza però staccarle gli occhi dalle pieghe della faccia «da tre ore sono tutti e quattro sigillati nella camera dei gemelli, da cui escono rumori strani e odori ancora più strani. Deve anche essere scoppiata una discreta miccia fra Maria e Paolo, ma ho lasciato che se la sbrigassero tra loro.»

«Grazie, Alfonsina, anche per il polpettone di patate e fagiolini che sta cuocendo nel forno» si alza Alma, posando la tazza sul lavello «stasera sono così prosciugata che anche solo l'idea di pensare a qualcosa da inventarmi per cena mi pareva più insormontabile di un doppio cambio armadi.»

«È che a volte la sensazione di essere sul bordo di un precipizio, indecisi tra fare un passo indietro e lasciarsi andare, ci fa restare lì: secchi come degli stoccafissi prima dell'ammollo» non lascia la presa la suocera. «Com'era invece in quel film che piace tanto a Luca? Dai, quello con coso lì, Sean Connery che fa il padre dell'altro con la frusta e il cappello… ma sì, con loro che vanno a cercare il Santo Graal…» si spazientisce l'Alfonsina, che ha una tolleranza all'attesa pari a zero.

«*Indiana Jones*, dice?» prova perplessa Alma, che non vede proprio cosa c'entri con lei e le sue rughe verticali da pensieri.

«Sì, proprio quello» annuisce rapida. «Hai presente quando lui si trova sull'orlo del precipizio e decide di aver fiducia facendo un passo nel vuoto, per scoprire poi che vuoto non è? Ecco, abbandonarsi a volte è l'unico modo per andare dall'altra parte, capisci? E poi non sei mica una stupida, no? Se ci stai rimuginando sopra significa che ciò che pensi di trovare al di là di questo salto può valere la pena. Quindi mi domando cosa stai ancora a rimasticartela e a ponderarla. Buttati, che sarà mai?»

«Be', fosse così semplice» prova a difendersi Alma. Se l'Alfonsina sapesse...

«So che la morte ci deve trovar vivi» sputa secca la suocera, infilando gli occhietti a scavarle l'anima «quindi smettila di pensarci e vivi! Ché per colpa di quel cretino di mio figlio ti sei già seppellita abbastanza.»

Alma appoggia la fronte al vetro della finestra, affondando lo sguardo in tutto quel buio punteggiato di luci. Vorrebbe lasciarsi ingoiare da quel buio e con calma aspettare di essere digerita.

«Uh, ciao ma', sei tornata» piombano in cucina le gemelle, infrangendo l'attimo e riportandola subito al "qui".

«Ah, giusto voi: cosa stavate trafficando in camera di Luca e Paolo?»

«Niente...» glissano loro, prendendo le posate per apparecchiare la tavola.

Sì, un "niente" che ad Alma suona peggio delle dieci piaghe d'Egitto, eh, ma decide di glissare anche lei e affrontare un pensiero alla volta.

Cominciando da Luca e Paolo che le sembrano strani, si scambiano sguardi, parlottano e si zittiscono subito appena lei transita nei paraggi... È che il ricordo di ciò che ha passato Luca giusto un anno fa le schiaccia ancora il cuore. Lui pare abbastanza sereno, tutto preso dalla sua canoa e dagli allenamenti, ma come fa a essere sicura che sia davvero tutto a posto? Non ne è sicura, infatti. Sì che l'Alfonsina ribadisce sempre che di sicuro c'è solo la morte, però un minimo di tranquilla certezza le sarebbe di conforto, ecco.

«Tutto bene?» bussa alla loro porta Alma.

Paolo sporge la testa da un palmo di fessura. «Oh, ciao ma', tutto bene, sì.»

«Ma che odore è?» annusa Alma: sotto il consueto miasma le pare di percepire un retrogusto di resinoso e bruciato.

«Ma niente...» glissa pure lui come le sorelle, in questo omertoso "niente" che di niente non ha proprio un bel niente.

«Tuo fratello è lì?» domanda Alma, cercando di sbirciare dentro il palmo di fessura.

«Sì, ora arriviamo, dobbiamo solo finire qua, ci vuole un attimo» risponde da dentro la voce di Luca.

«Volevo chiedervi una cosa...» Alma incrocia le braccia sul petto «ma è abbastanza fastidioso doverlo fare parlando a mezza faccia di figlio e a uno stipite di legno.»

Luca e Paolo sgusciano fuori, chiudendosi la porta alle spalle.

Sempre più strano, li scruta a occhi socchiusi Alma.

«Cosa?» chiede Luca.

«Cosa che?» si riscuote Alma, tutta presa com'era dallo scandaglio genitoriale della forma semisconosciuta definita "prole".

«Cosa volevi chiederci?» alza gli occhi al cielo Paolo.

«Ah, sì, giusto: questo Natale Alberto lo passerebbe da Jules e così lui proponeva di trascorrerlo tutti insieme, da noi intendo, che ne dite?»

Luca e Paolo si scambiano veloci un'altra di quelle occhiate che lei non riesce a decriptare.

«Per noi va benissimo, anzi...» annuiscono all'unisono.

«... eh, anzi?» li sprona Alma

«Niente» calano vaghi, sommandolo al niente di prima che non era affatto un niente.

«Ah, ecco dov'eri» trilla Marta, spuntando dalla cucina «ti volevo chiedere: ma tu cosa vorresti per Natale?» domanda, scrostandosi di dosso la sorella che, allarmatissima, le sta sussurrando all'orecchio cose.

«Be', guarda, già che me lo chiedi sarebbe regalo graditissimo una sistemata ai vostri rispettivi armadi» risponde pronta Alma «ogni volta che apro l'anta temo di perire inghiottita da una slavina di lego-pallottole-di-calzini-usati-quaderni-pennarelli-oggetti-non-ben-identificati ma dall'impatto comunque molto doloroso. Una roba da non crederci. Dovrebbero pensare ad addestrare dei sanbernardo da armadi, andrebbero a ruba.»

Marta incassa e borbotta qualcosa, presa alla sprovvista.

«Ecco, appunto» sbuffa Maria, alzando gli occhi al cielo «cosa ti stavo dicendo poco fa? Non. Chiedere. Mai. Per dire che le compravamo un libro ed eravamo tutti felici, ecco. Vorrà dire che metterai a posto tu anche la mia parte di armadio» conclude torva, scavalcando la sorella per tornare in cucina.

Marta stringe gli occhi innescata alla rissa, si infila nella sua stanza e sbatte la porta.

«Be', noi non ti abbiamo chiesto niente, quindi...» telano veloci Luca e Paolo, risigillandosi oltre la porta.

Alma alza gli occhi all'orologio, sono le otto e dieci, tra venti minuti dovrebbe essere da Carlo Messi per una serata "romantica" e ha la predisposizione emotiva di un dobermann a cui hanno strappato da sotto il naso la cena.

Bene, in fondo era davvero inutile starci tanto a rimuginare su, la sua emancipazione amorosa si autoestinguerà nell'attimo stesso in cui lei si paleserà, sfatta e ringhiante, al cospetto di Messi. Tanto vale togliersi il dente subito.

E già questa pessima associazione mentale le conferma quanto sia letale la sua predisposizione emotiva alla serata.

49

«E quindi niente, il tipo è morto un sacco di tempo fa...»

«Mi sembri quasi deluso.» Jules incastra il cellulare tra orecchio e bavero per annodare meglio la sciarpa, sono venti minuti che è piantato sulla rampa di scale del sottopasso – se si infila dentro perde il segnale – a raccontare a suo figlio Alberto tutta la faccenda dei Radici. Che a dir la verità ne avrebbe fatto volentieri a meno: una cosa che si era imposto sin dall'inizio riguardava proprio il non parlare *mai* di lavoro con la sua famiglia. Quasi a non contaminarla, una specie di oasi protetta per la salvaguardia della biodiversità emotiva, un paradiso terrestre dove abbeverarsi per ripulirsi da ciò con cui si scontrava ogni giorno. È che purtroppo se per venti ore al giorno non fai altro che impastarti con le vite degli altri, quando torni a casa non sai cos'altro dire, nel senso che la tua vita è tutta lì, di cosa potresti mai parlare? Infatti con Clelia è finita com'è finita e con Alberto si stava creando una distanza incolmabile: due continenti alla deriva opposta.

Era stata Alma, durante l'estate, a proporgli di coinvolgere Alberto nella sua vita e per farlo doveva renderlo partecipe dell'unica cosa che riempiva le sue giornate, cioè il suo lavoro. Che è tristissimo a dirsi, uno dovrebbe coltivare suoi interessi, hobby, passioni... ma quando fai un mestiere così non riesci a staccarti mai del tutto, perché la tua testa continua a smontare e rimontare, perché ci sei dentro e non ne esci finché non è finita, a volte non finisce neanche davvero, e comunque ti ritrovi subito a ricominciare con un altro caso e così via. Quindi sì, Alma aveva ragione, perché come ha lasciato entrare Alberto le distanze si sono assottigliate, ora parlano un sacco, non solo delle indagini, ma lui gli racconta anche della scuola, dello sport, di sé insomma. Solo sul fronte sentimentale pare un po' reticente, ma lo capisce e apprezza. E poi l'amicizia con i figli di Alma è una spinta ulteriore a far sì che Alberto cali da Rapallo a Chiavari anche oltre i giorni prestabiliti. Solo che ora ha un freddo maiale e vuole tornarsene a casa.

«No, cioè sì, perché pare quasi che tu non abbia risolto niente, ecco» ammette Alberto «che poi lo so che non è così, voglio dire: arrivarci dopo tanto tempo è stato pazzesco.»

«Sì, non è stato facile. Anche se... non so, mi pare che non tutto torni, che qualcosa strida, capisci?» gli spiega Rosset.

«Se ti viene in mente mi chiami?»

«Eh, poi la senti tua madre, se ti telefono tardi per parlare di cadaveri e morti ammazzati.»

«Mandami un messaggio così lo metto silenzioso e quella non sente.»

«"Quella"? Stai parlando di tua madre, ragazzo, come sarebbe "quella"» si altera Jules.

«Sì sì, ok, ma tu fallo, eh!» conclude frettoloso Alberto.

Jules imbocca finalmente il sottopasso che lo porta a casa. Chissà perché gli era venuta voglia di dare un'occhiata al mare, proprio lui, che con l'acqua... sì, insomma, non che con il mare abbia tutto questo trasporto. È che le sue montagne a volte gli mancano come se lo avessero privato di un pezzo del corpo, che so un piede, un braccio. Rivedere Natalia gli ha ricordato come il mare a volte ha saputo colmare un po' di queste mancanze. Certo, non il mare vacanziero che aborre con tutto se stesso, deve visitarlo nel silenzio rotto solo dalla risacca o dai marosi, come stasera, che così nero e spumoso incuteva lo stesso timore riverenziale delle sue vette immote e solenni. E comunque ora deve tornare a casa, non osa immaginare Professor Moriarty, sofistico com'è, tutto il giorno solo con l'unico (!) conforto di una ciotola colma di crocchette e dell'intero appartamento a sua completa disposizione.

C'è da dire che il felino in versione invernale è abbastanza schiantato di sonno, sta lì, assilurato sotto al piumone, che pare il boa che ha ingoiato l'elefante dei disegni del *Piccolo Principe*. Eppure se Jules sta fuori tutto il giorno il felino se la prende, a prescindere. Dev'essere una questione di principio, in virtù di quello strano rapporto di podestà e sudditanza tra umani e felini, dove il vassallo ovviamente è lui, lui-l'umano-Jules, è chiaro.

Rosset apre lentamente la porta di casa, accende la luce e si guarda intorno. Tutto pare tranquillo.

Entra circospetto in sala, sbircia le sue nuove casse acustiche – acquisto reso necessario a causa della vendetta assassina del suddetto felino – perché non si sa mai: le recidive reiterate sono il suo pane quotidiano e sa quanto possano essere letali, ma tutto pare in ordine.

Va in cucina, in bagno, poi entra in camera da letto, si guarda intorno... il piumone è un po' scomposto, probabile che Professor Moriarty abbia soggiornato lì, ma ora non c'è. Comunque sì, pare tutto tranquillo.

Troppo tranquillo, nota con un filo di allarme Jules.

Torna verso la cucina, apre il frigo e Professor Moriarty si materializza accanto alle sue caviglie, avvolgendogli la coda rossa intorno alle tibie.

«Ah, sei qui, pensavo che te la fossi presa.»

Jules si china a passare la manona ossuta sulla schiena arcuata del gatto, che ricambia con un *ron ron* di tiepido entusiasmo e un po' sostenuto, del tipo "sì, ok, ora sei qui, ma ti pare l'ora di arrivare?", e a Jules smotta un destabilizzante *déjà-vu* della sua vita matrimoniale.

«Guarda che non lo faccio mica apposta, fosse stato per me oggi non mi sarei mosso da quella poltrona.»

Professor Moriarty si piazza accanto al frigo, dritto come una stele egizia, e lo fissa.

«Senti, ne abbiamo già parlato, su questa cosa che ti offendi se ti mollo da solo tutto il giorno bisogna che ci lavori un po', eh, io faccio quello che posso. Cioè, a dire il vero il tempo di fare un salto qui l'avrei anche avuto, ma oggi stavo così a pezzi che se facevo tanto di mettere un'unghia in casa finiva che non uscivo più. Ho preferito evitarmi la tentazione, capisci?»

Professor Moriarty sbatte appena gli occhi, nella sua ostinata fissità pregna di disappunto.

«Che ne dici se ci scaldiamo la minestra di polpettine che ci ha cucinato Calabrò ieri sera? Sono disposto a dividerla a metà in segno di pace, ti va?» mercanteggia Jules, tirando fuori la pentola per posarla sui fornelli.

Professor Moriarty ruota appena un orecchio, segue con gli occhi il percorso della minestra, ma non dà alcun segno di essere disposto a scendere a patti.

«Ma sei proprio un testone, eh! Spiegami che ti cambia se durante il giorno sono qui o non ci sono, tanto te ne stai tutto il tempo a ronfare sotto al mio piumone. Proprio non capisco questo tuo metter su i musi se rientro tardi.»

Professor Moriarty inclina appena la testa, poi con ostentata indolenza si stiracchia e, un passo dopo l'altro, con lo stesso dinoccolare sprezzante e svogliato di John Wayne, si avvicina ai fornelli.

«Oh, ti sei deciso allora!»

Professor Moriarty alza appena un sopracciglio in un eloquente: "Mi sono solo avvicinato, mica ho detto che mi è passata". Cioè, Jules è consapevole che i gatti non hanno le sopracciglia, ma è altrettanto consapevole che Professor Moriarty ha la faccia di uno che ha appena alzato un sopracciglio.

«Però guarda, ti stimo. Perché nonostante l'evidente risentimento che provi nei miei confronti per quello che tu giudichi abbandono-per-un-giorno-intero, ti sei saputo controllare. Non ti sei vendicato, non mi hai fatto carognate, le mie casse nuove sono ancora illese, i miei vinili al loro posto, non mi hai sventrato la poltrona e non hai sparpagliato in giro la sabbia della tua lettiera. Davvero, sono colpito e pure commosso. Mi fa piacere se ti manco, sia chiaro, ma anche tu devi capire che io sono abituato a star solo e questo dover rendere conto a qualcuno delle mie giornate e dei miei spostamenti… be', anche io mi ci devo abituare, ecco» spiega mentre mescola la minestra, poi spegne il gas sotto la pentola e la porta a tavola. «Dunque, le polpette sono in tutto tredici, quindi eccotene una, due, tre…» inizia a contare scucchiaiandogliele nella ciotola.

Professor Moriarty segue attento, muovendo la testa da una parte all'altra, come seguendo un match di tennis.

Un profumo che apre le viscere e mobilita i succhi gastrici, aspira Rosset, già pentito di aver barattato metà della sua cena con un felino permaloso. Che poi è assurdo che si faccia dei problemi… Cioè, che lui sappia, di animali matematici c'era solo Francis il mulo parlante, quindi… Sorride bieco fermandosi alla suddivisione impari, quattro polpette a nove per lui, poi posa la ciotola a terra.

Professor Moriarty guarda la ciotola, guarda la pentola e guarda Rosset.

«Ah sì, scusa…» bofonchia Jules scucchiaiandone ancora una.

Professor Moriarty lo fissa, immobile, senza allontanarsi dalla pentola.

Jules ne mette ancora una. «Ecco, sono sei, va bene?»

Poi incrocia quello sguardo giallo e risoluto e con un sospiro rassegnato divide anche la sua settima polpetta a metà.

«Certo che sei pedante, eh! Sei polpette e mezzo a me e sei e mezzo a te. Metà precisa, ok?»

Professor Moriarty salta giù dal tavolo e affonda il muso nella sua ciotola, visibilmente soddisfatto.

Ecco, pure il felino contabile gli doveva capitare, ma si può?

* * *

«È che ho 'sto dubbio che mi trapana dentro, ma sotto mano ho solo i disegni della *Domenica del Corriere* che ci ha portato Solari e vorrei anche un riscontro fotografico» urla Jules digitando nervoso sulla tastiera.

«Guardi che non c'è bisogno di gridare, il vivavoce è fatto apposta» lo tarpa caustica la Fabiani «perché non adopera gli auricolari, se ha questo timore?»

«No, la roba dentro le orecchie non la sopporto» sbuffa Rosset, che ha già la pazienza triturata dalla mezz'ora buona persa a cercare per l'etere fotografie di Federica De Ferrari.

«Ecco, apra la posta, le ho mandato tre link e cinque foto di Federica ai tempi del matrimonio e della sparizione di Rodolfo» gli dice Sara «ma cos'è che non la convince? Voglio dire, a confessare una roba così non è che i Radici ci fanno una gran bella figura, eh, per dire che per loro era forse meglio che restasse in auge l'ipotesi del rapimento o della resa dei conti.»

«Lo so, infatti, e sono certo che per quarant'anni tutti loro hanno vissuto nella certezza che Rodolfo fosse morto per colpa di Federica. Ma in mano cosa avevano? Solo delle farneticazioni da alcova e una Federica che in un primo momento, davanti alle accuse di Edoardo, non ha negato, per poi dare loro dei pazzi visionari quando ha capito che con Edoardo non ci sarebbe più stata storia. Niente, nessuna prova, mai, neppure dove avesse nascosto il corpo. Possibile che a nessuno degli inquirenti di allora sia venuto in mente di sondare l'ipotesi dell'uxoricidio? Eppure è la prima cosa che normalmente si fa.»

«Be', metta che i Radici, alla luce dei timori – per loro fondatissimi – che l'assassina fosse Federica, abbiano fatto in modo che nessuna prova portasse a lei e pilotato le indagini proprio per evitare lo scandalo, optando quindi per il male minore. Non sarebbe la prima volta...» prova a ipotizzare la Fabiani.

«È la stessa cosa che mi sono detto io. Però non riesco a togliermi dalla testa la descrizione che Rimassa e la suocera di Alma mi hanno fatto di Federica, che... ma aspetta, guardo le foto che mi hai mandato.»

Jules le apre e le ingrandisce.

Una bambolina bionda, minuta e sottile come carta velina, occhi enormi, collo da cigno, polsi del diametro di un grissino...

«Sembra Patty Pravo ai tempi del *Piper*. Ma ti pare che una così, ammesso che sia riuscita ad atterrare un metro e ottantasei di marito, lo abbia ripiegato come una trapunta per stivarlo in un baule?» gracchia Jules, smanettando con il mouse.

«Un complice, dice?»

«Un complice, un sicario, un innamorato, un'amica... chi lo sa? Ma lei da sola non è possibile. Ammesso poi che sia stata davvero lei...»

«Ma se non era colpevole perché non negare da subito, allora?»

«Forse perché pensava davvero che Edoardo potesse "liberarsi" anche lui di sua moglie per vivere con lei. Insomma, qualcuno le aveva fortuitamente concretizzato il desiderio e lei ha pensato di cavalcarne l'effetto. Però le cose non sono andate come aveva sperato, a Edoardo si sono aperti gli occhi e l'ha vista per quello che era, una psicopatica da cui stare lontano, l'ha mollata lì senza rimpianti e se ne è volato a Boston con la moglie. Oppure l'ha ucciso davvero lei, si è fatta aiutare a sistemare materialmente la faccenda, però le cose non sono andate come aveva sperato, a Edoardo sono cadute le cataratte eccetera eccetera.»

«Sì, in effetti fila» ammette la Fabiani «e però da qualsiasi parte la si guardi...»

«Da qualsiasi parte la si guardi c'è una falla, un anello mancante alla catena degli eventi, un puzzle senza un pezzo» sospira Jules, appoggiandosi allo schienale della sedia.

Professor Moriarty balza sul tavolo con l'aria di uno che vorrebbe andare a dormire. Subito. E non da solo.

«Quindi?» incalza la Fabiani.

«E quindi... boh?» scuote la testa Jules, che davvero non lo sa. «Ah, ti mando i contatti dell'ospedale *Galliera* che mi ha dato il dottor Messi, fa riferimento al professor Leopoldo Molinari, la cui sigla LM era incisa sul ponte dentale del corpo trovato alla *Radici*. Secondo Messi, essendo quelli i primi lavori realizzati con quelle tecniche innovative, lo studio avrà certamente tenuto documentazioni e radiografie, collegate ovviamente a un nome.»

«Nome che lei spera sia quello di Rodolfo Radici» evince Sara.

«Mah, in realtà lo spero solo perché confermerebbe l'idea che mi sono fatto. Anche se, alla luce delle recenti rivelazioni, sarebbe quasi da augurarsi che il morto fosse qualcun altro. Hai presente, Sara, cosa ci toccherà dissotterrare se effettivamente il corpo è di Rodolfo, vero?»

«Eh, l'ho presente sì, ispettore. E soprattutto ho ben chiaro cosa significhi andare a rivangare tra coloro che si sono spremuti e prodigati per tumulare la verità.»

«Ecco, appunto» sfiata Jules.

È stanchissimo. Strano che nessuno abbia mai pensato di realizzare uno strumento atto a calcolare il livello di sfiancamento, una sorta di "stancometro" con tacche di livello a seconda del grado di prostrazione fisica ed emotiva. Tipo che lui ora sarebbe, occhio e croce, a sfiorare l'ultima tacca prima della disfatta totale.

«Ok, ispettore, ora cerchi di riposarsi. Ci vediamo domani in commissariato.»

«Sì, a domani. Anzi, no. Aspetta, Sara, volevo dirti: non è sano che tu trascorra le serate a dissertare di cadaveri con il tuo superiore, non va bene e bisogna che te ne tiri fuori prima che sia troppo tardi. Prima di essere risucchiata dal vortice, intendo. È importante che, oltre alle indagini, *tu abbia una vita.* Chiaro? Quindi finiamola qui, che sia l'ultima volta che...»

«Ispettore?» lo interrompe la Fabiani con una risatina «guardi che io *ho* una vita. Nel senso che tra venti minuti esco con i miei amici.»

«Come, tra venti minuti esci? Ma se sono le dieci passate!» gracchia basito Jules, che a quest'ora, d'inverno, annientato da una stanchezza paradossale e con la giornata di lavoro alle spalle, non uscirebbe neppure se ad aspettarlo ci fosse Michelle Pfeiffer, meraviglioso e inarrivabile sex symbol dei suoi sogni di gioventù e non. «Ma domani come fai... cioè, non sei distrutta con così poche ore di sonno?»

«No» risponde liscia la Fabiani, nel laconico candore dei suoi ventotto anni.

Che forse è proprio quel ventennio di separazione temporale a far la differenza tra la sua voglia di tana e la resistenza alle ore piccole di Sara, estrapola con acume Jules, cincischiando ancora sulle immagini di Federica De Ferrari, con i suoi pantaloni a zampa, le camicette striminzite, gli occhioni larghi e il broncio melanconico. Una mantide che ha fatto fuori il marito per barattare la morte della cognata ed essere libera di vivere il suo amore con il cognato. Mah. Perché, tant'è, quella frase di Alma sul Rimassa e il suo immenso e assoluto desiderio di ordine continua a fare capolino. Ma sa anche lui che, a suon di muoversi a tentoni a inseguire sensazioni e sospetti, si sta annodando come una matassa di spago.

Ci vogliono prove. E l'unica pseudo prova che ha è ciò che gli ha raccontato la Mavi.

Professor Moriarty muove a scatti la coda, visibilmente contrariato.

«Ma si può sapere cosa vuoi?» sbuffa Jules. «Tralasciando il fatto che avrai dormito tutto il giorno, quindi non vedo tutta 'sta fretta, e poi al mattino ti schianti lì da solo, fallo anche adesso, no? È questione di un attimo, tanto sai che poi arrivo.»

Professor Moriarty lo guarda ancora un momento, poi si allunga e, con calma, moltissima calma, si acciambella sulla tastiera del computer.

«Eh, ma allora sei proprio un fetente» alza gli occhi al cielo Jules, cercando di insinuare le dita ossute sotto al malloppo peloso, a salvare foto e chiudere applicazioni sconosciute, simboli, apici, pedici e radici quadrate che il peso felino ha fatto comparire sullo schermo. «Vabbè, ho capito, finiamola qui e andiamo a dormire.» Tenta due o tre tasti a caso sotto alla coda rossa, prima di riuscire a imbroccare quello dello spegnimento, e si alza.

Come attivato anche lui da un interruttore, il felino balza a terra e lo precede, piazzandosi sulla soglia della camera da letto, in attesa. O per segnalargli inequivocabilmente il percorso, sospetta Jules, raccogliendo il suo impermeabile dal bracciolo della poltrona per appenderlo all'attaccapanni dell'ingresso. Fruga a ripulire le tasche da foglietti, scontrini e pallottole di fazzoletti e le sue dita stringono qualcosa di piccolo e duro.

Estrae il pacchettino fatto con un fazzoletto di carta pulito e ben ripiegato, lo apre con circospezione e trova i tasti scuri di un 3, un 7 e un 8, quelli che lui e Alma hanno trovato tra la ghiaia regolare del piazzale della *Radici & Figli*.

Zac.

Eccola. Di nuovo.

La piccola scossa che lo attraversa dal coccige alla nuca.

Quella che gli arriva quando scatta qualcosa nella sua testa e lui non riesce ad agguantarla. E lo sa che è lì, eh. Ma la maledetta si è già infrattata tra le volute cerebrali.

Jules stringe gli occhi, perché si sente così vicino che gli pare di toccarla.

Niente.

Persa.

Porca di quella vacca.

Va in cucina, fruga nel cassetto, prende un sacchetto nuovo da congelatore e ci fa scivolare dentro i piccoli tasti scuri.

Poi si trascina in bagno, sotto lo sguardo implacabile del felino, ingloba con una smorfia le pastiglie di Calabrò che gli fanno ruttare incenso e finalmente entra in camera. Si avvicina al letto, solleva il cuscino per prendere il pigiama e una piuma bianca, impalpabile e leggera, gli si posa sul braccio.

Jules sbatte gli occhi, più sconcertato che sorpreso.

Sfila le pantofole, appoggia i piedi nudi sul pavimento e al suo alluce si appiccica qualcosa.

Tira su il piede. Un'altra piuma.

Si allontana dal letto per avere una visione d'insieme.

Lo spostamento d'aria crea un volteggiare di microscopiche piumette, come bucolici fiocchi di neve che restano sospesi per un attimo e poi si posano lievi sul comodino, sul suo pigiama ancora piegato, sulla lampada, sull'ingiallito tascabile di *Maigret e il castellano* che le allusioni della Mavi sulla sua persona gli hanno fatto venir voglia di rileggere.

Eccheccacchio.

Jules si inginocchia e si affaccia a sbirciare sotto al letto. Non sa neppure lui cosa si aspetti di trovare, forse una strage di pennuti perpetrata da un felino stanco di crocchette agnello e mirtillo nero da quarantotto euro al pacco, crede. Ma non c'è nessun indizio che lasci presumere un fatto di sangue. Solo piume. Poche.

Si solleva a fatica e si guarda ancora un po' in giro, poi alza le spalle e inizia a spogliarsi, pregustando la goduria infinita di infilarsi sotto al piumone a leggersi Simenon finché non gli piombano le palpebre.

Professor Moriarty lo fissa, Jules sa che non salirà sul letto fino a che lui non si sarà definitivamente sistemato, il felino detesta profondamente tutta questa pantomima di preparazione, ma detesta ancora di più essere svegliato da movimenti repentini – tipo starnutire, grattarsi, girarsi per sistemare la sveglia o sprimacciare il cuscino – quindi preferisce aspettare.

Jules finisce di abbottonarsi il pigiama e finalmente si abbandona di schianto sul letto.

Una tormenta di piume lo investe: piume addosso, in bocca, sulla testa, nel naso, sui mobili, in terra, piume, piume dappertutto.

In uno strano spettacolo in bilico tra la cartolina innevata di Natale e una scazzottata finita male tra gli angeli del presepe.

Ma che diav...

Jules annaspa, sbatte, tossisce ed emerge roteando le lunghe braccia ossute come le pale di un elicottero.

Un sospetto atroce si affaccia dal suo tessuto cerebrale. Allunga una mano, artiglia il piumone, lo solleva lentamente e il cuore perde un battito.

Uno scempio. Un delitto efferato consumato con freddo calcolo e spietata ferocia. Una vendetta ponderata e studiata a colpire il punto debole, ad affondare con una precisione chirurgica il desiderio che ha accompagnato Jules per tutto il giorno: perché da quando ha messo i piedi fuori dal letto non ha fatto altro che desiderare di tornare al confortante tepore del suo piumone.

Piumone che ora è sciabolato da lunghe artigliate che lo hanno aperto come una sfogliatella napoletana.

Rosset si volta di scatto verso il felino che, con noncurante spensieratezza, sta giocando a rimpiattino con le piume.

«Tu!» sibila socchiudendo gli occhi e schiaffando i miseri resti del suo piumone, caro come il sangue, sotto al naso di Professor Moriarty, perché solo lui può aver imbastito una vendetta così diabolica e perfetta.

Il felino ora lo guarda con malcelato fastidio e l'aria scocciata del "be', era il minimo sindacale che potevi aspettarti, lo sai" e subito torna a dedicarsi alle piume, decisamente più ricreative.

Ecco, ora lo "stancometro" è arrivato all'ultima tacca, oltrepassando il punto di non ritorno. Jules molla a terra quello che prima era un piumone termico in piumino di oca siberiana a quattro gradi di calore, prende la sedia, apre l'anta superiore dell'armadio, ansima e sacramenta fino a che non trova il suo sacco a pelo rosso d'alta montagna, poi passa la manona a liberare il materasso dalle suddette piumette siberiane fuoriuscite dalle bisturate di Professor Moriarty e, con un sordo brontolio di ira repressa, spegne la luce e si mummifica dentro al sacco a pelo.

Le ultime piume si posano immacolate e lievi, come alla fine di una bufera di neve.

Professor Moriarty zompa sul letto, studia la crisalide rossa, scova un'apertura, si affrittella per penetrare nel guscio tiepido e si arrotola piantando la nuca tra le scapole di Rosset. Perché la vendetta andrà pure gustata fredda, ma il trionfo va goduto sicuramente al caldo.

50

«Don Andrea» esclama di botto Jules, tirandosi a sedere nel buio.

Accende la luce: le tre e un quarto. E Professor Moriarty lo sta fissando, ciancicato e spettinato, con un "ma-cosa-diavolo-stai-facendo" nello sguardo.

Jules butta giù i piedi dal letto in una debole tormenta di piume. «Ah, già, il piumone...» bofonchia, riprendendosi dopo un attimo di sconcerto, e saltella scalzo fino alla cucina.

L'aveva lasciato sul ripiano, ne è sicuro, e infatti eccolo lì: il sacchetto trasparente dove ha sigillato i piccoli tasti da cellulare che ha trovato sul piazzale della *Radici*. Jules risaltella fino in camera e, in una nuova e più consistente tormenta di piume, si infila di nuovo nel sacco a pelo. Poi tira fuori un braccio, avvicina la lampada e comincia a frusciare le dita sul sacchetto per guardare i tasti.

Professor Moriarty lo guarda con gli occhi a lama, le orecchie che ruotano a scatti e il fastidio stampato sulla faccia: trova tutta questa attività notturna molto molesta e per nulla funzionale.

Ma Jules non ha dubbi, la famosa piccola scossa che lo attraversa dal coccige alla nuca, quella che gli arriva quando scatta qualcosa nel suo cervello e lui non riesce ad agguantarlo, lo ha appena svegliato per dirgli che quel maledetto qualcosa che cercava lo ha finalmente afferrato. Perché lui li ha già visti, questi tasti, ma come buchi, come buchi sulla tastiera di un cellulare con cui stava distrattamente giocando ieri mattina.

Un vecchio Nokia orbo di tasti a cui mancavano anche il 3, il 7 e l'8.

E questo vecchio cellulare, i cui tasti mancanti sono stati ritrovati sul luogo del "delitto", chiamiamolo così, è di don Andrea Bacigalupo, *merde de la vache putain.*

Ora la cosa più dura sarà aspettare fino alle sette, sospira Jules, che non riesce a tenere le gambe ferme.

Già, sarà durissima, commenta Professor Moriarty con due nervosi colpi di coda.

51

«Come è andata ieri sera?» si informa circospetto Jules, che non sa cosa augurarsi. Cioè, veramente lo saprebbe, eh, ma gli dispiace essere così carogna da sperare che il tête-à-tête tra Alma e Carlo Messi sia stato uno sfacelo.

«Bene» lo spegne laconica lei, ché è andata bene sul serio, a dispetto delle tetre previsioni e nonostante il suo carapace di paure. Ma l'ultima persona con cui vuole parlarne è Rosset.

«Ah» cala giù altrettanto laconico Jules.

«E tu, la tua influenza?»

«A parte essere circonfuso da una bolla di incenso come un bonzo tibetano, sto meglio, dai» ammette lui, indeciso se portarsi dietro l'ombrello. Il mollare del vento ha lasciato una giornata da "cielo grigio su e foglie gialle giù" che non si aspettava e non capisce se piove o se è solo l'aria a essere bagnata.

Si pianta a scrutare il viale: sono le sette e mezza del mattino, è ancora buio come se fosse notte, con lampioni accesi, luminarie accese, toh!, la villetta davanti a lui ha messo le lucine all'albero di fico e l'effetto non gli dispiace, sarà che i fichi hanno quella forma larga e quei rami aperti che sembrano disegnati da Mondrian. Nel palazzo di fianco, invece, tre terrazzi ostentano Babbi Natale che dondolano mesti, come gli impiccati dell'Execution Dock.

«Possibile che neppure quest'anno abbiano trovato una cura per quelli che appendono i Babbi Natale al balcone?» espira Jules, con un brivido di raccapriccio.

«Be', guarda, noi non avremo neppure uno straccio di albero di Natale, se può valere come compensazione» sospira Alma.

«E quello finto che ho visto l'altro ieri con quella decorazione, come dire...»

«Eh, non dire, che è meglio. I ragazzi lo hanno riportato al negozio. Quindi se l'albero fa parte delle tue priorità per entrare nello spirito natalizio, sappi che, a meno di portartelo da casa, da noi non lo troverai. Giusto perché così ti regoli, visto che lo trascorrerai in casa Boero Poli.»

«...» boccheggia Rosset.

«Be', che hai, ci hai ripensato? Guarda che me l'avevi proposto tu, eh» puntualizza Alma.

«No, è che... cioè, dopo la mia uscita di ieri, pensavo che non fossi più dell'idea di avermi fra i piedi, soprattutto a Natale poi...» si giustifica subito ingarbugliandosi nel suo imbarazzo Jules.

«Qui ti sbagli, è soprattutto perché è Natale che ti voglio fra i piedi, e comunque fa piacere a tutti. Ma scusa, mi hai chiamato per fare conversazione o hai delle domande precise da sottopormi, perché altrimenti io avrei anche delle cose da fare» inizia a spazientirsi Alma.

«Ah, sì» Jules armeggia con le chiavi della macchina «ti devo aggiornare su un sacco di roba. Dunque, hai presente quei tasti con i numeri che abbiamo trovato tra la ghiaia del piazzale della *Radici*? Eh, io so da che cellulare provengono, ma non ci crederai mai.»

«Bene, hai intenzione di dirmelo o vuoi che tiri a indovinare?» sbuffa Alma, che ha davvero un sacco di roba da fare.

«Provengono da un cellulare che ieri ho visto da don Bacigalupo» cala a effetto Jules.

«Fammi capire...» Alma smette di ritirare la roba stesa e incolla il telefono all'orecchio «tu pensi che don Andrea si trovasse alla *Radici* quella sera? Cioè tu pensi che c'entri qualcosa? A parte che potrebbe averli persi lì in qualsiasi momento: ti ricordo che don Andrea è, appunto, un don, quindi credo che sia abbastanza normale che lui transiti nei paraggi di una ditta di roba da chiesa, ma no, dico, stiamo parlando di don Andrea! Ma ti pare che lui poss...»

«Frena, frena!» la argina subito Jules «non sto mica dicendo che sia stato lui a fare alcunché, ma solo che *lui* era in possesso del cellulare orbo dei tasti che abbiamo trovato su alla *Radici*. Ragiona, quante probabilità c'erano di arrivare al possessore di quei tasti? Una su un milione, su un miliardo forse, e invece l'abbiamo trovato, è qui ed è pure nostro amico. Ne sto parlando solo come constatazione dell'enorme botta di culo, capisci? Che in un caso come questo, dove abbiamo un niente insieme a una vagonata di rivelazioni choc, ha del miracoloso. Non è che verrest...»

«No» lo recide secca Alma.

«Ma non sei curio...?»

«No!»

Che forse curiosa lo sarebbe anche, ma è certa che Jules finirebbe per voler sondare ancora sulla sua serata insieme a Messi e lei invece non vuole parlarne in senso assoluto. Desidera custodirsi ancora dentro quella sensazione di languore e incredula gioia, totalmente fuori luogo in una della sua età, ma che le è smottata su a tradimento e ora che c'è le dispiacerebbe proprio ringoiarsela subito. E sa che parlarne renderebbe tutto così terreno, così banale, e pure così stupido diciamolo, che vuole tenerselo per sé e bon.

«Vabbè, allora poi ti racconto com'è andata» la saluta mesto Jules, che un'Alma dai canini così affilati non ricorda di averla vista mai.

* * *

«No, in realtà non è mio, ma perché le interessa tanto?» domanda don Andrea posando il vecchio Nokia sdentato sul tavolo di legno.

«Ho trovato i tasti mancanti tra la ghiaia del piazzale della *Radici & Figli*. Proprio nel piazzale, capisce don Andrea?, non nei paraggi. Lo so che non è detto che questo cellulare li abbia persi proprio quella sera, ma io devo esserne certo» allarga le braccia Jules.

«Capisco» annuisce don Andrea passando il sigaro spento dall'altro lato delle labbra.

«Non credo che sia finito in questa sacrestia da solo...» evince Jules.

«No, in effetti no» sospira don Andrea «è che la cosa è un po' complicata.»

«Ho tempo» si siede Jules, togliendosi il giaccone.

«Si rimetta la giacca» apre la porta don Andrea, con le pedule che cigolano sul pavimento di legno «usciamo.»

«Ma la faccenda del telefono, scusi?» obbedisce perplesso Jules, in uno scrocchiare di giunture.

«Eh, gliel'ho detto che era una cosa complicata, no?» risponde criptico il prete, chiudendo a doppia mandata con una chiave di ferro lunga un palmo. «Andiamo con la sua Citroën, le spiace? La mia ha il bagagliaio ancora stivato di una sacra famiglia con mangiatoia di legno in scala reale che pesa come una locomotiva, un lavoro di scarico da affrontare con calma e ponderazione, insomma.»

«Mi dà qualche anticipazione oppure vuole arrivare in loco prima di sbottonarsi? Ah, a proposito, dov'è che dobbiamo andare?» si informa Jules, chiudendo la portiera.

«Verso Carasco, imbocchi pure là a destra, a quest'ora è meglio evitare di passare in corso Millo, ché con due licei, tre istituti tecnici e un asilo sarà intasato come... Ehi, ma che cos'è 'sto odore?»

annusa per l'abitacolo don Andrea «si è messo a colare giù resina come un pino o è stato a un funerale?»

«No, è il nuovo anatomopatologo che mi cura l'influenza con delle pastiglie che mi fanno traboccare incenso, ma è una storia lunga pure questa e sicuramente meno interessante della sua, don Andrea.»

«La faccenda della scritta araba sul muro com'è finita poi?»

«È vero, non le ho più detto nulla, ma ieri è stata una giornata che non le dico, per non parlare della notte» sfiata Rosset al pensiero del suo povero piumone spiumato. «Sara Fabiani, il mio bravissimo agente scelto, ha scoperto un banalissimo segnetto che assomiglia a una virgola e stravolge completamente il senso della frase, che da un minaccioso "Vai giù Occidente" diventa "Vai giù, *a* occidente". Il vice questore ha già tenuto la conferenza stampa, non gli sembrava vero scrollarsi di dosso questa gatta da pelare e sotto Natale, per giunta, con l'organico decimato dall'influenza e dalla nemesi delle festività, però io devo ancora capire come mai sul muro della *Radici* c'è segnata un'indicazione verso le piane che scendono a ovest. Molto rumore per nulla, ecco, c'è anche da dire però che, avendola trovata sul muro di recinzione di una ditta di arte sacra, quell'accidenti di scritta, il pensiero si è incanalato subito lì. Insomma, se non fossimo sempre innescati con tutto l'ambaradan di attentati e terrorismi religiosi, quella scritta seminascosta tra le frasche non se la sarebbe filata nessuno. Come mai, don Andrea, alla base di ogni casino c'è sempre la religione? E poi, come mai questa ricerca perenne di un dio dalla notte dei tempi? Che non sto montando su una polemica marxista che ha a che fare con l'oppio dei popoli, sia chiaro, la mia è pura e semplice curiosità in merito.»

«È la Solitudine» sospira don Andrea con gli occhi fissi al parabrezza.

«Eh?»

«Sì, Jules, la vera solitudine è quando nessuno ti guarda, quando nessuno sa che esisti. Sapere che c'è un dio che ti guarda è confortante proprio perché non ti fa sentire solo: qualcuno mi guarda, a qualcuno interessa quello che faccio. Che sia un occhio amorevole, o giudicante o curioso... non importa: io non sono solo. Certo, questo se lo affrontiamo dal punto di vista prettamente filosofico. Per chi ha fede... be', in quel caso c'è questo e molto altro ancora» sorride liscio don Andrea, infilando di nuovo il sigaro spento tra le labbra.

«Già, vista così acquista un senso...» ammette Jules, che poi non può non dare un'occhiata allo spettacolo che ha di fronte. Da qui sembra che qualcuno abbia passato una gomma da cancellare sulle nuvole della linea dell'orizzonte che separa il mare dal cielo: una striscia tersa e cangiante assediata da una coltre pesante e spessa di nubi plumbee orlate di luce sulla lastra d'ardesia dell'acqua. Spettacolare. Peccato che la sua testa sia ancora infilata solo lì, tra i tasti di quel maledetto telefono. «E tornando al nostro cellulare?» domanda quindi, con uno dei suoi sorrisi sghembi.

«Ora prenda su per di là, dove c'è l'indicazione per i vivai... Ecco, è lì che andiamo» punta il grosso indice sul finestrino don Andrea, per tutta risposta.

52

Didier sistema l'ultimo vaso di ciclamino rosso sulla lunga vasca di cemento. I primi clienti arriveranno fra poco e lui sa che al signor Giampiero fa piacere che sia tutto a posto al momento dell'apertura. Poi, sì, non smettono per tutto il giorno di portare nuovi vasi, nuove piante, nuovi arbusti a rimpinguare i vuoti, ma ora è davvero tutto perfetto.

Didier alza la testa e inspira l'aria umida di terra e del respiro delle piante che satura l'enorme serra. Chiude le palpebre e se lo lascia scivolare dentro a riempirgli il petto. Ama questo odore, lo fa sentire parte della Vita, quella che non guarda in faccia a niente, né a come sei di pelle né cosa mangi o da dove vieni e chi preghi, nulla: solo il respiro meraviglioso di un nuovo giorno di vita, di un nuovo giorno che sorge e di un cielo che sembra scolpito nella madreperla, nota Didier aprendo gli occhi sul soffitto a vetri della serra.

«Che spettacolo, eh» gli si affianca il signor Giampiero, anche lui con lo sguardo rivolto al cielo. «Tutto bene ieri sera dal signor Rimassa?»

«Bene, sì» sorride bianco Didier, pulendosi le mani sui calzoni per non guardarlo. «È stato molto gentile il signor Rimassa, mi ha regalato le cose del suo orto e una cosa da bere che prepara lui, di quel colore lì» indica i petali rubino dei ciclamini rossi «buonissima. È un uomo buono il signor Rimassa.»

Il signor Giampiero lo scruta con quei suoi occhi da mangusta a cui è inutile mentire, ma Didier lascia lo sguardo affondato tra i ciclamini.

«È venuto qui don Andrea insieme a un signore della polizia» il signor Giampiero gli appoggia sulla spalla una delle sue mani nodose come rami d'ulivo «ma non ti devi mica preoccupare, eh, credo che abbiano solo bisogno di chiederti qualcosa.»

Didier fa di sì con la testa e lo segue, con le gambe che frenano per il desiderio di correre indietro a nascondersi tra le vasche della serra.

Don Andrea gli viene incontro con un uomo lungo e ossuto che gli fa venire in mente un dromedario. L'uomo si avvicina e gli stringe la mano con un sorriso storto che non lo fa sentire molto a suo agio, ma gli occhi sono chiari e buoni. Forse ha ragione il signor Giampiero, non c'è da preoccuparsi, deve solo sapere cosa vogliono da lui.

«Didier, siamo qui solo per sapere quando hai perso i tasti di questo tuo cellulare e se ti ricordi dove» domanda pacato don Andrea, mostrandogli il suo vecchio telefono sdentato come il marabutto Lisimba.

Didier sente gli occhi farsi larghi e lo stomaco stretto.

«Non devi avere paura, è solo per sapere...» incalza l'uomo-dromedario dal nome che non ha afferrato.

«L'altra sera dovevo incontrare delle persone, per prendere delle cose, per venderle, per Natale» snocciola rapido nel suo italiano pronunciato alla francese, che quando è agitato si contamina con i suoni gutturali del suo dialetto, che le parole sembrano sassolini scagliati contro un vetro.

«Per altra sera intendi tre giorni fa?» chiede l'uomo-dromedario.

«Sì.»

«E queste persone dove dovevi incontrarle?»

«In cima a una salita, in alto, sopra Chiavari. Queste persone hanno una baracca dove tengono le cose.»

«Intendi borse, vestiti...» sventola la zampa ossuta l'uomo-dromedario.

«Sì. Per venderle. Non lo faccio sempre, ma non avevo ancora il lavoro qui» allarga appena le braccia Didier.

«Ti piacciono le piante, lo so, me lo ha raccontato don Andrea, so anche che hai studiato agraria nel tuo paese e che sei molto bravo. Non ti sto accusando di nulla, Didier, ho solo bisogno di sapere» chiede l'uomo-dromedario, avvicinandosi ancora. «Questa baracca in cima alla salita è vicina a quel fabbricato a due piani, con un grande cancello, il muro tutto intorno e tre grandi cipressi?»

Il signor Giampiero lo guarda, immobile ma proteso, come un albero. A dargli coraggio.

«Sì» sussurra Didier.

«E la baracca dove dovevi andare è lì vicino?»

«Oltre la palazzina con il cancello, ci sono delle piane di terra, si scende verso ovest e la baracca è lì» spiega Didier.

«Sul muro della cancellata, nella parte dietro, c'è un'indicazione, vero?» stringe gli occhi l'uomo-dromedario.

«Sì, per quelli di Marocco che ancora non sanno dove sta la baracca» annuisce Didier.

L'uomo-dromedario fa una smorfia strana con la bocca, come se ingoiasse una cosa dal sapore cattivo. O una risata, forse.

«Eri lì quando è scoppiato l'incendio?»

Didier fa di sì con la testa. La voce non gli esce più.

«Come mai, Didier, questi tasti che appartengono al tuo cellulare li ho trovati tra la ghiaia davanti al fabbricato e *dentro* alla cancellata?» chiede l'uomo-dromedario aprendo il largo palmo per mostrargli un sacchettino con dentro il suo 3, il suo 7 e il suo 8. Manca solo quello con il segnetto strano, ma lui sa che sono proprio i suoi.

Didier deglutisce, perché ha ragione la *grand-mère* Dada: la vita è quello che ti capita mentre stai facendo altri progetti e tu devi salirci sopra e vedere dove ti porta. «Perché ho visto che c'era la macchina dentro al cancello e avevo paura che c'era qualcuno a lavorare. Per questo sono entrato» spiega quindi, cavalcando quello che si presenta, nell'unico modo che conosce: dicendo la verità.

L'uomo-dromedario sembra non avere fretta, lo guarda e aspetta.

«Ho scavalcato il cancello e sono andato vicino alla porta, ma le fiamme erano già alte e io non potevo entrare, dalla finestra vedevo che dentro c'erano cose d'oro, croci... ho girato intorno e ho trovato la finestra stretta, ho spinto e si è aperta, ma solo tanto quanto una mano. C'era lì vicino un sacco di terra e la terra si mangia il fuoco. Ma il fuoco era troppo. Così ho preso il telefono per chiamare aiuto, anche se...» Didier fa un piccolo sospiro, poi infila i suoi occhi in quelli acquosi dell'uomo-dromedario «anche se io sono nero, un musulmano nero. E non è bene se uno come me viene trovato vicino a un posto pieno di cose cristiane che brucia.»

«Hai ragione, Didier, non è stata una scelta facile, per niente» annuisce l'uomo-dromedario passandosi la sua larga mano sulla faccia. Sembra stanco, anche dispiaciuto forse. «E poi?» chiede.

«Poi ho sentito la sirena che arrivava. E mi sono spaventato. Ho spento il telefono, ma mi è caduto. È lì che ho perso i tasti. Li ho cercati, ma la sirena era sempre più vicina. Così ho scavalcato di nuovo, ho preso la mia bicicletta e sono andato via.»

«E non hai visto nulla, Didier, niente che potrebbe dirci o aiutarci a scoprire chi ha dato fuoco a quel posto?»

Didier sbatte gli occhi e tace.

Pensa che contro il destino non si può nulla, che lui quella sera è andato là per una cosa ed è venuto via con tutt'altro, con la paura e il peso di un segreto: un incendio, una vecchia auto bianca che sgommava sulla ghiaia e una targa chiara con scritto DD96, le sue iniziali e la sua data di nascita, per quello se la ricorda.

E per questo l'ha riconosciuta.

Ma lui voleva vedere con il cuore e non con gli occhi, ché a volte le cose succedono e non sempre quello che pare cattivo è cattivo davvero. Come non sempre chi sembra buono è buono e per bene per davvero. Ma Didier pensa anche che nulla accade per caso e che se anche lui è fuggito dal suo segreto, poi il suo segreto è ritornato in tasca a un uomo che pare un dromedario. E i dromedari hanno un brutto carattere, si sa, ma sono anche intelligenti, e in un posto come il deserto, dove non c'è niente, sanno trovare e arrivare dove gli altri non arrivano.

Il signor Giampiero lo scruta con quei suoi occhi da mangusta a cui è inutile mentire, poi dondola la grossa testa e gli stringe appena il braccio, con quelle sue mani nodose da ramo d'ulivo.

E Didier allora pensa che forse era proprio destino che il suo segreto fosse aperto qui, scavato dagli occhi da mangusta di un uomo che pare un albero e scovato da un uomo-dromedario che trova le cose che gli altri non trovano.

«Il signor Rimassa è un uomo buono» afferma Didier con voce sicura e sguardo limpido. Perché lo pensa davvero, anche se l'auto che ha visto sgommare sulla ghiaia della *Radici* quando è scoppiato l'incendio era proprio quella del signor Arturo Rimassa.

53

«Ah, eccovi di nuovo.» Arturo Rimassa appoggia il rastrello al tronco del pero, si pulisce i palmi sulle braghe di fustagno e guarda quell'ispettore lungo come un pioppo che oggi non è con la splendida dea nera dell'altra volta ma si è portato dietro una biondina dall'aria sveglia e un altro poliziotto con un muso stretto da faina.

«Buongiorno signor Rimassa» il pioppo pare quasi in difficoltà «siamo qui per...»

«Lo so perché siete qui» lo interrompe Arturo, alzando appena le spalle «sono più di quarant'anni che vi aspetto.»

* * *

Arturo Rimassa è lì, nodoso e asciutto, con la sua camicia di flanella, i pantaloni di fustagno macchiati di terra e la faccia accartocciata di rughe come il tronco di un sughero.

Jules lo guarda e sospira.

Perché certe volte il suo mestiere lo costringe a muoversi in quel limbo scivoloso e infido che sta tra il bene e il male.

Perché una separazione netta non c'è mai, i bordi si sfrangiano, si diluiscono l'uno con l'altro contaminandosi a vicenda.

Perché l'uomo che ha davanti ha lo sguardo di uno che ha visto tanto, quasi tutto, e che non ha più voglia di vedere altro.

Perché certe volte frugare nelle esistenze altrui a scovare il punto di rottura gli pesa più di altre.

Perché con il signor Arturo Rimassa preferirebbe passeggiare tra una vigna sentendosi raccontare tutto sulla peronospora e la potatura a Guyot che torchiarlo su un passato lontano e un incendio vicino.

«Da dove cominciamo, signor Rimassa? Dal prima o da tre giorni fa?» espira Jules, appoggiandosi allo schienale della poltrona girevole del suo ufficio. Sara Fabiani è seduta accanto a lui e Canessa si occupa di trascrivere tutto con la perizia scrupolosa che lo contraddistingue. Solari avrebbe ceduto volentieri un braccio, forse anche entrambi, per esser lì, ma ha ancora un giorno di mutua da scontare agli arresti domiciliari con i suoi figli "untori", e a Jules il suo testone rosso da vichingo con i risucchi di caramella al rabarbaro cominciano a mancare sul serio.

«Eh, da dove voglio cominciare» ridacchia il signor Rimassa «si comincia sempre dal principio, no? O vuole andare all'indietro come i gamberi?»

«Desidera un po' d'acqua, signor Rimassa, o un caffè?» chiede Jules, consapevole che il suo è solo un desiderio di procrastinare.

«Mah, semmai un bicchier d'acqua per dopo, ché io sono uno di poche chiacchiere e a parlar tanto ho paura che mi si asciughi la gola» muove appena la mano Rimassa, a ringraziare forse.

«Partiamo quindi da quel famoso aprile del 1972...» Jules appoggia i palmi aperti sulla scrivania e lo guarda.

«Eh, era proprio aprile, sì, un aprile che pareva gennaio, a Torino c'era stata una nevicata fuori stagione e pure qui non si scherzava, tutta la frutta era andata a ramengo» scuote la testa il signor Arturo. «Che Rodolfo fosse una testa matta lo si sapeva, il cavalier Vittorio le aveva provate tutte: a domarlo con la forza, a tirarlo fuori dai guai per dargli modo di cambiare, a lasciarlo sbattere che se la cavasse da solo per farlo crescere. Nisba, Rodolfo sembrava attirato dai casini come l'ago di una bussola che punta al nord. C'era stata quella cosa con i brigatisti, poi le corse in macchina, le balere e le donne: cosa non faceva alle donne, una roba da non crederci! Poi si è sposato quella gatta morta piatta, e quello che penso di lei e di quello che ha fatto gliel'ho già detto l'altra volta...»

«Intende quello che Federica De Ferrari ha imbastito con il cognato Edoardo?» lo interrompe Rosset.

«Ah, lo sa quindi...» esclama stupito Rimassa. Il pioppo continua a sorprenderlo. «Sì, e ancora non mi capacito come il cavalier Edoardo, con una moglie come la signora Maria Vittoria... che era bella sa?, proprio bella, fiera e con un figurino da attrice del cinema, pareva la Rossana Podestà, uno spettacolo» annuisce per enfatizzare il concetto Rimassa «ecco, con una moglie così intelligente, decisa e bella, abbia potuto rincretinirsi dietro a quella sciacquetta bionda, che era pure sua cognata, per giunta. Ma niente, Edoardo aveva proprio perso il cervello nelle mutande e non ci stava più con la testa. Io tamponavo come potevo, il cavalier Vittorio aveva già tante gatte da pelare, ché in quegli anni lì di contestazione essere ricchi e capi di un'azienda non erano certo rose e fiori. E poi sono iniziati i furti. Ma mica una roba da sprovveduti, eh, nossignore, parevano quelle cose organizzate proprio come in quel film con la Podestà, quello dei sette uomini d'oro, ma voi siete troppo giovani... Vabbè, per dire che la cosa stava diventando un'emorragia e non se ne veniva fuori. Ma io ci avevo un dubbio, cioè che c'entrasse Rodolfo, perché sapevo che lui si era messo ancora nei guai, ma non i soliti suoi da *baluba*, no, questa volta la faccenda era *spessa* e con gente da cui bisognerebbe stare solo alla larga. Quella sera ero lì alla *Radici*, dovevo sistemare un grosso carico e poi c'erano delle vecchie bolle da archiviare. Me lo sono trovato lì, Rodolfo, al piano superiore della dirigenza, con tutti i papiri della ditta sparsi sulla scrivania e... inutile che ve la faccia tanto lunga, Rodolfo aveva deciso di cedere la sua parte della ditta a saldo dei suoi guai. A quella gentaglia, capisce? Che sarebbe diventata comproprietaria della *Radici* dove al posto di *& Figli* ci sarebbe stato chi? Un manipolo di criminali o vattelappesca cosa. Ho cercato di fargli capire, ma lui mi guardava con gli occhi larghi come una triglia e lo vedevo che non capiva, che non voleva e che non sarebbe mai cambiato perché Rodolfo pareva nato programmato a far casini, era un'anima che non si accontentava mai, che a me era pure simpatico e gli volevo davvero un gran bene, eh, ma...» Rimassa sospira. «Lei lo sa ispettore cos'è la malerba, vero?»

«L'erba cattiva, quella che danneggia le colture intende?»

«Esatto, la semenza della malerba resiste a tutto e c'è un solo modo per salvare una coltura: estirparla dalla radice.» Rimassa allarga le braccia, come se non ci fosse altro da aggiungere.

«Quindi mi sta dicendo che...?» si sporge Jules, che forse non vorrebbe sentirlo per intero ma deve.

«Che ho preso il fermacarte di bronzo che pesava come un batticarne e fine. Era l'unico modo per salvare la coltura, in quel caso la *Radici*, capisce? Estirpando la malerba. Insomma, sa come si dice, no? A mali estremi, estremi rimedi. Infatti la *Radici* è rifiorita in tutto il suo splendore per quaranta lunghi anni. Se non avessi fatto quello che ho fatto, sarebbe campata sì e no tre anni. Quindi non ho rimpianti, lo rifarei anche ora se fosse necessario.»

Il silenzio cala immoto nell'ufficio dopo che Canessa termina di digitare l'ultima parola sulla tastiera.

La Fabiani si alza, va a prendere una bottiglietta d'acqua e riempie il bicchiere di Arturo Rimassa che beve fino all'ultima goccia.

«E poi?» computa lento Rosset.

«Be', ho pulito tutto e ho fatto l'unica cosa che potevo fare: tenere Rodolfo alla *Radici*. Sa come scriveva il Manzoni per la faccenda della novizia scomparsa della monaca di Monza, no? "Perché cercare lontano, quando bastava scavare vicino." Ecco, diciamo che non ho scavato, ma una delle casse di quell'angolo del magazzino era perfetta. Non che pensassi di farla franca, mi aspettavo da un momento all'altro che mi venissero a prendere, non ero stato attento e non mi ero procurato nessun alibi, aspettavo e basta. Ma non è mai venuto nessuno a cercarmi, neppure delle domande mi hanno fatto, niente. Poi Edoardo e la signora Mavi sono partiti per l'America, il cavalier Vittorio si è rassegnato a non trovare Rodolfo, ma anche lui sapeva che suo figlio qui non avrebbe mai trovato requie e che forse, ovunque fosse, stava sicuramente meglio. Ecco, questo è stato il mio unico dolore, non poter dire a un padre dove poter inginocchiarsi a pregare il figlio, o a portarci un fiore. Ma sapevo anche che la *Radici* era l'unico luogo che Vittorio, potendo, avrebbe scelto per seppellire suo figlio e anche se stesso. Quindi in un certo senso ero sereno e i fiori ce li portavo io, sempre freschi, pure l'olio santo gli ho dato, non gli ho fatto mancare nulla. Perché io a Rodolfo gli volevo bene, davvero, ma la malerba cresce in fretta e...» dondola la testa e tace.

«Per quarant'anni se l'è tenuto lì in magazzino, e del fatto che Federica fosse stata ritenuta colpevole di tutto...?» sfiata Rosset, massaggiandosi la fronte con la mano aperta a pala.

«Cosa c'entra Federica? Lei si è consolata presto, dopo un giro del mondo in crociere di lusso ha agganciato un nobile francese e buona notte.» Rimassa aggrotta i cespugli bianchi delle sopracciglia, proprio non vede cosa c'entri ancora quella gatta morta.

Lui non sa, stringe gli occhi Jules, quindi non ne avevano parlato neppure con il fedelissimo Arturo Rimassa del triangolo incestuoso tra Federica, Edoardo e Rodolfo... Cacchio, un segreto più custodito dell'ubicazione del Santo Graal!

«Sì, l'ho tenuto lì nel magazzino per quarant'anni» continua Rimassa «poi però mi hanno costretto ad andare in pensione, anche se...» Arturo si irrigidisce. Oh porca l'oca, stava per vuotare il sacco anche lì, ma che lui continua a scorrazzare per la *Radici* mica può dirlo, eh.

«Anche se Antonio la fa entrare di straforo comunque» conclude per lui Rosset.

«Ah, sa anche questo quindi...» Il pioppo è uno che trivella, nota con una certa stima il Rimassa. «Sì, ma non potevo portarmi via la cassa... cioè, avrei anche potuto, ma non volevo. Per metterla dove? Gettarla in mare? O in un campo, o nel mio orto... no, non potevo fare una cosa così al cavalier Vittorio, i resti di suo figlio buttati lì come ossa di pollo dopo un picnic!» scuote la testa Arturo. «E poi Antonio mi aveva detto che volevano vendere. A dei cinesi. Che ci mettevano una fabbrica tessile. E così ho pensato che sarebbe venuto fuori tutto, ma non avevo paura per me, eh, io è da quarant'anni che aspetto. No, mi dispiaceva per la *Radici*, perché questa volta non potevo fare niente per salvarla. Perché era la fine, insomma, e meno male che il cavalier Vittorio ed Edoardo erano morti senza dover assistere a questo. E mi piangeva il cuore a sapere che tutto sarebbe andato perso, che avrebbero tirato giù tutto dagli scaffali, tutto alla *sanfason*, che non ci sarebbero mica stati attenti.»

Arturo ha gli occhi umidi e gli trema un poco il mento. Jules gli versa ancora dell'acqua.

«Ma poi ho pensato che no, forse qualcosa potevo farla.» Rimassa posa il bicchiere e fissa Rosset.

«Il fuoco.»

Rimassa fa un piccolo sorriso: il pioppo gli piace, è uno che sa ragionare.

«Già. Il fuoco. Tutto sarebbe rimasto così. Per sempre. In eterno. Il fuoco avrebbe ingoiato l'intera epopea della *Radici* ma con dignità, senza l'umiliazione di altre mani ad arruffare e scompigliare quello che era, anzi che è, sempre stata. E Rodolfo con lei» ma lo dice pacato, come l'oracolo di un destino perfetto e ineluttabile.

«Qualcosa però è andato storto...» inclina la testa Jules, ché fa quasi strano anche a lui, da Rimassa si aspettava una cosa perfetta.

«Eh, sì. A partire dal botto che non doveva esserci proprio, si dovevano accorgere del fuoco quando ormai era troppo tardi per spegnerlo. La signora Mavi, Leonardo e Antonio non perdevano nulla, l'assicurazione gli avrebbe dato anche più dei cinesi, il cavalier Edoardo aveva sistemato le cose per bene. Invece quel botto ha rovinato tutto, e i pompieri sono arrivati troppo presto» scuote la testa Rimassa, che proprio non si capacita.

«Sono state le capsule con il gas per le candele finte, ce n'era una scatola piena...» spiega Rosset.

«Eh, eran tre giorni che non andavo lì e mi han fatto subito un casino, quelle capsule dovevano essere state già smaltite nei rifiuti speciali.» Rimassa allarga le braccia, come a dire "guarda lì il fato, quando ci mette lo zampino".

Già, ragiona Jules, e poi Didier, con la sua terra che si mangia il fuoco e il trovarsi lì, per caso o per lo stesso fato, chissà.

E Jules si sorprende sempre quando pensa a come basti un niente e tutto deraglia verso un epilogo che non ti aspetti, e a come davvero non si sia padroni di nulla se non delle proprie scelte, e pure quelle non sai mai dove ti porteranno.

54

«Quarant'anni a portare avanti una falsa verità per coprire quella che non era la verità. Pare una novella di Pirandello» sbuffa fuori in una delle sue risatine la Mavi, versandosi ancora un po' di caffè.

«Ma non vi è mai venuto il sospetto che forse poteva davvero non essere stata Federica?» domanda Rosset, a cui la faccenda ora pare così paradossale.

La Mavi alza appena quelle sue spallucce da uccellino. «Sinceramente no. Forse perché Federica all'inizio non ha negato, anzi. Poi Edoardo ne era così convinto che… niente, cos'è il caso a volte, vero ispettore? Federica cala giù quel "se mi rendessi libera, lo faresti anche tu?" e combinazione la sera stessa Rodolfo sparisce. Tutta colpa del caso. Bastava che Arturo mi accoppasse il cognato tre giorni prima e nessuno avrebbe pensato a lei.» La Mavi solleva lo sguardo dalla tazzina e lo fa scivolare tra le fotografie che popolano la ribaltina del secretaire. «E se Edoardo non avesse, per tutti questi anni, ritenuto Federica la psicopatica uxoricida che gli ha ucciso il fratello – chiedendogli pure di far fuori la sottoscritta – per stare con lui, chissà, forse avrebbe finito davvero per scegliere lei e non me.»

«Questi sono pensieri che non portano a nulla, Mavi, se lo lasci dire da uno che non fa altro che rimasticarseli ogni giorno.»

«Non ho fatto che pensarci, da quel viaggio di andata verso Boston, per quarant'anni.» La Mavi si alza e si avvicina alle alte finestre del bovindo affacciate sul parco, che in questa nebbiolina piovigginosa pare dipinto da Turner. «In questa maledetta storia è stato scelto di mostrare il male minore e forse pure io sono stata scelta come male minore. Ma non mi fraintenda, ispettore, non sto facendo la vittima, anch'io quarant'anni fa ho scelto di restare con un uomo che mi aveva tradita, il mio è un semplice e fatuo *pour parler.*»

«Se ha scelto di restare con Edoardo è perché forse lo amava.»

«Ah, l'amore» esclama la Mavi sbuffando fuori una delle sue risatine «si è sempre dato troppo peso a questa parola. L'amore significa tante cose e come sempre, se ci vuoi infilare dentro troppo, finisce per voler dire tutto e niente. Ma non ho rimpianti, se intendeva questo ispettore: dovendo scegliere ho sempre preferito i rimorsi.»

«Ora racconterà tutto ai suoi figli? Di Federica, dell'errore…»

«E perché? A cosa serve raccontare la verità quando è una verità che crea dolore e basta, senza aggiungere nulla al vivere? Cosa crede, ispettore, che a me sia stato utile sapere la verità? Quella che mi ha vomitato addosso Edoardo durante quel volo fino a Boston? No, sgravarsi la coscienza va bene per il confessionale, ammantarlo di "amore per la verità" è pretestuoso e infame. A me sapere di Federica ha portato solo sofferenza. Cosa ha aggiunto alla mia vita e al rapporto con mio marito? Nulla. Neppure come pretesto per portarmi via da qui, perché io a Boston lo avrei seguito senza fiatare e senza bisogno di giustificazioni. Quindi perché raccontare a Leonardo e Antonio una verità che non aggiunge nulla ma toglie e basta? Caverebbe via la stima per il loro padre, per il loro nonno, per una zia che non hanno mai visto e forse anche per me, ché non è facile capire la mia scelta di ingoiare e restare, nonostante tutto. No, ispettore, non c'è cosa che esiga più cautela della verità, ci vuole la stessa abilità sia per saperla dire sia per saperla tacere. Insomma, si può decidere fra una bugia che fa vivere e una verità che fa morire, e io preferisco la prima. E in questo includo anche Arturo Rimassa: è proprio necessario rivangare tutto quel passato ormai morto e sepolto, e non solo in senso figurato, da più di quarant'anni? Cosa cambia e cosa *ci* cambia? Sono tutti morti, ispettore, di vivi siamo rimasti solo io e il Rimassa. A me non frega niente che lui paghi ora per un delitto che gli è pesato sul cuore per così tanto tempo. E a lui? Ha senso incriminare, processare e incarcerare un uomo della sua età? Andiamo, su...» La Mavi scuote la testa. «E se lo fa per amore della verità... be', sappia che la verità è che la verità quasi sempre fa cagare, perdoni l'espressione, e noi ci barcameniamo per una vita in una cloaca morale di bugie. Quindi uno può decidere che in fondo non è cambiato niente, dimenticarsi queste ultime ore e bon...» e si abbandona sul divano a cincischiare i suoi etti di ciondoli che le tintinnano sul petto.

«Cioè, mi faccia capire: lei mi sta chiedendo di far finta di niente? Come posso *fare finta* che Arturo Rimassa non abbia confessato un omicidio, come posso *dimenticarmi* che lui quella sera d'aprile del 1972 ha estirpato la malerba sfracassando il cranio di Rodolfo con un fermacarte?» si sporge Jules, che oggi ha deciso di evitare tutte le poltrone del salotto Radici e ha mollato il suo lungo corpo ossuto sul divano, accanto alla Mavi.

«Uh, come la fa lunga, messa così lo credo anch'io che pare una cosa che non si fa» alza gli occhi al cielo la Mavi «ma la guardi da un altro lato, quell'angolo cieco dove se daremo abbastanza tempo al tempo arriverà sempre il giorno in cui la verità diventerà menzogna e la menzogna si trasformerà in verità. Cosa cambia a lei, ispettore, a me, a noi, al mondo, tirare fuori *adesso* che è stato Rimassa ad accoppare Rodolfo? Altro dolore e altra sofferenza, per cosa?»

«A me cambia che non farei il mio mestiere, ecco cosa mi cambia!» si alza furioso Rosset, che è stanco, maledettamente e schifosamente stanco. «Porca vacca, Mavi, lo capisce o no che lei ora mi sta torturando un nervo scoperto? Crede che non ci abbia pensato? Che non me lo sia ripetuto e rimasticato ancora e ancora? Ma come faccio a decidere io, di mio arbitrio, cosa è giusto e cosa è sbagliato? Lo so che a lei e a quelli come lei, abituati a disfare e ricomporre la verità come più vi garba, pare una roba da fantascienza, eh. Ma come posso mantenere l'ordine e combattere il reato se sono io il primo a strasbattermene della giustizia? Siamo mica nel Far West. Che poi anch'io a volte, tipo adesso, ci stia di merda è un altro paio di maniche.»

«Ha ragione, ispettore, ma sappia che le ho detto questo solo perché sapesse che a me non interessa un fico secco che Arturo si sia dichiarato colpevole.» La Mavi molla i ciondoli e gli infila gli occhi nei suoi. «Per me la verità è quella che è stata annaffiata e coltivata per quarant'anni, tanto che si è radicata come un salice, e alla mia età non ho voglia di mettermi lì a estirpare cose. Tutto qui.»

«Neppure che Arturo Rimassa abbia dato fuoco alla *Radici* le interessa?»

La Mavi fa ancora spallucce, come se le cose importanti fossero in fondo altre.

«Be', direi che possiamo salutarci allora» si dondola sui talloni Rosset «anche se non credo proprio che potrò continuare ad annaffiare il suo salice di bugie, Mavi, lo capisce, vero?»

«Eh, l'ho bello che capito, cosa crede? E comunque ho anch'io il mio "bocconetto" di moleste verità da gestire, che due parole con Antonio riguardo all'intrallazzo con Andreina dovrò ben scambiarle, no, cosa dice? Se non altro come persona informata sui fatti. Pure come esperienza vissuta, ma questo me lo terrò per me» sbuffa la sua risatina la Mavi. «Mah, Edoardo l'ha pensata giusta a crepare prima, che a smatassare le rogne alla fine ci son sempre io. Lei è sposato, ispettore?»

Jules si irrigidisce come se avesse ingoiato un dente di narvalo.

«Più o meno» bofonchia, sventolando la mano ossuta.

«Faccia i miei complimenti a sua moglie» lo saluta la Mavi, con quel suo sorrisetto appeso.

I complimenti per averlo scelto o per averlo sopportato?, si domanda Jules, affastellando i suoi pensieri con lo scricchiolio delle pedule sulla ghiaia del parco.

Perché sua moglie lo ha lasciato quattro anni fa, per cui alla luce dei fatti o ha sbagliato a sposarselo o ha sbagliato a non tenerselo. Per dire che da qualsiasi parte la si guardi, Clelia ha commesso un errore.

Quindi complimenti per cosa?

Mah, per quel poco che conosce la Mavi, probabilmente era un omaggio a Clelia per aver resistito quindici anni di matrimonio senza cedere alla tentazione di soffocarlo nel sonno.

Jules apre la portiera ma resta ancora un attimo lì, a guardare la striscia del mare, il promontorio scuro che pare posato a galleggiare sull'orizzonte, pronto a salpare. Fa un sospiro e ingoia l'aria umida di foglie bagnate e sale. È tutto così diverso. Diversi gli alberi, diverse le vie, diversi i palazzi, diverso il dialetto, diverso l'odore. Il cielo, forse, è uguale, quello sì. Adesso su a Gimillian ci sarà la prima neve, con l'aria che sa di resina, legna e stufe accese. E gli salgono in gola tutte quelle parole non dette e tutti quei "poi" che ora restano lì, appesi come calzini spaiati, lasciandogli in bocca solo il sapore acido del rimpianto.

Jules ha sempre saputo cosa doveva fare, ma riguardo al tempo, in fondo, siamo tutti degli ottimisti: crediamo che ci sarà sempre un'altra occasione per fare, o per dire, le cose che ci stanno a cuore. Poi l'irreparabile accade e si cominciano a usare espressioni come "se soltanto avessi…".

Mah, non sa cosa gli è preso, con 'sto bolo di nostalgia a intasargli l'esofago.

Forse c'entra anche il Rimassa e quello che gli ha detto la Mavi.

Perché a volte è difficile spiegare come mai le persone, d'un tratto, fanno quello che fanno. Probabilmente capita che si decidano perché sanno che prima o poi finirà che lo faranno comunque, quindi tanto vale... Oppure perché si rendono conto che forse avrebbero dovuto farlo molto prima. Tipo il Rimassa, appunto.

O tipo lui.

Che è venuto qui per stare con suo figlio e invece sta perdendo un sacco di tempo che nessuno gli ridarà più.

Il cellulare gli si illumina nella tasca. Un messaggio di Alberto, manco l'avesse evocato ad assecondare il desiderio di averlo lì. È una fotografia.

Jules la apre, la guarda e la faccia gli si allarga in uno dei suoi sorrisi sghembi.

Deve andare da Alma.

Ma prima deve fare una cosa.

55

Alma posa la borsa sulla cassapanca dell'ingresso e si toglie la giacca.

Sbatte gli occhi.

No…

Ancora quello strano, irreale e inquietante silenzio.

Avanza nella penombra del tardo pomeriggio.

I suoi passi rimbombano come se la casa fosse vuota. Ma non è vuota, ci sono tutti i mobili, i libri, le pentole, tappeti, divano, un tizio… Alma si blocca: come, *un tizio*?

E chi è?

Sente la morsa del panico addentarle lo stomaco. Si guarda intorno, vorrebbe trovare qualcosa di pesante… ecco, il remo che Luca ha lasciato vicino alla porta andrà benissimo, pensare che lo sgrida sempre perché quel remo, mollato lì nell'ingresso, la manda in bestia.

Alma lo afferra, stringendolo tanto che le si sono sbiancate le nocche: se lo tira di piatto forse riesce ad atterrare questo sconosciuto che…

«Ciao Alma» si volta lo sconosciuto. Che poi, se la chiama per nome, tanto sconosciuto forse non è.

Alma inclina appena la testa, senza mollare la presa sul remo. Il tizio è controluce, non riesce a vederne la faccia, ma quella voce…

lei conosce quella voce, è sicura. È che le pare che sia passato tanto tempo. Tanto tempo da cosa?

I pensieri si ingarbugliano, non riesce a capire. Ma nel dubbio stringe ancora di più il remo.

«Anni che non ci vediamo e la prima cosa che fai è prendermi a remate?» ride lui.

Quella risata. Le era sempre piaciuta la sua risata.

Alma molla il remo, che cade a terra con un colpo secco.

«Enrico» sfiata.

Non. È. Possibile.

Il tizio. In piedi nel suo salotto. È suo marito Enrico.

Qui.

Ora.

Ok, sta per vomitare.

Si gira per accendere la luce, ma un dolore micidiale al gomito le toglie il fiato.

«Ma'?» la faccia di Paolo è a un centimetro dal suo naso.

«Ehi, ma che diav...» sbatte le palpebre Alma, che non sa come, ma ora è seduta in cucina e ha appena preso una gomitata contro il bordo di marmo del tavolo.

«Stavi sognando di nuovo» la scruta Paolo. «Oh, ma com'è che fai tutti questi sogni che poi finisce che ti lamenti?»

«Mah, non so, forse sono solo più stanca del solito...» scantona Alma, ancora bastevolmente scombussolata, ché Enrico in casa non l'aveva sognato mai. E subito le viene a galla il ragionevole sospetto che dipenda dalla sua recente frequentazione con Carlo Messi. Quindi sì, il cervello è più fetente di quanto immaginava.

«Sei connessa o devi ancora riprenderti? No, perché di là ci sarebbe una sorpresa...» sorride strano Paolo.

«Che sorpresa?» deglutisce Alma, ché il sogno è ancora vivido e terso, impresso nelle sue retine e tatuato nel suo ippocampo.

«Non te lo immagineresti mai» si dondola sui talloni Paolo, con leggero imbarazzo.

«Vieni di là, ma prima chiudi gli occhi» le saltellano intorno le gemelle, che scoppiano dalla voglia di dirglielo, tanto che Alma teme di vederglielo sfiatare dai buchi del naso.

«No, guardate che se è una sorpresa che non vogl…»

«Mado' quante storie, ma', vieni di là e stop» sbuffa Paolo tirandola per un braccio.

Alma si arranca dalla sedia, con il cuore che le stantuffa nel petto, perché subito le tornano in mente quei venti minuti di telefonata tra Paolo ed Enrico di un mesetto fa, compreso il reticente silenzio del figlio al riguardo.

Cacchio.

E se di là c'è davvero Enrico, lei… Ecco, vedi?, solo al pensiero le viene spontaneo cercare con gli occhi il remo!

«Ti abbiamo detto di non guardare» la sgridano le gemelle, tirandola di qua e di là per guidarla senza farla rimbalzare contro gli stipiti come la pallina di un flipper.

«Ecco, ora puoi aprire gli occhi» le dice Paolo ruotandola un po' per piazzarla al posto giusto.

Giusto per cosa Alma non lo sa, ma lo sta temendo con tutta se stessa, quindi tiene le palpebre ancora strette a procrastinare l'evento.

«Ma'?! Ti abbiamo detto apri-gli-occhi» la scrolla Paolo.

Alma apre una fessura e intravede una specie di piramide chiara.

Che non è Enrico.

A meno che qualcuno non ce l'abbia tumulato dentro come Ramsete, ma forse i suoi figli non sarebbero così elettrizzati, suppone. Quindi apre gli occhi.

E in un attimo non vede più niente.

«Che fai, piangi?» la fissa perplessa Marta.

Alma scuote la testa, ma in effetti gli occhi le si sono riempiti di lacrime: davanti a lei c'è un albero di Natale, un po' storto ma dalla forma perfetta, interamente fatto con i legnetti bianchi del mare, quelli che Luca raccoglie e scolpisce da quando suo padre è partito. E Luca ora è lì che la guarda, tra il fiero e il titubante, per capire l'effetto che fa.

«Quando abbiamo restituito l'albero finto ci hanno fatto un buono spesa e così abbiamo comprato una pistola per la colla a caldo e un piccolo trapano. Si smonta, sai? Così lo possiamo adoperare ancora» spiega pratica Maria, muovendo i rami.

«Quindi stavate costruendo questo quando vi siete sigillati in camera con quella puzza strana?» Alma lo sfiora e ci gira intorno: è bellissimo.

«Infatti la loro stanza è un pianto, pare sia stata appena bombardata con l'artiglieria pesante» muove la testina rapace l'Alfonsina «però devo dire che forse ne è valsa la pena. Ora, a fare una cosa migliore di quello scopino da water sovradimensionato di prima ci voleva poco, eh, ma è venuto davvero bellino.»

«Pensavamo di appenderci questi.» Marta apre una scatola piena di rotolini di carta colorata legata con lo spago. «Ci abbiamo scritto sopra tutte le cose che non ci piacciono o che non vogliamo. Quello che ci fa schifo, insomma.»

«Ah, come mai questa scelta un po'... come dire... rivoluzionaria, ecco? Di solito si sceglie di affidare i desideri, i sogni, non le cose che non vogliamo» prova a dire Alma.

«Eh, prima l'avevamo pensata così» spiega Maria, scalzando la sorella «ma alla fine i rotolini erano davvero pochissimi e una volta appesi non si vedevano neanche, quindi è venuto fuori che le cose che ci fanno schifo sono molte di più di quelle che vorremmo, quindi abbiamo deciso di scrivere quelle. Diciamo che è stata una scelta di design più che di rivoluzione» conclude pragmatica.

«Ah» si sgonfia Alma: scoprire che i suoi figli hanno più disgusti che sogni non è propriamente rincuorante.

«Guarda che non la devi prendere sul personale, eh» si inserisce Luca, che come al solito le legge dentro «non vuole dire mica che siamo dei disperati, anzi!, mentre eravamo lì a scrivere 'sti foglietti abbiamo capito che, a parte qualcosa che proprio vorremmo, tipo una canoa nuova in fibra carbonio, giusto per citare la mia, il resto ci va bene così. Quindi mi pare che ne esci abbastanza bene, no?»

Vista così è un po' meglio, ammette Alma. Certo che i rotolini in quella scatola restano maledettamente tanti. Troppi per rasserenarla del tutto.

Il suono perentorio e prolungato del citofono le fa fare un salto. Anche perché solo una persona si attacca al campanello a questo modo, e infatti…

«Ciao, sono venuto a raccontarti che alla fine l'avevi pensata giusta e a portare questi» Jules irrompe dentro mulinando le sue lunghe braccia ossute a srotolare la sciarpa e a mollare sacchetti in giro.

«E questa che roba sarebbe? E "pensata giusta" riguardo a cosa?» aggrotta la fronte Alma, ché le invasioni di Jules le mettono sempre un vago senso di allerta, come se non sapesse mai bene se aspettarsi una rogna o una semplice visita di piacere.

«Per il vostro albero» svuota i sacchetti Jules, riversando sul tavolo delle strane stelle di cartone riciclato, dei ninnoli fatti con le pietre della spiaggia e delle piccole semisfere, eteree e delicate, come piccole meduse.

«E tu che ne sai del nostro albero, scusa, che io ne ho scoperto l'esistenza nemmeno cinque minuti fa? Cos'è, hai piazzato delle microspie in giro, tipo che mi stai sorvegliando sul serio?» lo guarda storto Alma.

«Ma va', Luca ha mandato la foto dell'albero finito ad Alberto e lui l'ha mandata a me. Così prima di passare di qui ho fatto un salto da una mia amica che crea e vende tutte queste cose ottenute dando nuova vita ai piccoli tesori restituiti dal mare. Mi pareva che fosse in sintonia con il progetto, no?» spiega Jules, girando intorno a studiare la strana scultura arborea che, nella sua scarna perfezione, trova geniale. «E per il resto, come ti dicevo, avevi visto giusto: alla fine a muovere ogni cosa è stato solo un immenso e assoluto desiderio di ordine.»

«Arturo Rimassa?» intuisce subito Alma.

Jules fa uno dei suoi sorrisi storti, anche se ad Alma pare un ghigno più mesto del solito.

«È che a volte certi inizi meritavano un'altra fine» sospira Jules «siediti che ti racconto.»

56

Didier finisce di annaffiare l'esercito di abeti sistemati tutti in fila all'esterno del vivaio. Fa un po' freddo, ma il signor Giampiero gli ha dato un giaccone dei suoi, che a Didier veramente pare nuovissimo, ma forse il signor Giampiero gli ha detto che era suo per non offenderlo o metterlo in imbarazzo. Anche se è quasi sicuro che non sia solo il giaccone a tenergli caldo. È strano come un muscolo come il cuore, che va per conto suo e batte anche mentre dormi, senza bisogno che tu gli dica di farlo, decida di pompare di più, a scaldarti con entusiasmo, solo per aver subodorato quel pizzico di pace che ti si è posata sul petto. Perché lui sa che è solo un pizzico, ma non vuol dire niente: il seme del baobab è piccolo come un'unghia, eppure da lì cresce l'albero più grande del mondo.

Didier sfiora i rami degli abeti, dove gli aghi pungono solo se gli vai contro, ma se assecondi il loro andare sono morbidi come le piume di un uccello.

Un po' come la vita. A volte ti ostini a pensare che la felicità stia solo dove pensi di averla lasciata e invece scopri che, se assecondi il suo andare, te ne può far trovare ancora.

Didier guarda il signor Giampiero che sta chiudendo le serre con i suoi gesti calmi e misurati, e questo gli dà pace. Si guarda le mani strette intorno al tubo di gomma dell'acqua con cui inzuppa la terra e disseta le radici, e questo gli dà pace. Guarda due ragazzi che lavorano lì con lui ricambiare il suo sguardo con un saluto, e questo gli dà pace.

Didier si volta verso la strada buia che scende giù per la collina, con le ombre nere rapprese tra i tronchi dei castagni, perché come sempre il buio qui non è mai buio per davvero. E gli tornano in mente le parole del marabutto Limba, quando diceva che straniero è solo ciò che non conosci ancora e che non basta guardare con gli occhi per vedere veramente.

Didier annuisce e pensa che è proprio così: quando non sai dove stai andando, basta che ti ricordi da dove vieni.

E finalmente, questo buio di qui, che non è mai buio per davvero, non gli fa più paura.

RINGRAZIAMENTI

Innanzitutto chiedo scusa.

No, non mi sono sbagliata, è che devo ringraziare così tante persone da essere matematicamente certa di perdermi dei pezzi, quindi metto le mani avanti.

Il primo grande immenso sconfinato GRAZIE va a voi, sì, proprio voi che state leggendo, perché vuole dire che ormai vi siete affezionati a questa strana coppia almeno quanto mi ci sono affezionata io e ciò mi smuove il sentimento.

Grazie a chi per primo affonda i denti tra le pagine fresche di parto: Lulla, Gianni, Giovanni, Andrea e Rodica, ognuno con il suo "sguardo speciale" e di cui non posso più fare a meno. Ve ne arriveranno presto altri tra capo e collo, per cui organizzatevi per tempo se volete darvi alla macchia.

Grazie a Giovanni, Tommaso, Tea ed Elwood che ingoiano, con pacata rassegnazione, le mie sinapsi sconnesse e i miei sbalzi umorali all'approssimarsi di ogni scadenza di consegna.

Grazie a mamma e papà per le smisurate ragioni che non dettaglierò, ma chi mi\li conosce sa il perché.

Grazie a Paolo Bonini, Clementina, Roberto Pettinaroli, Virginia Leoni, Alberto Bruzzone, per il loro tessere sul filo delle parole un ponte meraviglioso fra me e il resto del mondo.

Grazie a Manu\cugi, Laura, Anna, Simona, Martina, Daniela, Jasmine, Donatella, Evelyn, Natalie, Silvia, Lucia, Annalisa, Nicoletta, Giusy, Barbara, Tiziana e tutti i Bacezzini.

Graziegraziegrazie a Davide Radice, Alessandra Tavella, Maria Paola Romeo, Stefano Tettamanti, Valeria Merante e Valentina Voch per la cura, l'attenzione e la pazienza.

E grazie, infinitamente grazie, a tutti gli amici\lettori, reali e virtuali: sappiate che ogni vostro messaggio e commento mi riempie di gioia, continuate a farlo perché con la vostra passione e i vostri commenti permettete ai libri di esistere, vivere e risplendere.

Ah, questo è un romanzo e racconta di cose inventate che succedono a personaggi immaginari. Se qualcuno di questi personaggi ha putacaso lo stesso nome di persone esistenti, o gli somiglia o vi ricorda qualcuno… be', sappiate che si tratta davvero di pura coincidenza, ché la realtà a quanto pare è spesso capace di superare la fantasia. E meno male!

40707111R00193

Printed in Poland
by Amazon Fulfillment
Poland Sp. z o.o., Wrocław